CHRISTA KINSHOFER
MIT PETER LANDSTORFER

**HELDEN WERDEN**
**NICHT GEWÜRFELT**

Herzlichst

für Herrn

Wirk[...]

Christa Kinshofer

Juli 2022

D1664180

CHRISTA KINSHOFER
MIT PETER LANDSTORFER

# HELDEN
## werden nicht
## gewürfelt

Kämpfen, stürzen, aufstehen

**mvg**verlag

**Bibliografische Information der Deutschen Nationalbibliothek**
Die Deutsche Nationalbibliothek verzeichnet diese Publikation in der
Deutschen Nationalbibliografie; detaillierte bibliografische Daten sind
im Internet über http://d-nb.de abrufbar.

**Für Fragen und Anregungen:**
info@mvg-verlag.de

© 2010 by mvg Verlag, ein Imprint der Münchner Verlagsgruppe GmbH
Nymphenburger Straße 86
D-80636 München
Tel.: 089 651285-0
Fax: 089 652096

Redaktion: Caroline Kazianka, München
Umschlaggestaltung: Melanie Madeddu, München
Umschlagabbildung: Coverfotos und Foto auf der Buchrückseite
© Sammy Minkoff, Eching
Satz: HJR, Manfred Zech, Landsberg am Lech
Druck: Sowa Sp. z. o. o., Polen
Printed in the EU

ISBN Print 978-3-86882-347-9
ISBN E-Book (PDF) 978-3-86415-207-8
ISBN E-Book (EPUB, Mobi) 978-3-86415-230-6

—— Weitere Informationen zum Verlag finden Sie unter ——

# www.mvg-verlag.de

Beachten Sie auch unsere weiteren Verlage unter
www.muenchner-verlagsgruppe.de

# Inhalt

# VORWORT VON
# FRANZ BECKENBAUER

Liebe Christa,

*Helden werden nicht gewürfelt* – ich glaube, du hättest keinen besseren Titel für dein neues Buch finden können. Dieser Titel spiegelt so treffend deine Einstellung zum Sport wider, mit der du es geschafft hast, eine so einzigartige sportliche Karriere zu durchlaufen. Jeder Spitzensportler muss auf seinem Weg zum Ziel Rückschläge hinnehmen, denn eine sportliche Karriere ohne Rückschläge kann es wohl nicht geben.

Dein sportlicher Werdegang verlief allerdings so, dass du als junge Sportlerin sehr früh große Erfolge, ja Welterfolge feiern konntest. Aber dann kam der große Absturz, der für dich jedoch nicht ein Signal zur Aufgabe, sondern für einen Neuanfang war. Der absolute Glaube an dich selbst hat dich erneut zum großen Sieger werden lassen. Ich bewundere bis heute, wie du damals deinen Weg zurück an die Spitze geplant hast und ihn auch konsequent gegangen bist. Du hast bewiesen, dass man durch Kampfgeist, Selbstbewusstsein, Technik, Mut, Kondition, Taktik und Toleranz alles erreichen kann, was man sich selbst zum Ziel gesetzt hat. Dabei hast du aber, liebe Christa, und das ist gerade das Faszinierende an dir, deine Lockerheit und Leichtigkeit nie verloren.

Sicherlich ist das eigene Ich auf so einem Weg der schwierigste Gegner. Gegen einen sportlichen Konkurrenten zu verlieren ist hart. Aber das ist das Leben, und das ist auch der Sinn des Sports. Viel härter ist es jedoch, gegen sich selbst zu verlieren, erkennen zu müssen, dass man die Ziele, die man sich gesetzt hat, nicht erreichen kann. Bei dir war es anders. Du hast immer zielstrebig das verfolgt, was du dir vorgenommen hast.

In der Mannschaft durfte ich selbst oft und immer wieder gegenseitige Motivation, Hilfe, Kameradschaft und Verständnis erfahren. So habe ich in meinem Leben viele und auch große Ziele erreicht. Für dich als Einzelsportlerin war das bedeutend schwieriger. Du hast dir und der gesamten Sportwelt gezeigt, dass man Ziele, die man sich gesteckt hat, auch erreichen kann – wenn man nur genügend Kraft und Energie aufbringt. Und genau diese Erfahrungen gibst du heute in deinen Vorträgen und durch dein vielseitiges Engagement an zahlreiche Menschen weiter. Gerade in der heutigen Zeit müssen viele Menschen in den verschiedensten Berufen wirtschaftliche und finanzielle Tiefschläge hinnehmen. Durch deine Lebensphilosophie zeigst du den Menschen, dass man alles erreichen kann, wenn man sich selbst nicht aufgibt – auch wenn es oft schwerfällt. Du hilfst damit sicherlich vielen, über Krisen hinwegzukommen und das Leben neu zu gestalten. Darüber hinaus unterstützt du auch diejenigen Menschen, die sich selbst nicht mehr helfen können. Deine Arbeit für soziale Zwecke ist bewundernswert. Durch deine Golf-Einladungsturniere hast du beispielsweise auch meiner Stiftung schon große finanzielle Hilfen zukommen lassen können. Dafür danke ich dir an dieser Stelle ganz besonders.

Ich habe dein neues Buch mit großem Interesse und Spannung gelesen. Jeder, der es liest, wird erkennen, dass man Ziele nicht vorgesetzt bekommt, man muss sie sich erarbeiten. Du hast durch deinen Lebensweg gezeigt, dass Helden nicht gewürfelt werden, sondern man nur durch harte Arbeit zum Helden werden kann. Und genau das hast du geschafft – aber immer mit einem Lächeln. Du hast trotz der Rückschläge nie dein sonniges Gemüt verloren. Du hattest immer und für jeden ein Lächeln, auch in schlechten Zeiten. Für mich warst du immer die blonde Gazelle des Skisports. Jetzt bist du aber auch die blonde Gazelle des Lebens, die mit ihrer Erfahrung und ihrem Lächeln alle Situationen des Lebens meistert.

Viel Glück und Erfolg mit deinem neuen Buch wünscht dir
dein
Franz Beckenbauer

# VORWORT VON
# PETER LANDSTORFER

Liebe Christa,

als junger Jurastudent habe ich viele Vorlesungen deinetwegen versäumt. Keine Angst, ich bin dir nicht böse, ganz im Gegenteil, du warst die optimale Bereicherung für das trockene Jurastudium. Immer wenn ein Weltcuprennen mit dir im Fernsehen übertragen wurde, habe ich in meinem Stundenplan so manche Vorlesung gestrichen. Ich saß dann an vielen Vormittagen statt vor dem Professor vor dem Fernsehgerät und habe dich für deine Erfolge, deine Ausstrahlung und deinen Mut bewundert. Es dauerte allerdings noch viele Jahre, bis ich die große Skisportlerin Christa Kinshofer persönlich kennenlernen durfte. Als deine liebe Schwester Bärbel mich damals fragte, ob ich zu deiner Geburtstagsfeier nach Rosenheim mitgehen wolle, war ich begeistert und dachte: Ich werde einer dreifachen Olympiamedaillengewinnerin gegenüberstehen. Die Christa Kinshofer, die ich nur von den Fernsehübertragungen kenne, wird mir bald die Hand schütteln.

Ich war wirklich aufgeregt und gespannt, wie diese Begegnung verlaufen würde. War Christa Kinshofer eher die unnahbare Prominente oder die natürliche Sportlerin, wie ich sie bei den Fernsehübertragungen erlebt hatte? Schon nach ein paar Minuten wurde meine Frage beantwortet. Du bist auf mich zugegangen, hast mich mit deiner natürlichen Ausstrahlung, deiner Herzlichkeit, deinem Lächeln und deinen Augen in den Bann gezogen. Vom ersten Moment an wusste ich: Diese Christa Kinshofer ist ein einmaliger Mensch – und an dieser Meinung hat sich auch bis heute nichts geändert. In all den Jahren, die wir uns nun kennen, habe ich sehr viele schöne Stunden mit dir und deiner Familie verbringen dürfen. Als du mir letztes Jahr erzählt hast, dass du ein Buch über dein Leben schreiben willst, war ich sofort begeistert. Da ich nicht nur als Rechtsanwalt, sondern auch als Regisseur, Schauspieler und Theaterschriftsteller sehr aktiv tätig bin, war mein erster Gedanke, dass deine Lebensgeschichte im Grunde alles hat, was ein Stoff für ein Theaterstück braucht. Es gibt so viel Dramatik, so viel Schicksal, so viel Freude und auch Leid in deinem Leben, dass es ein Theaterschriftsteller nicht besser erfinden könnte. Es hat mich daher wahnsinnig gefreut, als du mich gefragt hast, ob ich dir bei deinem Buch behilflich sein kann. Ich habe die Stunden genossen, in denen du mir deine Erlebnisse, deine Hochs und Tiefs im Leben erzählt hast, und es war für mich eine große Freude, das in diesem Buch umzusetzen. Ich jedenfalls danke dir von Herzen für dein Vertrauen, das du mir und meiner Arbeit entgegengebracht hast. Ich kann mich gut erinnern, dass ich in der Zeitschrift *Bunte* einmal die Überschrift gelesen habe: »Christa Kinshofer - wer sie kennt, wird glücklich«, und ich bin glücklich, dass ich dich kenne.

Mit den besten Wünschen,
dein Peter Landstorfer

# 1. Blitzlichtgewitter

»Christa – hallo ... hallo, Christa ... Frau Kinshofer, bitte hierher ... noch ein Blick in die Kamera, bitte noch einmal ... lächeln ... bitte, Frau Kinshofer, bitte hierher zu mir ... Bitte einmal im Profil ... Danke, danke, Frau Kinshofer ... Noch einmal lächeln ... nach links schauen ... bitte direkt in die Kamera.«

Vor mir ein langer roter Teppich. Sportlerin des Jahres, die größte Auszeichnung im Leben eines Athleten. Fotografen und Journalisten drängen sich in die erste Reihe. Jeder will ein Siegerlächeln ergattern. Blitzlicht, überall Blitzlichter. Das Surren der Kameras ist wie eine nie enden wollende Melodie. Fünf Weltcupsiege in einer Saison. Eine Riesenslalomspezialistin, ein neuer Skistar. Christa Kinshofer ist einfach unschlagbar. Deutschland hat seine neue Heldin. Ganz Deutschland ist stolz auf die Sportlerin des Jahres – Kinsi Superstar! Immer wieder diese Blitzlichter, immer wieder das Klicken. Die Flugzeugturbinen des Learjets surren und machen mich unbeschreiblich stolz. Die Sportlerin des Jahres ist nicht mit dem Auto gekommen, sie wurde mit dem Flugzeug abgeholt. Ihre Landung wurde von einer Traube von Journalisten und Fotografen erwartet. Plötzlich habe ich wieder die Stimme des Stadionsprechers bei den Olympischen Spielen im Kopf:

»Ladies and gentlemen, second place ... winner of the silver medal ... representing the Federal Republic of Germany ... Mesdames et Messieurs, médaille d'argent représentant la République fédérale d'Allemagne: Christa Kinshofer ...«

Millionen von Fernsehzuschauern auf der ganzen Welt waren dabei. Silber für Deutschland, Silber für FRG, für Westdeutschland. Christa Kinshofer hat für Deutschland eine olympische Medaille geholt.

Glückwünsche, Händeschütteln, Blitzlichter und immer wieder lächeln, lächeln, lächeln. Alles ist wie ein Traum. Aber es ist kein Traum, es ist die

Wirklichkeit. Nein, es ist nicht mehr die Wirklichkeit – es ist nur noch die Vergangenheit.

Der Learjet von damals ist einem gebrauchten Fiat Ritmo gewichen. Der lange rote Teppich für die Sportlerin des Jahres ist abgelöst von der schwarzen Teerdecke der Landstraße, die mich in dieser Nacht im November 1985 von Rosenheim nach Vaduz in Liechtenstein führt. Immer wieder strahlen mir Lichter entgegen, doch es sind keine Blitzlichter, es sind die Scheinwerfer der entgegenkommenden Fahrzeuge. Diese Lichter machen mich nicht glücklich wie einst die Blitzlichter, sie machen mich müde und traurig. Der Einzige, der in dieser Nacht mit mir gesprochen hat, ist der Tankwart einer Tankstelle, und er wollte nicht wissen, wann ich Zeit hätte für den nächsten Pressetermin. Er hat nur höflich gefragt, ob er das Wasser der Scheibenwaschanlage auffüllen und den Ölstand kontrollieren soll, während das Benzin in den Tank läuft. Es ist 2.30 Uhr morgens, und ich sitze in meinem kleinen Auto. Es ist stockfinstere Nacht. Auf dem umgeklappten Vordersitz neben mir liegt mein Skisack mit zwölf Paar Skiern. Ich muss pünktlich sein. Die Straßen sind noch schneefrei. Hoffentlich brauche ich später keine Ketten. Ernst Zwinger, mein Coach im Niederlande-Team, wird ärgerlich, wenn ich mich verspäte. Um 6.30 Uhr muss ich in Vaduz sein. Die Autobahn zum Arlbergtunnel füllt sich langsam mit Schnee, doch ich werde es schaffen. Ich muss pünktlich in Liechtenstein ankommen, und dann geht es weiter zu den nächsten Skirennen. Die Aufholjagd nach FIS-Punkten bei internationalen FIS-Rennen kann dann beginnen. Ich habe ein ungutes Gefühl. Schon wenn ich daran denke, wie schwierig es sein wird, mit den letzten Startnummern im »Club der Punktelosen« zu starten. Die Torrichter werden wieder hinter mir die Torstangen abräumen – ein schlimmes, demütigendes Gefühl für einen einstigen Skistar. Immer wieder schweifen meine Gedanken zurück in meine Vergangenheit. Ich höre das Klicken der Blitzlichter und Surren der Kameras. Aber nein, es ist nicht das Surren der Kameras, es ist nur der Scheibenwischer des Fiat Ritmo, der fleißig und unaufhörlich versucht, mir freie Sicht in diesem immer stärker werdenden Schneetreiben zu verschaffen.

Was habe ich nur falsch gemacht? Wie kann man so hoch fliegen und plötzlich so tief abstürzen? War ich zu überheblich? Habe ich mir zu viel auf mich und meinen Erfolg eingebildet? Oder hat mich der Erfolg blind gemacht und zu etwas verleitet, was ich niemals hätte tun dürfen? Nein, sicher nicht. Ich habe doch nur die Wahrheit gesagt. Es kann doch kein Fehler sein, die Wahrheit zu sagen – oder doch? Im Grunde habe ich doch nur das gesagt, was sich alle anderen in der Mannschaft gedacht haben. Es ist nun mal Tatsache, dass wir die Kippstangentechnik verschlafen haben. Wir hätten anders trainieren müssen. Unser Trainer hätte uns anders trainieren, anders auf die Rennen vorbereiten müssen. Es ist die Wahrheit, aber gerade diese Wahrheit wurde mir zum Verhängnis.

»Solange wir die Kippstangentechnik nicht beherrschen, werden wir unseren Konkurrentinnen immer hinterherfahren«, schießen mir Gesprächsfetzen durch den Kopf. Jetzt fahre ich auch hinterher. Aber nicht mehr den Konkurrentinnen im Weltcup, sondern den Lkws, die vor mir fahren und die ich nicht überholen kann, weil mein kleiner Fiat das nicht schafft. Also bleibe ich, wo ich bin, und fahre hinterher. Genauso, wie ich jetzt den FIS-Punkten hinterherfahren muss. War es wirklich die richtige Entscheidung, für die Niederlande zu starten? Wäre es nicht vielleicht besser gewesen, meine Karriere ganz einfach zu beenden? Viele, auch meine Familie, hatten mir dazu geraten ... aber nein! Eine Karriere beendet man ganz oben und nicht ganz unten. Ich bin sicher, die richtige Entscheidung getroffen zu haben. Ich werde und will es schaffen, wieder ganz nach oben zu kommen. Ich werde mir selbst und allen anderen zeigen, was man erreichen kann, wenn man es wirklich will. Die Landstraße geht jetzt leicht bergab. Ich setze den Blinker und überhole endlich diesen Lkw, der schon so lange vor mir hergefahren ist und mir mit seinen Reifen den Schneematsch entgegengeschleudert hat. Jetzt habe ich endlich wieder freie Fahrt. Ja, ich habe wieder freie Fahrt. Doch ich weiß, dass ich im Skizirkus noch lange hinterherfahren muss. Aber eines Tages werde ich auch hier wieder freie Fahrt haben. Im Radio läuft gerade eines meiner Lieblingslieder, das irgendwie auch für mich zum Motto geworden ist: *I Will Survive* von Gloria Gaynor. Ich singe immer wieder aus voller Kehle mit: »I will survive ... I will survive ...«

Es ist jetzt kurz nach fünf Uhr. Mein Zeitplan funktioniert, und ich werde pünktlich in Vaduz sein. Ich werde auch pünktlich am Start stehen und wie schon so oft in den letzten Wochen und Monaten eine ganz hohe Startnummer haben. Beim letzten Rennen musste ich sie sogar selbst mit einem Filzstift auf das Startnummerntrikot schreiben, weil alle gedruckten Startnummern bereits vergeben waren. Sie werden auch bei diesem Rennen wieder hinter mir die Torstangen zusammenräumen. Und an die 100 Rennläuferinnen werden bereits im Ziel sein, wenn Christa Kinshofer oben am Start steht. Manchmal habe ich Angst. Aber dann überkommt mich wieder eine unglaubliche Zuversicht: »Du schaffst das!« Ich bin sicher, dass eines Tages aus dem Scheinwerferlicht der Fahrzeuge, die mir jetzt auf der Straße nach Vaduz entgegenkommen, wieder das Blitzlichtgewitter von einst wird. Ich werde wieder ganz unten anfangen wie damals als kleines Mädchen in Miesbach …

# 2. Jugendtraum

In den Bergen ist Skifahren Pflichtfach, selbst wenn man noch nicht zur Schule geht. Dieser Grundsatz galt auch in unserer Familie. Hinter unserem Elternhaus in Miesbach war der sogenannte Schweinsteigerhang. Mein erster Trainer und mein großes Vorbild war, wie es sich für ein kleines Mädchen mit vier Jahren gehört, mein großer Bruder Klaus. Er war zwei Jahre älter als ich und ein fantastischer Skifahrer. Normalerweise sind kleine Schwestern eher ein unangenehmes Anhängsel für ältere Brüder. Bei meinem Bruder Klaus war das jedoch nicht so. Er war derjenige, der mir zum ersten Mal Skier angezogen hat und mich den Haushang hat hinunterfahren lassen. Bei einem meiner ersten Stürze, so erzählt er heute noch mit großer Freude, bin ich sogar aus den Skischuhen herausgerutscht. Aber das hat mir als Kind nichts ausgemacht. Im Gegenteil – ich hatte so den ersten richtigen Kontakt mit dem Schnee, der in meinem Leben noch eine so große Rolle spielen sollte. Was ich selbstverständlich damals noch nicht ahnen konnte.

Sicherlich hat die Vorbildfunktion meines großen Bruders dazu beigetragen, dass sich in mir so eine Leidenschaft und ein enormer Ehrgeiz entwickelt haben. Ich war wahnsinnig stolz, wenn ich Klaus zu seinen Rennen begleiten durfte. Mit fünf Jahren dann, im Jahr 1966, hat mich mein Vater im Skiclub Miesbach als offizielles Mitglied angemeldet. Nun durfte ich zusammen mit meinem Bruder im Skiclub trainieren. Mein großer Bruder hat meine Drohung, dass ich ihn eines Tages überholen werde, damals noch mit einem leisen und souveränen Lächeln quittiert, aber das sollte sich bald ändern. Ich trainierte im Skiclub mit wachsender Begeisterung, was mit den ersten Siegen in Kinderclubrennen belohnt wurde. Neben dem Skifahren interessierte ich mich allerdings auch noch für Ballett und Eiskunstlauf. Für ein Mädchen in meinem damaligen Alter war das ganz normal. Ich schwärmte für das Ballett, mich hatten schon immer diese Leichtigkeit und die absolute Körperbeherrschung fasziniert. Meine damalige Ballettlehrerin erklärte mir immer wieder, dass, je leichter und anmutiger die Bewegung einer Tänzerin erschien, diese umso härter und komplexer trainiert hatte. Vieles, was im Leben ganz leicht und locker aussieht, muss durch viel harte Arbeit und Training erarbeitet werden. Erst viel später sollte ich den Sinn dieser Aussage richtig verstehen.

Eiskunstlauf war neben Ballett und Skifahren meine dritte große Leidenschaft. Beinahe hätte es deswegen sogar mit meiner Skikarriere nicht geklappt, weil mir der Axel so gut gelang. Mit acht Jahren schaffte ich als kleine Eiskunstläuferin nämlich diesen schwierigen Sprung, den sogenannten Königssprung im Eiskunstlauf, derart gut, dass er mir zum Titel bei den Bambini-Meisterschaften verhalf.

Dies blieb dann jedoch der einzige Titel als Eiskunstläuferin, denn Skifahren war mir schon damals doch um einiges lieber. Mit elf Jahren wurde ich schließlich vom Deutschen Skiverband (DSV) entdeckt, und damit war der wesentliche Grundstein für meine Skikarriere gelegt. Ich trainierte von Anfang an selbstständig und sehr gerne. Die Teilnahme an den Rennen war für mich allerdings die größte Freude und auch Herausforderung. Ich war geradezu hungrig nach Rennen. Diese Begeisterung dafür war ganz allein in mir gewachsen, ohne irgendeinen Zwang oder Leistungsdruck vonseiten meiner Eltern. Meine Mutter und mein Vater haben mich jedoch stets unterstützt, mich hilfreich begleitet und für mich gesorgt – zum Beispiel bei meiner Ausrüstung. Als erfolgreicher Ingenieur hat mein Vater sich immer Gedanken darüber gemacht, wie er meine Ausrüstung verbessern könnte. Ich weiß noch gut, dass mein Vater meine ersten richtigen Skischuhe mit Fiberglas verstärkt hat, damit ich in ihnen einen besseren Halt finden konnte. Die Skischuhe waren aus Leder gefertigt, und eine Richtführung im Skischuh gab es zu dieser Zeit noch nicht. Stolz trug ich damals den ersten selbst gebauten »Kinshofer Rennskischuh«.

Meine Kindheit und frühe Jugend fanden im Wesentlichen zwischen Torstangen statt. Bereits damals war jedes Rennen für mich eine neue Herausforderung und jeder Sieg der Start zu einem neuen Ziel. Schon bald setzte ich meine Ziele sehr hoch, und der Traum der großen Skikarriere wuchs in mir heran. Ich bin meinem Vater vor allem auch dafür dankbar, dass er mir schon früh beigebracht hat, erst dann ein neues Ziel ins Auge zu fassen, wenn man das alte Ziel erreicht hat. Schritt für Schritt, von Rennen zu Rennen, von Sieg zu Sieg. Und ganz in der Ferne steht das große Traumziel – Olympia. Aber bis dahin war es noch ein sehr weiter und harter Weg.

Meinen ersten richtigen Kontakt mit olympischen Belangen hatte ich im Sommer 1972 vor den Olympischen Spielen in München. Denn unser Skiclub Miesbach hatte einen Kilometer Fackellauf zugeteilt bekommen, und mein Bruder Klaus und ich gehörten zu den ausgewählten Kindern, die das olympische Feuer auf diesem Kilometer für einen kurzen Moment tragen durften. Das olympische Feuer in meinen Händen zu haben war für mich ein bis heute unvergessliches Erlebnis. Das olympische Feuer wurde aber nicht nur in München entzündet, sondern auch im Herzen der kleinen Christa Kinshofer.

Skifahren wurde immer mehr zum Mittelpunkt meines gesamten Lebens. Nachdem mich die Talentsucher des DSV bei einem Rennen der deutschen Schülermannschaft entdeckt hatten, erhielt ich mit nur zwölf Jahren die Möglichkeit, an Testrennen des DSV teilzunehmen. Auch das machte mir großen Spaß, und von Rennen zu Rennen wurde ich sicherer und konnte durch zahlreiche gute Platzierungen so viele Punkte sammeln, dass ich mit Traudl Hächer und Regine Mösenlechner als damals jüngste Skiläuferin mit 13 Jahren von der Schülermannschaft in die Deutsche Nationalmannschaft aufgenommen wurde. Der damalige Cheftrainer Klaus Mayr war der Meinung, dass man junge Talente möglichst früh an die internationale Weltspitze heranführen sollte. Manche kritisierten dies, weil sie uns für zu jung hielten. Mir war das egal, denn das erste Ziel für den Einstieg in eine Profikarriere als Skiläuferin war erreicht!

Von diesem Moment an ging alles Schlag auf Schlag: Statt in meiner Vereinsmannschaft im Skiclub Miesbach trainierte ich plötzlich in der Deutschen Nationalmannschaft, und aus Clubmeisterschaften wurden Weltcuprennen. Mit 14 Jahren stand mein erstes Weltcuprennen in Bad Gastein an. Unsere Mannschaft wohnte nicht mehr in Clubheimen oder Sportstätten, nein, jetzt residierten wir als junge Skirennläuferinnen im luxuriösen »Hotel Elisabeth« in Bad Gastein, in dem sogar schon Kaiserin Elisabeth übernachtet hatte. Wir wurden zuvorkommend bedient und fühlten uns selbst fast wie Sissi. Wir lernten das Flair der großen Welt kennen. Es waren alle Nationen versammelt, wir begegneten interessanten Menschen und hörten alle Sprachen der Welt. All diese neuen Eindrücke machten es mir schwer, mich auf das Wesentliche zu konzentrieren – auf meinen geplanten Start im Weltcupslalom und in der Weltcupabfahrt der Damen. Mein erstes Weltcuprennen stand also direkt bevor, und meine Nervosität wuchs ins Unermessliche. Oder war es doch eher die Vorfreude auf den ersten Schritt auf die internationale Bühne, die für mich bald die Welt bedeuten sollte? Ich weiß es nicht mehr genau, aber wahrscheinlich war es die Mischung aus beidem, die mich die Nacht vor dem Rennen wachliegen ließ. Immer wieder ging mir der Satz meiner Mutter durch den Kopf: »Geht nicht gibt's nicht.«

Große Hoffnungen durfte ich mir allerdings nicht machen, denn ich hatte die Nummer 48, also eine relativ hohe Startnummer. Und normalerweise ist eine hohe Startnummer für einen Rennläufer ein Nachteil, da die Piste nach jedem Läufer schlechter wird. Doch bei dieser Abfahrt war es anders. Da es die ganze Nacht und den Vormittag über geschneit hatte, war die Piste komplett mit Neuschnee bedeckt. Die ersten Läuferinnen hatten große Probleme, weil der Neuschnee auf der Strecke wie eine Bremse wirkte. Mit jeder Läuferin wurde jedoch immer mehr Schnee aus der Piste geräumt, sodass die Rennstrecke immer schneller wurde. Mein Trainer Klaus Mayr motivierte mich am Start noch einmal: »Christa, das ist deine Chance. Gib Gas. Vergiss die Nervosität, und starte richtig durch. Wenn du gut durchkommst, kannst du unter die ersten 15 fahren. Los! Das ist deine Chance!« Meine Nervosität war wie verflogen, ich wollte diese Chance unbedingt nutzen, und wieder hörte ich meine Mutter sagen: »Geht nicht gibt's nicht.«

Ich kam gut aus dem Starthaus. Bereits nach den ersten Toren merkte ich, dass die Piste schnell war. In der Ideallinie befand sich kaum noch Neuschnee. Also konnte ich richtig angreifen. Mir war klar, dass das mein erstes großes Weltcuprennen war. Ich kämpfte mich von Tor zu Tor, wurde immer sicherer und spürte, dass ich genügend Kraft hatte, um das Tempo bis unten durchzustehen. Noch wenige Tore, dann das Ziel. Im Ziel galt mein erster Blick natürlich der Stadionanzeige. Ich hatte es tatsächlich geschafft – der zwölfte Platz und zugleich die beste Zeit der deutschen Läuferinnen. Bad Gastein wurde damit zum Grundstein für meine Karriere als Profiskiläuferin. Diesem Rennen folgten weitere Weltcuprennen, in denen ich gute Platzierungen unter den ersten 15 erreichte, sodass ich sehr bald über den B-Kader in den A-Kader der Nationalmannschaft vorrückte. Meine Leistungen wurden immer besser, sie wurden konstant, und meine Trainer waren mit mir mehr als zufrieden.

Mit der Aufnahme in die Nationalmannschaft im Jahr 1975 änderte sich mein komplettes Privatleben. Ich musste mich nunmehr entscheiden, wie meine schulische Ausbildung weitergehen sollte. Da gab es für mich nur einen Wunsch: das Skigymnasium Christophorus in Berchtesgaden. Es war vom damaligen Sportdirektor des Deutschen Skiverbandes, Helmut Weinbuch, Vater des Weltmeisters in der nordischen Kombination, Hermann Weinbuch, und Stefan Gauer, der das Gymnasium bis 1999 auch leitete, erst fünf Jahre zuvor, also 1970, gegründet worden. Das Skigymnasium Christophorus zählt noch heute zu den besten Talentschmieden für junge Spitzensportler. Georg Hackl, Armin Bittner, Peter Schlickenrieder, Evi Sachenbacher, Hilde Gerg und nicht zuletzt Maria Riesch sind nur einige der großen Namen, die in diesem Gymnasium zu Spitzensportlern herangewachsen sind. Ich war glücklich und stolz, diese Schule besuchen zu dürfen, und war mir auch bewusst, dass mein Traum von einer Karriere als Spitzensportlerin nur in Erfüllung gehen konnte, wenn ich mein ganzes Leben darauf abstellte. Das bedeutete, dass vor allem meine schulische Ausbildung und die Möglichkeit des Trainings zu vereinbaren waren. Dies gelang mir in dieser Schule. Nun begann für mich ein Leben zwischen Büchern und Torstangen, zwischen Schulbank und Skipiste. Die Anforderungen und Belastungen im Internat waren groß, aber durchaus machbar. Der Alltag war geprägt von Lernen und Trainieren. Im Sommer stand Konditionstraining und ab Oktober Training im Schnee auf dem Stundenplan. Die Rennsaison begann im November und ging bis Ende März. Im November hatten wir in Berchtesgaden oft zu wenig Schnee, um trainieren zu können. Dann ging es schon frühmorgens los in Richtung Gletscher. Unsere Trainer waren beinhart, und für uns hieß das: um 6.30 Uhr aufstehen, um sieben Uhr Frühstück und dann in den Bus Richtung Gletscher. Oft war es neblig und kalt, aber das machte uns nichts aus. Denn wir alle hatten nur ein Ziel vor Augen: in die Weltspitze aufzusteigen.

Durch den strengen Trainings- und Schulplan vergingen die Wochen wie im Flug. Und die Wochenenden waren dazu da, um Wäsche zu waschen und ein bisschen Freizeit zu genießen. Doch sie vergingen schnell, ja oftmals zu schnell. Es blieb kaum Zeit, um Freunde zu besuchen oder auszugehen. Gerne wäre ich ab und zu zum Tanzen gegangen, aber bis ich mich versah, war das Wochenende schon wieder vorbei, und es hieß Koffer packen und ab nach Berchtesgaden.

Neben dem harten körperlichen Training war selbstverständlich auch die richtige Ernährung von entscheidender Bedeutung für den Erfolg. Ich aß überwiegend Reis, mageres Fleisch und natürlich viel Gemüse. Und meine Mutter war für mein ganz besonderes »Doping« zuständig. Sie hatte eine gute Verbindung zu einer kleinen Bäckerei in Miesbach, deren Bäcker auf Dinkelzwieback schwor. Seiner Meinung nach war Dinkel für den Körper gut verträglich und förderte die Konzentration. Also besorgte mir meine Mutter immer meinen Dinkelzwieback, der dann bei der Abreise nie in meinem Koffer fehlte. Ob bei einem Weltcuprennen oder den Olympischen Spiele – vor dem Start aß ich zum Frühstück immer meinen Dinkelzwieback aus der kleinen Bäckerei in Miesbach.

Wichtig war natürlich auch das mentale Training. Schon damals habe ich mich nach einem anstrengenden Tag – einem Trainings- oder Renntag – durch autogenes Training entspannt. Für mich war es wichtig, Ruhe und innere Gelassenheit zu finden, um mich wieder auf neue Aufgaben und Ziele konzentrieren zu können. So konnte ich meine Reserven aktivieren und neue Kräfte aufbauen. Neben dem technischen und dem Konditionstraining habe ich mich stets auch durch mentale Übungen wie beispielsweise Wärme-, Atem- und Schwereübungen auf die Rennen vorbereitet. Ein chinesisches Sprichwort sagt: »Die Gedanken fliegen wie Vogelschwärme um deinen Kopf. Das kannst du nicht verhindern, aber du kannst verhindern, dass sie Nester bauen in deinem Haar. Lass die Vögel fliegen.«

Diesem Sprichwort folgend, gelang es mir fast immer, mich ganz auf meinen Körper zu konzentrieren und nicht zu unwichtigen Dingen abzuschweifen. Natürlich durfte auch der Spaß nicht zu kurz kommen. Ich war zwar eingebettet in ein perfektes System aus Schule, Sport und Familie. Aber in der Schule lernte ich viele Gleichgesinnte kennen, und wir hatten neben allem Training und Wettkampf auch immer wieder unseren Spaß und fanden ab und zu Zeit für den einen oder anderen Jugendstreich. Eigentlich fehlte mir nichts. Ich war mir bewusst, dass ich zu den auserwählten Skiläuferinnen gehörte und alle, seien es meine Eltern, meine Trainer oder auch meine Freunde, große Hoffnungen in mich setzten. Doch dieser Druck belastete mich nicht allzu sehr. Für mich gab es nur ein Ziel: Ich wollte zur Weltspitze der Skiläuferinnen gehören. Das war mein Jugendtraum!

# 3. Ein wichtiger Sieg

Mit der Zeit entwickelte sich der Weltcupteenager mehr und mehr zur Profisportlerin. Ich konnte in vielen Rennen Siege und gute Platzierungen erreichen, sodass meine Karriere stetig steil bergauf ging. Dann stand die Rennsaison 1978/79 bevor, ich war optimal vorbereitet, alle Ampeln für eine erfolgreiche Saison standen auf Grün. Doch leider kam alles anders als geplant. Denn die Ampeln zum Erfolg standen zwar auf Grün, die Ampeln der Gesundheit jedoch auf Rot. In der Vergangenheit hatte ich immer wieder leichte Probleme mit meinen Nasennebenhöhlen. Im Spätsommer 1978 wurden die Schmerzen allerdings so groß, dass ich mich einer Operation an den Nebenhöhlen unterziehen musste. Ich lag zwei Wochen in der Klinik, und leider traten erhebliche Komplikationen auf, die den gesamten Heilungsprozess stark verzögerten. Nach Wochen durfte ich zwar schließlich die Klinik verlassen, aber an ein Training war nicht zu denken. Allein der Gedanke daran, nicht an den künftigen Weltcuprennen teilnehmen zu können, machte mich fast wahnsinnig. In den letzten Jahren hatte ich alles getan, um meinen großen Traum erfüllen zu können. Ich hatte auf so viel verzichtet, mein ganzes Leben nur auf meine Karriere abgestimmt. Mein Körper war doch so gut trainiert, und ich hatte immer darauf geachtet, dass alles in Ordnung war. Und jetzt die erste große Enttäuschung. Aber ich wollte nicht aufgeben.

Daher habe ich mich mit unserem damaligen Konditionstrainer der Damenmannschaft, Heinz Mohr, in Verbindung gesetzt und ihn gebeten, mir zu helfen. Ich werde ihm nie vergessen, dass er persönlich zu mir nach Hause kam und mit mir ein Spezialtraining ausarbeitete, das meine Kondition wieder aufbauen sollte. Er war es auch, der mir geholfen hat, meine Psyche und durch mentales Training auch mein Selbstbewusstsein wieder zu stärken.

Trotz meiner Krankheit unterzog ich mich also diesem privaten Spezialtraining und begann langsam, meine Kondition wieder zu verbessern. Schritt für Schritt, Tag für Tag konnte ich Fortschritte feststellen. Aber ich war ungeduldig, wollte mehr, trainierte heimlich in den Abendstunden – mehr als der Trainingsplan vorschrieb – und bekam von meinem Körper auch prompt die Quittung serviert: Muskelschmerzen, Krämpfe, Müdigkeit ... einmal brach ich in Wörnsmühl bei meinem Onkel Lenz zusammen, mein Kreislauf machte nicht mehr mit. Ich wollte einfach zu viel und musste lernen, mehr auf meinen Körper zu hören und geduldig zu sein. In der Folge hielt ich den Trainingsplan von Heinz Mohr genauestens ein und wurde schließlich dafür belohnt. Ich radelte fleißig im Wohnzimmer auf dem Hometrainer und schaute mir dabei immer und immer wieder die Folgen von *Sissi* an. Nach gut zwei Monaten kam dann endlich die erlösende Aussage der Ärzte: »Dein Körper ist fit, du kannst wieder in der Mannschaft mittrainieren und auch Rennen fahren.«

Das war für mich die schönste Nachricht seit Monaten und zugleich der Start für einen Wettlauf gegen die Zeit. Dieses Mal jedoch nicht auf der Piste, sondern in Bezug auf Material und Ausrüstung. Ein unterzeichneter Materialvertrag mit einem der Skiausrüstungshersteller ist Voraussetzung für jeden Skiläufer, der in eine Rennsaison starten möchte. Normalerweise kümmert sich jeder Athlet persönlich vor Beginn der Saison um diese Verträge. Doch meine Krankheit hatte es mir unmöglich gemacht, in diesem Punkt aktiv zu werden. Ich hatte somit eigentlich alles versäumt, was bisher zu tun gewesen wäre. Durch einen Anruf beim Deutschen Skiverband konnte ich wenigstens eine Fristverlängerung um 14 Tage erwirken. In dieser Zeit musste ich mich jedoch entscheiden.

Ski und Bindung waren schnell gefunden, doch der Schuh war mein großes Problem. Jeder, der selbst Ski fährt, weiß, dass eines der schlimmsten Dinge ist, wenn der Schuh drückt. Und für einen Rennläufer ist der passende Schuh natürlich besonders wichtig. Nur wenn Schuh und Fuß eine Einheit bilden, kann der Fahrer seine Technik optimal auf den Ski und damit auf die Piste übertragen. Da ich eine derjenigen Rennläuferinnen war, die das Tempo eher durch Technik auf die Piste brachten als durch Kraft, war es für mich extrem wichtig, einen optimalen Skischuh zu finden. Weil die Zeit drängte, entschloss ich mich, das zu machen, was jeder Freizeitskifahrer in so einer Situation auch getan hätte. Ich ging in ein großes Münchener Sporthaus und probierte alle Skischuhe aus dem Sortiment an. Tatsächlich fand ich ein Modell, das mir optimal passte und bei dem ich bereits im Sporthaus fühlte, dass das der richtige Skischuh für mich sein könnte. Mental bin ich zwischen den Schuhregalen mein erstes Slalomrennen gefahren, Tor für Tor – und alles passte. Doch dann warf mich die Stimme eines Verkäufers aus meinem imaginären Rennen: »Frau Kinshofer, was wollen Sie denn mit diesem Schuh, das ist doch ein Auslaufmodell!«

Normalerweise ist für jede Frau das Wort Auslaufmodell in Verbindung mit Mode und Bekleidung eine Schreckensnachricht. Doch in diesem Fall ging es nur darum, dass der Skischuh passte. Daher antwortete ich ganz knapp: »Das macht nichts. Dann machen wir eben aus dem Auslaufmodell ein Rennmodell.«

Ich nahm gleich zwei Paar mit, bezahlte 500 DM (heute rund 250 Euro) für beide und unterschrieb kurz darauf den Vertrag mit dem Hersteller. Damit war ich für die Rennsaison 1978/79 voll gerüstet.

Im November begann ich schließlich langsam mit den Trainingsläufen am Gletscher. Da ich trotz meiner Genesung körperlich noch ziemlich angeschlagen war, hatte mir mein Trainer für die ersten zwei Wochen nur freies Skifahren auf den Trainingsplan gesetzt, um mich zu schonen. Ich musste mich langsam wieder an das Skifahren und die körperlichen Belastungen gewöhnen. Als Sorgenkind der Mannschaft wurde mir unser B-Kader-Coach Ludwig Sennhofer als Trainer zur Seite gestellt. Mit zwei Trainern, Heinz Mohr und Ludwig Sennhofer, und mit extremem Trainingsaufwand konnte ich meinen alten Konditions- und Leistungsstand bald wiederherstellen. Nach zwei Wochen Sonderbehandlung durfte ich dann endlich wieder mit den anderen Mädchen trainieren. Natürlich hatten sie einen großen Trainingsvorsprung, da sie den ganzen Sommer über am Gletscher gefahren waren und ein Trainingsrennen nach dem anderen absolviert hatten – während ich in der Klinik gelegen hatte und von einem Behandlungszimmer in das nächste geschoben worden war. Obwohl mein Gesundheitszustand nun wieder bestens war, war es für meine Trainer und auch für mich völlig klar, dass ich nur das schwächste Glied in der Kette der Mannschaft sein würde. Daher fand ich es auch nicht verwunderlich oder enttäuschend, dass mich beide Trainer im Rahmen der Wettkampfvorbereitungen meiner Kolleginnen zunächst als Vorläuferin eingeteilt hatten. Vorläuferinnen tragen in der Regel nicht einmal einen Rennanzug, sondern einen wattierten Skianzug, da es weder auf Aerodynamik noch auf Luftwiderstand ankommt und die Zeiten der Läufe nicht mitgestoppt werden. Man ist so eine Art Testpilotin, die den gesteckten Lauf zunächst einmal ausprobieren soll, damit die Rennläuferinnen diesen bedenkenlos und ohne Risiko mit vollem Tempo fahren können.

Also startete ich als Vorläuferin in einem der Wettkampfvorbereitungsrennen. Im Ziel angekommen, kam Ludwig Sennhofer sofort zu mir und meinte: »Wenn mich nicht alles täuscht, bist du gerade ziemlich schnell gewesen. Ich habe zwar nicht mitgestoppt, aber es sah verdammt schnell aus. Weißt du was, beim nächsten Vorlauf stoppe ich heimlich – nur so zum Spaß – mit.«

Ich ging wieder an den Start, warm eingepackt in meinen dicken wattierten Skianzug. Ludwig Sennhofer stoppte die Zeit und konnte nach meiner Zieldurchfahrt nicht glauben, was er sah. Es war Bestzeit. Umgehend informierte er die anderen Trainer, und beim nächsten Vorlauf stoppten alle die Zeit mit der offiziellen Zeitmessung mit. Das Ergebnis: wieder Bestzeit und Kopfschütteln und Verwunderung bei den Trainern. Ratlosigkeit machte sich bei den Trainern breit. War eine Nebenhöhleneiterung etwa eine optimale Rennvorbereitung? War ein Klinikaufenthalt besser als ein Sommertraining am Gletscher? Konnte man sich in zwei Wochen wirklich besser auf eine Skisaison vorbereiten als in einem monatelangen Trainingsprozess? Alles Unsinn. Es musste einen anderen Grund geben. Plötzlich hatten die Trainer eine scheinbar einleuchtende Erklärung gefunden: »Na klar, du bist ja als Vorläuferin gestartet, also hast du die beste Piste und damit auch die schnellste Zeit, ist doch logisch!« Die Folge daraus hieß: »Christa, du startest jetzt einmal als Letzte.« Aber auch dieses Mal sollte die Letzte die Erste sein – wieder Bestzeit.

Ehrlich gesagt, kann ich mir bis heute nicht erklären, warum ich nach so kurzer Zeit, nach meiner langen Krankheit mit all den psychischen Problemen damals so gut gefahren bin. Vielleicht lag es daran, dass ich im Krankenbett zwar nicht körperlich trainieren konnte, aber immer geistig auf Skiern stand. Aus Ärzten machte ich Trainer, aus Krankenschwestern Mannschaftskameradinnen. So hatte ich meine Fantasiemannschaft. Vielleicht war ich durch meine lange Abwesenheit aber auch insgesamt frischer, hungriger und gieriger als die anderen, die schon wochenlang

Tag für Tag am Gletscher waren. Vielleicht war es aber auch einfach nur Glück. Denn man kann viel trainieren, viel arbeiten, alles planen und vorbereiten, aber ganz ohne Glück geht es letztendlich nicht. Und dieses Glück hatte ich.

Meine guten Zeiten sagten mir, dass ich meine alte Kondition wiederhatte, und gaben mir vor allen Dingen mein Selbstvertrauen zurück. Glücklich fragte ich unseren Mannschaftstrainer Klaus Mayr:»Nehmt ihr mich jetzt mit zum Weltcuprennen – und zwar nicht als Vorläuferin? Ich werde euch sicher nicht enttäuschen, ihr werdet sehen, ich schaffe es!« Doch Klaus Mayr schüttelte den Kopf und meinte:»Nein, Christa, du kannst nach einer so langen Krankheit und so wenig Training unmöglich eine ganze Rennsaison durchstehen. Es wäre wirklich unverantwortlich, dich mitzunehmen, und es könnte auch nicht gut gehen.«

Obwohl ich seine Bedenken durchaus verstehen konnte, wollte ich einfach nicht aufgeben. Ich bedrängte ihn und führte lange Diskussionen mit ihm. Denn ich war überzeugt, dass es kein Fehler sein würde, mich zu den Weltcuprennen mitzunehmen. Nach langem Zögern und vielen endlosen Gesprächen gab Klaus Mayr schließlich sein Okay, und ich durfte im Weltcup starten.

Doch bevor der Weltcup mit dem ersten Riesenslalom im Dezember in Val d'Isère beginnen sollte, standen zunächst die »World Series« auf dem Programm, eine Art Vorstufe zum Weltcup. Die erste Station war das österreichische Fulpmes in den Stubaier Alpen im Innsbrucker Land. Mit Startnummer 28 hatte ich dort eine gute Startposition gelost. Zuversichtlich und mit großem Selbstvertrauen ging ich an den Start, und nach dem ersten Durchgang war meine Hoffnung auf eine gute Platzierung erfüllt, denn ich war auf Platz 8 gefahren. Für den zweiten Lauf setzte ich voll auf Angriff. Ich fühlte mich konditionell stark, hatte eine gute mentale Vorbereitung hinter mir, meine Ausrüstung war top, und das Auslaufmodell an meinen Füßen passte wie angegossen.

Zu diesem Zeitpunkt ahnte ich noch nicht, dass dieser zweite Lauf einer der wichtigsten in meiner sportlichen Karriere werden würde. Ich konnte es beinahe spüren, wie alle mein Rennen mit ganz gemischten Gefühlen beobachteten. Einerseits setzten die Trainer natürlich große Hoffnungen und Erwartungen in mich, andererseits verfolgten sie das Ganze auch mit unverhohlener Skepsis. Hatte ich den Mund zu voll genommen? Hatte ich aufgrund meiner guten Vorläufe vielleicht zu viel Selbstvertrauen entwickelt? Waren die Zeiten in den Vorläufen nur das Ergebnis einer herausragenden und einmaligen Tagesform, oder hatten sie tatsächlich meinen Konditions- und Leistungsstand widergespiegelt?

All das ging mir kurz vor dem Start auch durch den Kopf, aber dann hieß es nur noch abfahren, und zwar in einer optimalen Zeit. Von Tor zu Tor, Sekunde für Sekunde dem Ziel entgegen. Im Ziel angelangt, war die Sensation perfekt. Ich fuhr Laufbestzeit und landete im Endergebnis auf Platz 2. »A new star is born!«, war eine der unzähligen Schlagzeilen der Journalisten. Ich hatte etwas erreicht, womit keiner gerechnet hatte. Die lange Krankheit, mein großes Trainingsdefizit und die nur kurze Vorbereitungszeit machten es eigentlich unmöglich, diesen Leistungsstand zu erreichen. Für mich persönlich war es ein überwältigender Sieg. Noch im November war ich als Vorläuferin für meine Mannschaftskolleginnen gestartet, und jetzt stand ich als Zweite auf dem Siegerpodest – ein erster wichtiger Sieg nach einer langen Talfahrt.

# 4. Weihnachten am 18.12.1978 – der Beginn einer unglaublichen Serie

Die Vorbereitungsrennen der »World Series« hatte ich mit großem Erfolg hinter mich gebracht, jetzt konnte die Weltcup-Rennsaison 1978/79 beginnen – und zwar mit Christa Kinshofer! Der erste Riesenslalom im Dezember 1978 fand im französischen Val d'Isère statt. In meinen Koffer packte ich neben meiner Skiausrüstung Selbstbewusstsein, Kampfgeist, Vertrauen, Lockerheit, Kondition, Mut und Gefühl. Und natürlich musste ich auch noch Platz lassen für das Glück und leider auch für die Angst um meine Gesundheit. Beim Start in Richtung Val d'Isère konnte ich selbstverständlich noch nicht ahnen, dass dies der Beginn einer unglaublichen Erfolgsserie sein sollte.

Val d'Isère ist ein romantisch gebliebener Skiort im Zentrum von Savoien. Zusammen mit Tignes beläuft sich das zusammenhängende Skigebiet auf rund 10.000 Hektar Fläche. 1992 war Val d'Isère Austragungsort der alpinen Skiwettkämpfe bei den Olympischen Spielen von Albertville, 2009 Veranstalter der Alpinen Skiweltmeisterschaften. Vor allem die Herrenabfahrt von Val d'Isère zählt zu den schwierigsten im gesamten Weltcupzirkus. Die mediterranen Einflüsse aufgrund der Nähe zur italienischen Grenze sind hier deutlich spürbar und verleihen dem Ort mit seinen schönen Bauwerken aus früheren Jahrhunderten ein bezauberndes Flair. Doch im Grunde war dies alles für mich nur nebensächlich. Denn in diesem Moment zählte nur eines – das Rennen.

Über dem Ort lag eine unbeschreibliche Spannung, eine Atmosphäre, die im Sport immer dann entsteht, wenn die weltbesten Athleten zusammenkommen, um ein Rennen oder einen Wettkampf auszutragen. Es war eine Mischung aus Zusammengehörigkeit und Einsamkeit, aus Kameradschaft und Konkurrenz. Die Erwartung, die Hoffnung auf einen Erfolg oder sogar einen Sieg stand allen Athleten buchstäblich ins Gesicht geschrieben. Für mich war das ein neues Erlebnis, eine Stimmung, in der ich mich jedoch nicht unwohl fühlte. Im Gegenteil, ich wurde immer ruhiger, je näher das Rennen kam. Der Abend vor dem Rennen verlief völlig normal. Meine Physiotherapeutin Traudl Grad massierte mich und machte, wie sie immer sagte, die Beine locker. Ich fühlte mich gut und ging früh zu Bett. Am Morgen vor dem Rennen frühstückte ich dann wie immer meinen Dinkelzwieback aus Miesbach, von dem mir meine Mutter wieder jede Menge mitgegeben hatte.

Es war ein kalter Wintertag, bewölkt, nur manchmal spitzte die Sonne ein wenig heraus, um das Licht über der Piste kurz zu verändern. Mit der Startnummer 18 hatte ich einen guten Startplatz gelost. Der erste Durchgang begann. Ich hatte von Anfang an ein gutes Gefühl. Der Hang war steil, was mir sehr entgegenkam, denn da war es wichtig, keine technischen Fehler zu machen. Ich fuhr sehr ökonomisch, d. h., ich musste wenig aufkanten und hatte dadurch keinen Geschwindigkeitsverlust, was man auch daran sah, dass der Schnee wenig spritzte. Ich fuhr also flüssig und kam sozusagen »elegant« durch die Tore. Im Ziel angelangt, wusste ich, dass ich eine gute Zeit gefahren war. Mein Trainer war da offenbar zunächst anderer Ansicht. Denn wie mir später erzählt wurde, hatte er während meines Laufes getobt: »Die Christa schläft ja ein auf dem Ski! Wenn noch eine unserer Mädchen so runtertrödelt, dann können wir unsere Koffer packen. Was ist denn nur mit ihr los?«

Doch der optische Eindruck war falsch. Denn die Stoppuhr zeigte etwas ganz anderes: die zweitbeste Zeit hinter der fünf Jahre älteren Hanni Wenzel aus Liechtenstein, die zu diesem Zeitpunkt schon zehn Weltcupsiege und einen Weltmeistertitel errungen hatte. Die Kommentare meines Trainers nahm ich ihm nicht übel. Denn es ist ganz normal, dass kleinere

Läuferinnen optisch zwischen den Toren schneller wirken als ich mit meiner größeren Figur. Hinzu kam wohl auch, dass mir mein Trainer im ersten Durchgang das Tempo nicht wirklich zugetraut hatte.

Nun stand der zweite Lauf bevor. Traudl Grad legte noch einmal schnell Hand an mich. Sie hatte wahre Wunderhände. Sie drückte an bestimmten Stellen fest auf Sehnen und Muskeln, und ich spürte sofort, wie ein Kribbeln in mir hochstieg und das Blut zu pulsieren begann. Sie hatte den Energiefluss in meinem Körper wiederhergestellt. Ich war heiß auf den zweiten Durchgang, in dem ich als Vorletzte aus dem Starthäuschen fahren durfte. Vor mir waren noch die Deutsche Regine Mösenlechner und die Schweizerin Marie Theres Nadig am Start. Meine Freundin und Mannschaftskollegin Regine fuhr sehr gut, schaffte es aber leider nicht auf das Treppchen, denn sie wurde Vierte. Marie Theres Nadig legte eine gute Zeit vor, die es nun zu knacken galt. Ich stürzte mich aus dem Starthäuschen, fuhr mit voller Konzentration von Tor zu Tor und erreichte das Ziel mit über einer halben Sekunde Vorsprung. Jetzt trennte mich nur noch Hanni Wenzel von meinem ersten Weltcupsieg. Ich stand unten im Ziel und war fast nervöser als am Start. Hanni Wenzel war gestartet, bei der Zwischenzeit war sie noch vorne, und ich wusste, dass sie schon oft ein grandioses Finale hingelegt hatte. Mein Puls schlug so schnell, als wenn ich selbst fahren würde. Schließlich kam Hanni ins Ziel, und es leuchtete die Zwei auf. Ich war im zweiten Durchgang Laufbestzeit gefahren. Am 18. Dezember 1978 war mein erster Weltcupsieg erreicht!

Die Minuten nach dem Sieg werde ich wohl nie vergessen. Es ist ein unbeschreibliches Gefühl und schwer zu erklären, was in diesen Momenten in einem Sportler vorgeht. Es war der erste große Sieg in meinem Leben. Plötzlich stand ich im Mittelpunkt. Alle wollten Bilder, Interviews, wollten Momente meines Glücks einfangen. Ich wurde vom Pressesprecher des Internationalen Skiverbands (FIS) von Fernsehstation zu Fernsehstation weitergereicht, um Interviews und Stellungnahmen abgeben zu können. Ich kann mich noch gut daran erinnern, dass das ORF-Fernsehen als damaliger Top-Berichterstatter für Skiereignisse mich zu meinem ersten Interview holte. Edi Finger senior – eine Legende unter den Sportjournalisten – führte das Gespräch mit mir als frischgebackener Weltcupsiegerin. Begeistert fragte er mich: »Christa, wie war für dich der Rennverlauf, was hast du gefühlt? Wusstest du, dass es Bestzeit ist? Wie kannst du jetzt diese Momente deines Glücks, deines Erfolgs, deines ersten großen Weltcupsiegs beschreiben?« Und schon hielt er mir sein Mikrofon vor die Nase. Ich schaute ihn mit großen Augen an, zögerte und sagte dann mit etwas zittriger Stimme:»Ja mei, was soll ich da jetzt sagen?«

Edi Finger schmunzelte, und sein Gesicht zeigte eine Mischung aus Verständnis und Mitleid. Aus seiner langjährigen Erfahrung als Sportjournalist wusste er genau, wie schwer es für eine junge Sportlerin wie mich war, den ersten Kommentar zu einem Weltcupsieg abgeben zu dürfen oder zu müssen. Mit seinem Lächeln kehrte jedoch auch mein Selbstvertrauen zurück, und schließlich konnte ich dann doch meine Gefühle und Eindrücke etwas ausführlicher schildern.

Wir blieben noch ein, zwei Tage in Val d'Isère, bis wir die Heimreise antraten, um Weihnachten im Kreis der Familie feiern zu können. Für mich hatte jedoch in diesem Jahr Weihnachten bereits am 18. Dezember stattgefunden, am Tag meines ersten Weltcupsieges. Es war ein ganz besonderes Weihnachten, so ganz anders und vielleicht das schönste bis dahin.

Nach den Feiertagen und dem Jahreswechsel wurde wieder hart trainiert. Bereits am 7. Januar 1979 stand der nächste Weltcuplauf auf dem Programm – auch diesmal in Frankreich. Ein Riesenslalomrennen in Les Gets. Les Gets gehört zu den *Portes du soleil*, also zu den Toren der Sonne im französisch-schweizerischen Grenzgebiet. Das Gebiet zählt zu den größten Skiregionen der Welt. Die Menschen in Les Gets sind sehr traditionsverbunden, und ich fühlte mich sofort wie zu Hause, da ähnlich wie in meinem Heimatort Miesbach hier der Ski- und Wintersport ein Teil des Lebens ist. Es gibt kaum jemanden, der nicht Ski fahren kann. Anders als in Miesbach ist in Les Gets allerdings das Panorama. Wie sehr ich auch in meiner Heimat den Spitzing liebe und den Wendelstein schätze, so sind diese Berge doch nicht zu vergleichen mit denen von Les Gets. Der Blick auf einen der Könige der Berge, das einmalige Panorama mit der Gipfelkette des Montblanc, ist einfach herrlich. Natürlich fühlte ich mich in solch einer Umgebung rundum wohl. Ähnlich wie in Val d'Isère hatte sich eine fantastische Rennatmosphäre breitgemacht. Es war alles wie in einem Märchen. Ich konnte mich optimal auf das Rennen vorbereiten, war konzentriert, mein Geist, mein Körper und meine Gefühle waren nur noch auf Sieg eingestellt. Und das Rennen lief dann auch optimal. Am Ende stand wieder Christa Kinshofer ganz oben auf dem Siegerpodest.

Die Welle des großen Erfolgs begann sich aufzubauen. Nach diesem zweiten Sieg spürte ich, dass nun meine große Zeit gekommen war. Die Angst, dass ein Leistungstief kommen könnte, hatte ich völlig verdrängt. Voller Freude und mit gewaltigem Enthusiasmus reiste ich dann weiter zum nächsten Rennen. Dieses Mal – am 6. Februar 1979 – ging es in meine bayerische Heimat nach Berchtesgaden. Wieder ein Riesenslalom und, wie konnte es anders sein, wieder der erste Platz. Aus den Lautsprechern im Zielraum dröhnte *Siebzehn Jahr, blondes Haar* von Udo Jürgens.

Dies war der dritte Sieg in Serie, und ich war nicht mehr aufzuhalten. Durch meine Siege war es mir aber auch gelungen, meine Mannschaftskameradinnen zu motivieren. Unser ganzes Team hatte sich enorm gesteigert. Alle Läuferinnen waren nur noch auf Angriff und Erfolg programmiert. In dieser unbeschreiblichen Stimmung ging es dann weiter um die Welt. Das nächste Rennen fand am 8. März 1979 in Aspen/USA statt. Aspen im Herzen der Rocky Mountains war für mich eine neue, aber nicht unbedingt fremde Welt. Da mich meine Eltern bereits mit elf Jahren allein zu meiner Großtante Inge in die USA geschickt hatten, um Englisch zu lernen, waren mir sowohl die amerikanische Lebensweise als auch die Sprache geläufig. Dies hatte den großen Vorteil, dass ich mich auch hier sehr schnell zurechtfand. Das gab mir Sicherheit, sodass ich mich mit einem guten Gefühl auf das bevorstehende Rennen konzentrieren konnte.

Auch diesmal lief alles optimal, und der 8. März 1979 wurde erneut ein Tag des Erfolges für mich. Der vierte Weltcupsieg in Folge war geschafft. Zeit zu feiern oder zum Ausruhen blieb allerdings nicht. Denn schon drei Tage später, am 11. März 1979, fand das nächste Weltcuprennen in Heavenly Valley statt. Wieder erwartete uns eine unbeschreibliche Naturkulisse. Von den Pisten des Heavenly Valley aus schweift der Blick auf den Lake Tahoe, der, umringt von schneebedeckten Bergen, eingebettet ist in ein riesiges Naturschutzgebiet. Mir war nicht bewusst, dass ich dieses Gebiet und den Lake Tahoe bereits unzählige Male gesehen hatte. Denn das Anfangsbild der legendären Westernserie *Bonanza* war, wie sicherlich noch viele in Erinnerung haben, eine brennende Landkarte, durch die die Mitglieder der Familie Cartwright auf ihren Pferden ritten. Und diese Landkarte zeigt genau das Gebiet des Lake Tahoe, wie mir Bewohner von Heavenly Valley stolz erzählten. Die Dreharbeiten für diese Serie fanden hier auf der eigens dafür errichteten Ponderosa Ranch statt.

Der Tag des Rennens kam. Strahlend blauer Himmel, eiskalte, kristall-klare Luft und ein technisch anspruchsvoller, steiler Riesenslalom er-warteten mich. Ich hatte keine Angst vor diesem Rennen, die war längst verschwunden, und an ihrer Stelle stand die Freude, ja die Lust auf das Rennen. In den unendlichen Weiten des Heavenly Valley gelang mir, der jungen Skifahrerin aus Miesbach in Oberbayern, dann das Unfassbare. Ich gewann auch den fünften Riesenslalom nacheinander. Erst in der Saison 2009/10 sollte Lindsey Vonn wieder fünf Siege in Folge in einer Disziplin erzielen. Mein Sieg in Val d'Isère war also der Beginn einer unglaublichen Erfolgsserie gewesen. Ich hatte etwas geschafft, womit wirklich keiner ge-rechnet hatte: Ein 17-jähriges Mädchen gewann fünf Weltcuprennen in Folge.

Diese Siegesserie zog nun eine für mich überraschende Menge an Me-dienauftritten nach sich. Plötzlich zeigten alle Journalisten, Fernsehan-stalten und Zeitungen größtes Interesse an meiner Person. Anfangs hat-te ich noch Lampenfieber, wenn mir ein Interviewpartner gegenübersaß oder ein Medienauftritt bevorstand. Aber mit der Zeit bekam ich Routine, und es machte mir sogar großen Spaß. Ich fühlte mich vollkommen zu-frieden und wohl in meiner Haut, und das merkten alle Menschen, die mit mir zu tun hatten. Es verbreitete sich eine angenehme Aura, wenn ich von meinen Siegen und Rennen erzählen durfte. Ich war so unbeschreib-lich glücklich und wollte diese Freude und mein Glück auch zeigen. Sehr schnell spürte ich damals, dass meine Freude und Begeisterung bei den Journalisten und Vertretern der Medien in diesem Moment keinen Neid oder negative Emotionen auslösten, sondern alle bereit waren, diese Freu-de mit mir zu teilen. Der berühmte Funke sprang sofort über. Auch die Journalisten hatten offenbar Spaß, mit mir zu arbeiten. Die Presse machte mich zur absoluten Skikönigin und schrieb: »Christa Kinshofer, mit 17 schon ein Weltstar, sie könnte Fotomodell sein.«

Neben den Interviews kamen nun auch die ersten Fernsehauftritte. Un-vergesslich natürlich mein erster Auftritt in der ARD-Livesendung *Abend-schau – Der Samstagsclub*. Mich auf ein Skirennen vorzubereiten war für mich bereits zur Routine geworden. Aber jetzt musste ich mich auf einen Live-TV-Auftritt vorbereiten, und das war etwas vollkommen anderes: schicke Kleidung statt Rennanzug, perfekte Frisur statt Helm und eine Maskenbildnerin statt meinen Trainern. Das war für mich natürlich schon sehr aufregend. Perfekt gekleidet und gestylt, musste ich schließlich hinter einer Wand auf das Stichwort für meinen Auftritt warten. Es war wie in einem Starthaus kurz vor dem Rennen. Noch einmal checkte ich »meine Ausrüstung«: Ja, die Kleidung sitzt perfekt, alles ist in Ordnung, es kann losgehen.

»Begrüßen Sie mit mir den neuen Stern am Skihimmel – Christa Kinshofer«, das war das Startsignal von Moderator Fritz von Thurn und Taxis. Mein Start in die Medienwelt glückte: Ich ging auf Fritz von Thurn und Taxis zu, gab ihm die Hand und wusste sofort, dass meine Ausstrahlung gut war. Fritz von Thurn und Taxis war sehr charmant und freundlich. Er fühlte meine Aufregung und nahm sie mir mit seiner zuvorkommenden und väterlichen Art. Überall im Studio waren Monitore aufgestellt, auf denen meine Rennen und Erfolge ausschnittsweise gezeigt wurden. So war ich sofort wieder in meiner Welt – in der Welt des Rennens. Doch kaum hatte ich den Start hinter mich gebracht, kam schon die erste schwierige Passage meines Medienrennens. Denn einer der weiteren Gäste der Sendung war Placido Domingo. Plötzlich stand ich also einem absoluten Weltstar gegenüber. Dass man in einer solchen Situation Herzklopfen bekommt, ist eigentlich selbstverständlich. Wir schauten uns an, waren uns aber vom ersten Moment an sympathisch. Er war an meinem Leben und meiner Karriere sehr interessiert und stellte mir viele Fragen. Von Frage zu Frage wurde ich lockerer und bekam das Gefühl, als würden wir uns schon lange Zeit kennen. Bei ihm war es offensichtlich genauso, denn schon bald berichtete auch er aus seinem Leben und sagte zum Schluss: »Wenn du das Talent hast, dann nimm dein Leben in die Hand und gehe deinen Weg bis ganz oben.« Diesen Satz habe ich bis heute nicht vergessen, und er erinnert mich immer an den großen Weltstar Placido Domingo.

Am Ende der Sendung gab es noch Blumen, und ich durfte für die Gäste im Studio Autogrammkarten unterschreiben. Damit war ich im Ziel meines ersten Medienrennens angelangt und hatte, meines Erachtens zumindest, einen ganz guten Platz erreicht, vielleicht sogar auf dem Siegerpodest.

Nach dieser Sendung folgten noch weitere Auftritte in den Medien. Einer der Höhepunkte war die größte Auszeichnung der Fachjournalisten: Ich wurde für das Jahr 1979 zur Sportlerin des Jahres gewählt. Sportler des Jahres wurde der überragende Leichtathlet Harald Schmidt. Die

Gala fand in Baden-Baden statt. Überglücklich und stolz schwebte ich auf dem roten Teppich dahin. Das Interesse der Öffentlichkeit an meiner Person hat mich völlig überwältigt. Es war ein unbeschreiblicher Abend und für mich deshalb so besonders, weil ich von den Fachjournalisten auserwählt worden war und somit meine sportliche Leistung Anerkennung fand.

Der Auszeichnung als Sportlerin des Jahres in Baden-Baden folgte wenig später die Ehrung als Skisportlerin des Jahres. Auch diesmal fand eine Galaabend statt, der in der Münchener Olympiahalle von Thomas Gottschalk moderiert wurde. Veranstalter war der *Münchner Merkur*. In der ausverkauften Olympiahalle wurde ich von Thomas Gottschalk als »neuer Star im Skirennsport, Christa Kinshofer – mit 17 Jahren Weltcup-Riesenslalom-Gesamtsiegerin« begrüßt. Der Applaus wollte nicht enden, und ich spürte, dass sich das Publikum mit mir über diesen Erfolg freute. Es schwang auch etwas Stolz darüber mit, dass eine junge Sportlerin aus Bayern diesen Welterfolg erreicht hatte. An diesem Abend stand ich wiederum einem Weltstar gegenüber. Dieses Mal nicht Placido Domingo, sondern einem sehr charmanten und gut aussehenden Spitzensportler – Franz Beckenbauer. Auch bei ihm war es Sympathie auf den ersten Blick und der Beginn einer bis heute andauernden Freundschaft.

Doch leicht wurde uns die erste Begegnung nicht gemacht. Denn wir mussten den Tanz des Abends mit einem Wiener Walzer eröffnen. Ich konnte zwar gut zwischen den Slalomstangen tanzen, und Franz war ein perfekter Tänzer mit dem Ball, doch Wiener Walzer konnten wir beide nicht. Als ich ihm in die Augen schaute, wusste ich, dass er jetzt lieber auf einem Fußballfeld stehen würde als auf dem Tanzparkett. Da flüsterte er mir ins Ohr: »Tanzen kann ich eigentlich nicht.« Offenbar beruhigte es ihn, als ich frech zu ihm sagte: »Ich auch nicht besonders. Stellen Sie sich einfach vor, ich wäre ein Fußball. Aber schlagen Sie jetzt bitte keine Ihrer berühmten Flanken.« Er musste lachen, nahm Tanzhaltung ein und führte mich perfekt über das Parkett. Somit tanzte ich meinen ersten »Kaiserwalzer«.

Am Ende der Sendung folgte dann noch ein sehr amüsanter Programmpunkt für einen wohltätigen Zweck. Ich wurde mit Schokolade aufgewogen. Dazu stand ich auf einer Seite einer riesigen Waage in der Waagschale. Auf der anderen Seite wurden große Toblerone-Schokoladentafeln aufgebaut, bis die Waage im Gleichgewicht stand. Nach der Sendung durfte sich ein Kinderheim über diese Schokolade freuen.

Im darauffolgenden Jahr 1980 wurde ich erneut zur Skisportlerin des Jahres gewählt und zu dieser Gala eingeladen. Doch da am selben Tag die Eröffnungsfeier von Lake Placid stattfand, konnte ich verständlicherweise die Ehrung an diesem Tag nicht persönlich entgegennehmen. Da ich jedoch sehr stolz auf die Auszeichnung war, bat ich meine Schwester Bärbel, für mich vor Ort zu sein. Bärbel stimmte begeistert zu und fuhr aufgeregt mit meinem Vater zu dieser Gala nach München. Ich selbst bedankte mich per Videobotschaft für die Ehrung. Zum Schluss der Sendung wurde erneut die Schokoladenwaage aufgebaut. Doch dieses Mal wurde Bärbel aufgewogen, und das Kinderheim durfte sich über mehr Schokolade freuen als bei mir. Bärbel lachte und meinte nur: »Ja, ich war schon immer ein bisschen schwerer als meine ältere Schwester.« Auch sie durfte oder musste Wiener Walzer tanzen, diesmal aber mit Franz Josef Strauß, der unserer Familie dann auch wie Franz Beckenbauer sehr verbunden blieb.

# 5. Von Miesbach/Oberbayern nach Lake Placid/State of New York –

## der lange Weg zu den Ringen

Olympia, der Mythos, Olympia, der Höhepunkt, das Größte, was ein Sportler in seiner Karriere erreichen kann. Fünf Weltcupsiege in einer Saison, das war unglaublich, phänomenal, sensationell. Doch jetzt hatten meine sportlichen Träume eine ganz andere Dimension erreicht. Denn die Olympischen Spiele 1980 in Lake Placid waren in greifbare Nähe gerückt. Nach meinen Weltcupsiegen waren alle, die Medien, die Trainer und selbstverständlich auch ich, der Meinung, dass eine olympische Medaille durchaus erreichbar wäre. Die Medien machten mich sogar schon im Vorfeld der Spiele zur Siegerin. Sie nannten mich bereits Goldmädchen, obwohl die neue Rennsaison noch gar nicht richtig begonnen hatte.

Der Start der Weltcupsaison verlief für mich aber wider Erwarten schwierig. In den ersten Rennen konnte ich keinen Sieg erreichen, sondern lediglich zweite und dritte Plätze. Im Hinblick auf Olympia verstärkte dies natürlich meinen Leistungsdruck. Es war für mich in dieser Phase nicht einfach, mein starkes Selbstbewusstsein, das ich aus den Weltcuprennen gewonnen hatte, aufrechtzuerhalten. Ich stand zwar einige Male auf dem Podest, musste jedoch der Siegerin von unten in die Augen schauen. Ein Gefühl, das ich aus der letzten Saison nicht kannte. Trotzdem fühlte ich, dass ich es schaffen konnte. Ich begann mit meinen Trainern, meine Stärken und auch meine Schwächen in den jeweiligen Läufen noch intensiver zu analysieren. Das sollte mein Selbstvertrauen stärken und mir die Möglichkeit geben, mich noch besser mental auf die entscheidenden Rennen vorzubereiten und zu konzentrieren. Denn nur wer seine Stärken erkannt hat, kann sie auch einsetzen. Und nur wer seine Schwächen kennt, kann sie vermeiden.

Immer und immer wieder sahen wir uns die Aufzeichnungen meiner Weltcupsiege an. Zu meinen Stärken gehörten die Leichtigkeit und Eleganz in meiner Fahrweise. Ich fuhr nicht mit Kraft, es war keine Anstrengung zu erkennen. In den Rennen schien es oft, als würde ich zwischen den Torstangen schweben. Das ging so weit, dass mich ein Sportjournalist einmal fragte, ob ich denn Schwebepulver unter meinem Belag hätte statt Rennwachs. Ja, mein Rennstil war geprägt von Geschmeidigkeit, Leichtfüßigkeit und einer gewissen Selbstverständlichkeit. Das ist fast vergleichbar mit einem guten Jongleur. Der Spitzenjongleur zeigt keinerlei Anstrengung, wenn er seine Bälle und Keulen durch die Luft wirbelt. Nur der schwache Jongleur macht ein angestrengtes Gesicht und muss sich erkennbar auf jeden seiner Bewegungsabläufe konzentrieren. Bei einem guten Jongleur entsteht der Eindruck, dass er die Bälle sogar im Schlaf durch die Luft wirbeln könnte. Bei mir war es ähnlich. Ich fuhr mit einer Selbstverständlichkeit durch die Torstangen, die einen neuen Fahrstil prägte. Ich war unheimlich stolz, als die Trainer mich als »weiblichen Ingemar Stenmark« bezeichneten. Ingemar Stenmark war der erfolgreichste alpine Skirennläufer seit Beginn des Weltcups. Mit seinem einzigartigen Fahrstil konnte er insgesamt 86 Weltcuperfolge erzielen. Er gewann dreimal den Gesamt-, achtmal den Riesenslalom- und siebenmal den Slalomweltcup. Fünfmal war er Weltmeister, zweimal gewann er olympisches Gold und einmal Bronze. Der 1956 Geborene wurde oft »die schwedische Katze« genannt, da er elegant und graziös durch die Torstangen schlich und trotzdem immer um Sekunden schneller war als seine Konkurrenten. Ich konnte Ingemar Stenmark oft beobachten, wenn wir in der Nähe der schwedischen Mannschaft trainierten. Es war wirklich einmalig, seinen ganz eigenen, perfekten Fahrstil zu bewundern. Mit ihm verglichen zu werden gab mir genau das Selbstvertrauen, das ich in der Vorbereitungsphase für Lake Placid unbedingt brauchte.

Nach der Regel des DSV muss ein Rennläufer innerhalb einer Saison entweder zweimal unter den Top 8 oder dreimal unter den Top 15 platziert gewesen sein, um an den Olympischen Spielen teilnehmen zu dürfen. Da ich diese Platzierungen erreicht hatte, stand meiner Teilnahme an den Spielen nichts mehr im Weg.

Unsere Mannschaft sollte bereits zwei Wochen vor den Olympischen Spielen nach Lake Placid reisen, um sich an die Pisten und Schneeverhältnisse dort zu gewöhnen. Ich kann mich noch gut an die letzten Tage und Stunden vor der Abreise erinnern. In diesen Tagen war ich so vielem ausgesetzt, das ich verarbeiten musste. Einerseits dem unheimlichen Leistungsdruck und der Erwartungshaltung, andererseits aber auch dieser unbeschreiblichen Freude darüber, überhaupt bei den Olympischen Spielen dabei sein zu dürfen. Endlich kam er dann, der lang ersehnte Tag der Abreise. Beim Abschied von meiner Familie und meinen Freunden nahm mich mein Vater in den Arm und schaute mir tief in die Augen. Ich konnte in seinen Augen eine unheimlich große Freude und einen gewaltigen Stolz erkennen. Und ich wollte nur eines: diese Augen nicht enttäuschen.

Von den Weltcuprennen der vergangenen Saison kannte ich bereits diese ganz besondere Atmosphäre, die herrscht, wenn Spitzensportler zusammentreffen, um einen Wettkampf auszutragen. Doch Lake Placid war anders. Lake Placid war Olympia. Allerdings war nicht alles perfekt, was wir bei unserer Ankunft vorfanden, ganz im Gegenteil. Es gab sogar einige erhebliche Schwierigkeiten, die bewältigt werden mussten, und Dinge, an die wir uns gewöhnen mussten. So gab es beispielsweise logistische Probleme, da die einzelnen Sportstätten einfach zu weit auseinanderlagen. Hieraus resultierten oft Komplikationen beim Transport und der Kommunikation. Eigenartig war auch das olympische Dorf, das als Olympiagefängnis bezeichnet wurde. Da von Anfang an geplant gewesen war, dass das Dorf nach den Olympischen Spielen in ein Jugendgefängnis umgewandelt werden sollte, war der Bau entsprechend gestaltet, sodass wir in sehr kleinen Zimmern, den künftigen Zellen, untergebracht waren.

Aber all das war mir und meinen Mannschaftskolleginnen im Grunde völlig gleichgültig. Für uns galt nur eines: Wir waren in Lake Placid, wir waren dabei bei den Olympischen Spielen. Und das war die größte Herausforderung unserer bisherigen Sportlerkarriere.

Zur Vorbereitung auf die Wettkämpfe fuhr die deutsche Skimannschaft in das Stowe Mountain Ressort in Vermont, das circa 320 Kilometer entfernt von Lake Placid liegt. Wir hatten dort unser weit abgelegenes, einsames Trainingslager. Ich war froh darüber, denn so konnten wir während der Vorbereitung dem Rummel der letzten Tage vor den Olympischen Spielen entgehen. Es herrschte eine trockene, bittere Kälte, und wir mussten uns durch Kältemasken vor Erfrierungen schützen. Wir konnten jedoch optimal trainieren, sodass unsere Leistungskurve von Tag zu Tag nach oben ging und die Medaillenhoffnung wuchs. Die insgesamt sechs Wettbewerbe im alpinen Skisport wurden alle in Lake Placid ausgetragen. White Face Mountain, der Berg der Bleichgesichter, 30 Kilometer vom olympischen Dorf entfernt, war der Austragungsort unserer Wettkämpfe. Da die Trainingsbedingungen im Stowe Mountain Ressort denen am White Face Mountain sehr ähnlich waren, waren wir bestens vorbereitet. Eine große Sorge blieb jedoch, denn Lake Placid litt oft unter Schneemangel. Schon vor 48 Jahren, als die Spiele zum ersten Mal in Lake Placid ausgetragen worden waren, gab es zu wenig Schnee. Damals konnte man allerdings nichts dagegen unternehmen. Jetzt konnten die Veranstalter dieses Problem mithilfe moderner Schneekanonen lösen. Es sollten die ersten Olympischen Spiele auf Kunstschnee werden. Dies bedeutete allerdings für uns, dass wir auf Kunstschnee fahren mussten, was für viele eine vollkommen neue Erfahrung darstellte. Wir wussten also, dass wir uns eventuell kurzfristig auf neue, vielleicht sogar unberechenbare Schnee- und Pistenverhältnisse einstellen mussten. Das machte aber nicht nur uns Sportlern Sorge, sondern insbesondere auch unseren Technikern und Serviceleuten. Welches Wachs war das richtige für den Kunstschnee? Wie mussten die Kanten geschliffen werden? Diese und viele andere Fragen waren alle noch nicht abschließend geklärt.

Doch diese Sorgen waren schnell vergessen, als der große Tag endlich gekommen war: die Eröffnungsfeier der Olympischen Spiele in Lake Placid 1980. Es war so weit. Die Reihenfolge der Mannschaft wurde nochmals besprochen. Unsere Trainer waren genauso aufgeregt wie wir. Es war ein unbeschreibliches Gefühl. Unsere Körper zitterten vor Aufregung und Vorfreude, als wir die schönen dunkelblauen Skioveralls von Willy Bogner anzogen. Ich kannte Willy Bogner schon seit Beginn meiner Skikarriere. Er war für mich ein Vorbild, weil er schon immer Sport und Geschäft sehr gut miteinander verbunden hatte. Er hatte 1960 und 1964 an den Olympischen Winterspielen teilgenommen. Nach Beendigung seiner Skikarriere war er 1972 in die Firma seine Eltern eingestiegen und hatte sie 1977 übernommen. Bis heute kleidet Willy Bogner die deutsche Ski- und Olympia-Winternationalmannschaft komplett als Sponsor ein. Für uns Mädels hatte Willy noch warme rote Jacken mit Kapuzen vorbereitet, die wir gerne anzogen, auch wenn wir in diesem Moment gar nicht merkten, ob wir froren. Es war ein unbeschreibliches Gefühl. Ich marschierte als Mitglied der deutschen Sportmannschaft in das Olympiastadion von Lake Placid. Musik, unzählige Blitzlichter, Tausende jubelnde Zuschauer, Sportler aus aller Welt, überschäumende Emotionen, lachende Gesichter – eine Atmosphäre, die es nur bei Olympischen Spielen gibt.

Während ich den jubelnden Zuschauern zuwinkte, musste ich an so viele Dinge denken. Mir fiel meine erste Begegnung mit Olympia ein, als ich als kleines Mädchen das olympische Feuer einige hundert Meter in Miesbach tragen durfte. Damals hatte ich mit vielem gerechnet und hatte große Träume. Dennoch konnte ich kaum glauben, was jetzt geschehen war. Ich war dabei bei Olympia! Zum ersten Mal wurde mir wirklich bewusst, was der olympische Grundsatz »Dabei sein ist alles« bedeutet. Der olympische Gedanke, die ganze Welt zu einem einzigartigen Sportereignis zusammenzuführen, war auf einmal so deutlich zu spüren. Jetzt verstand ich auch, warum die Welt in den letzten Jahrtausenden dieses Sportereignis immer wieder gefeiert hatte. Es ist nur zu schade, dass der olympische Grundsatz des Weltfriedens während der Spiele leider immer wieder missachtet wird. Ich spürte zum ersten Mal in meinem Leben eine unheimliche Verbundenheit mit allen Menschen, mit allen Sportlern aller Nationen. Es war für mich das bedeutendste und unbeschreiblichste Gefühl meines bisherigen Lebens. Und bei all diesen Eindrücken und Emotionen musste ich immer wieder an die Augen meines Vaters denken. Ich wusste, dass er zusammen mit meiner Mutter, meinen Geschwistern und der gesamten Familie vor dem Bildschirm saß und mit Stolz dieses einmalige Ereignis verfolgte.

Dann war sie vorbei, die Eröffnungsfeier, und die Wettkämpfe konnten beginnen. Es kam jedoch zunächst ganz anders, als ich mir gedacht und erhofft hatte. Meine erste Disziplin war der Riesenslalom. Damals wurden die beiden Durchgänge des Rennens an zwei Tagen ausgetragen. Das bedeutete für die Sportler eine große Belastung. Denn auch wenn sie dadurch Zeit hatten, sich zwischen den Durchgängen eine Nacht lang zu erholen, war die nervliche Belastung enorm. Das Rennen war für Mittwoch und Donnerstag angesetzt. Riesenslalom war meine größte Stärke, daher ruhten alle Hoffnungen auf dieser Disziplin. Ich hatte ja auch alle meine Weltcuprennen in dieser Disziplin gewonnen, also war zu erwarten, dass ich hier eine Medaille holen konnte.

Der erste Lauf wurde auf der Piste mit dem Namen Parkway gesteckt. Die äußeren Bedingungen waren optimal. Es war zwar bitterkalt, aber aufgrund unseres Vorbereitungstrainings war ich diese Kälte gewöhnt. Ich erwischte einen guten Start, kämpfte mich von Tor zu Tor, mein Ski lief optimal. Ich konzentrierte mich darauf, was wir in der Vorbereitungszeit analysiert hatten. Nur nicht den Ski zu stark belasten, nicht auf die Kanten gehen, nicht quer stellen, sondern fahren, als hätte ich das besagte Schwebepulver unter dem Belag. Ich gewann an Tempo, konnte meine Technik gut einsetzen und spürte, dass ich gut unterwegs war. »Hoffentlich raubt mir der eisige Wind nicht die Kondition für die letzten Tore«, dachte ich. Dann im Ziel sofort der Blick auf die Uhr – ich hatte die drittschnellste Zeit. Taktisch war der dritte Platz eine optimale Position. Denn aus dieser Position heraus konnte ich gut angreifen. Der Gedanke »Dein heutiges Rennen war gut für Bronze, morgen kämpfst du um Gold« motivierte mich unheimlich. Doch es kam leider anders.

Die Tatsache, dass die beiden Durchgänge an zwei Tagen durchgeführt wurden, bereitete mir große Probleme. Denn ich konnte kaum schlafen, war innerlich so aufgewühlt, dass ich keine klaren Gedanken fassen konnte. Der Leistungsdruck wurde plötzlich immer größer. Daher ging ich am nächsten Tag unter ganz schlechten mentalen Voraussetzungen an den Start. Plötzlich konnte ich mich nicht mehr so konzentrieren, wie ich es gewohnt war. Immer wieder redete ich mir ein, dass ich zumindest die Leistung des Vortags erbringen konnte und damit der Wunsch einer olympischen Medaille ja bereits erfüllt wäre. Ich versuchte mich damit zu beruhigen, dass alles andere eine Steigerung darstellte, auf die es nicht unbedingt ankäme. Aber es gelang mir nicht. Schon kurz nach dem Start zeigten meine Unkonzentriertheit und innere Unruhe die ersten Auswirkungen. Bei einem Linksschwung rutschte mir der Außenski weg, und ich musste die Ideallinie verlassen, was enorm viel Zeit kostete. Diesen Zeitverlust konnte ich während des ganzen Rennens nicht mehr aufholen. Im Ziel angekommen, dann die große Enttäuschung – Platz 5 für Christa Kinshofer im Riesenslalom. Hanni Wenzel hatte gewonnen. Ich hatte knapp eine Sekunde Rückstand auf Platz 1, verpasste die Bronzemedaille um nur zwei Zehntel, aber es war eben nur der 5. Platz. Die Meldung »Kinshofer versagt, nur Platz 5« verbreitete sich wie ein Lauffeuer in ganz Deutschland. Bei Olympia zählen nun einmal nur die Medaillen, nicht gute Platzierungen. Ich war so unsäglich deprimiert und enttäuscht, dass ich zunächst nicht wusste, was ich jetzt machen sollte. Wieder musste ich an die Augen meines Vaters denken und hatte solche Angst davor, dass die Enttäuschung nunmehr die Freude und den Stolz darin verdrängt hatte.

In den ersten Stunden nach dem Rennen wollte ich nur allein sein. Wo war die Christa Kinshofer geblieben, die noch im letzten Jahr fünfmal auf dem Siegerpodest gestanden hatte? Was war geschehen? Wer oder was war schuld daran? Waren die Weltcupsiege vielleicht nur einmalige Erfolge gewesen? All diese Gedanken quälten mich. Bei der Frage, was ich nun tun sollte, musste ich an meine Zeit als ganz junge Skiläuferin im Skiclub Miesbach denken. In solchen Situationen hatten wir Mädchen immer gedacht: Und jetzt erst recht! Jetzt lassen wir es erst einmal krachen. Und genau das habe ich auch dieses Mal getan. Ich ging zusammen mit meinen Mannschaftskameradinnen in eine Disco und wollte mir alles von der Seele tanzen. Die Stimmung in der Mannschaft war trotz meines Medaillenversagens nicht schlecht, da Irene Epple Silber im Riesenslalom für Deutschland geholt hatte. Natürlich wäre es viel schöner gewesen, wenn ich dazu noch zumindest die Bronzemedaille erreicht hätte. Aber ich spürte, dass die Mädchen nicht zu enttäuscht waren, zumindest haben sie es mich nicht spüren lassen. Im Gegenteil, sie haben mich unterstützt und mich wieder aufgebaut. Es war also eine gute Idee gewesen, mir meinen Frust und meine Enttäuschung von der Seele zu tanzen. Das gab mir neuen Mut und Motivation für die nächste Disziplin, den Slalom.

Das Rennen war zwei Tage später am Samstag angesetzt. Wir konnten am Freitag gut trainieren, und mein Selbstbewusstsein kehrte allmählich wieder zurück. Allerdings war sowohl mir, meinen Trainern als auch den Medien klar, dass der Slalom nicht gerade meine wahre Stärke war. Im Grunde hatte ich in dieser Disziplin daher keine realistische Medaillenchance. Dennoch wollte ich so schnell nicht aufgeben. Nach einem guten Trainingstag war ich für das Slalomrennen hoch motiviert. Dieses Mal beruhte meine Motivation allerdings nicht auf der Überzeugung, eine Medaille gewinnen zu können, sondern auf der Tatsache, dass ich ohnehin nichts mehr zu verlieren hatte. Ich konnte mit einem guten Rennen nur gewinnen, auch ohne eine olympische Medaille.

Die Nacht war gut, mir war es Gott sei Dank gelungen, meine Enttäuschung und Frustration aus dem Riesenslalomrennen in Hunger und Lust auf den olympischen Slalom umzuwandeln. Die äußeren Bedingungen waren optimal. Es herrschte klirrende Kälte, und die Morgensonne fiel als motivierender Weckdienst in meine »Sportlerzelle« ein. Schon beim Aufstehen hatte ich das Gefühl, dass es ein guter Tag werden würde, dass mir heute viel gelingen konnte. Und der Tag ging positiv weiter. Neben mir war die einzige libanesische Skiläuferin, Farida Rahmed, untergebracht. Sie wurde trainiert von einem Kitzbühler Rechtsanwalt, Herrn Dr. Horst Wendling, und hatte 1976 und 1980 an den Olympischen Winterspielen teilgenommen. Ihr bestes Ergebnis war immerhin ein 19. Platz. Horst Wendling war ein eleganter, sehr charmanter und freundlicher Mann. Und er war ein Verehrer von mir. Als wir uns am Morgen des Renntages begegneten, schenkte er mir eine weiße Margerite und meinte, diese Blume solle mir für den Tag Glück bringen.

Die Vorbereitungen für das Rennen verliefen gut. Mit der Startnummer 7 hatte ich eine sehr gute Ausgangsposition, und schon bei der Besichtigung des Slalomhanges hatte ich gemerkt, dass mir dieses Gelände lag. Es war ein steiler Hang, sehr eisig und beinhart. Mein Serviceman traf die richtige Wahl für Ski und Wachs. Als ich meine Skischuhe anzog, musste ich wieder an die Geschichte in dem Sportgeschäft denken. Denn ich fuhr ja immer noch mit meinem »Auslaufmodell«. Aber konnte man mit einem Auslaufmodell eine olympische Medaille gewinnen? Zu diesem Zeitpunkt wusste ich das noch nicht. Die letzten Minuten vor dem Start verliefen routinemäßig. Wie immer sprach ich vor dem Start ein Gebet, das gab mir Ruhe und die Gewissheit, nicht ganz allein zu sein. Und diese Ruhe vor dem Start tat mir gut. Die Mädchen vor mir kamen gut durch den ersten

Lauf. Von meinem Trainer erhielt ich noch die Nachricht: »Die Piste hält optimal. Fahr auf Angriff!«

»Good luck«, begrüßte mich der Starter im Starthaus, dann hörte ich nur noch: »Five – four – three – two – one – go!« Erstes Tor, zweites Tor – ich spürte sofort, dass ich optimal auf dem Ski stand. Die Schwünge waren leicht, dynamisch, ökonomisch und schnell. Ich konnte mich hervorragend auf jedes einzelne Tor konzentrieren. Mein Selbstvertrauen war da, der Mut zum Angriff beherrschte meinen ganzen Körper. Als mein Blick im Ziel auf die Uhr fiel, zeigte sie die zweitschnellste Zeit – eine Sensation! Ich war außer mir vor Freude, musste diese jedoch gleich wieder unterdrücken, da ich mich sofort voll auf den zweiten Durchgang konzentrieren musste. Denn im Gegensatz zum Riesenslalom fanden beim Slalom auch schon damals beide Durchgänge an einem Tag statt. Das Wichtigste war nun, daran zu glauben, dass der erste Durchgang kein Zufall gewesen war. Die Stunden zwischen den Läufen vergingen wie im Flug. Meinen Trainern gelang es, mich in dieser Zeit bei voller Motivation und Konzentration zu halten, ohne mich gleichzeitig einem besonderen psychischen Leistungsdruck auszusetzen. Sie analysierten meinen ersten Lauf und stellten fest, dass ich keine wesentlichen Fehler gemacht hatte. Mein Ziel im zweiten Lauf war daher nicht, irgendwelche Fehler auszubessern, sondern die Leistung zu halten und, wenn möglich, noch zu steigern.

Dann kam der zweite Lauf. Damals starteten die 15 Besten des ersten Durchgangs in umgekehrter Reihenfolge im zweiten Lauf. Ich war also als Vierzehnte am Start. Das Rennen verlief wie eine Wiederholung des ersten Durchgangs. Ich war wieder voll konzentriert, hatte Mut zum Angriff, und alles lief perfekt. Die »Katze« Kinshofer beherrschte den extrem steilen und eisigen Hang. Im Ziel zeigte die Uhr Bestzeit. Ich hatte es geschafft. Wie bei meinem ersten Weltcupsieg in Val d'Isère startete nach mir nur noch Hanni Wenzel. Silber war mir daher auf jeden Fall jetzt schon sicher. Würde sich Hanni ein zweites Mal von mir die Butter vom Brot nehmen lassen? Nein, diesmal nicht. Hanni fuhr erneut Bestzeit und gewann Gold. Aber ich hatte die Silbermedaille gewonnen. Keine Sekunde verspürte ich Neid oder Enttäuschung. Denn mir war nur eines wichtig: Ich hatte eine olympische Medaille im Gepäck! Der Höhepunkt meiner bisherigen sportlichen Karriere war erreicht. Eine Olympiamedaille zu gewinnen ist der absolute Traum jedes Sportlers.

Die nächsten Minuten erlebte ich wie in Trance. Ich wurde sofort von zwei Begleitern zur Dopingkontrolle geführt, und dann ging es weiter zu den ersten Interviews und Stellungnahmen. Eine olympische Medaille ausgerechnet in dieser Disziplin zu gewinnen war mir eher unwahrscheinlich erschienen. Aber offenbar nicht nur mir, denn keiner der deutschen Journalisten hatte mir eine Chance im Slalom gegeben. Keiner hatte mit diesem Erfolg gerechnet. Da die gesamte deutsche Presse der festen Überzeugung gewesen war, dass die »Kinsi« im Slalom nichts erreicht, waren alle im Pressezentrum geblieben. Einige Journalisten hatten sich das Rennen sogar vom Bett aus in der Fernsehübertragung angesehen und erschienen nach meinem Medaillenerfolg unrasiert zu den Interviews.

Aufgrund meiner Weltcuperfolge hatte ich bei Interviews mittlerweile etwas Routine erlangt – das glaubte ich zumindest. Doch nach dem Gewinn einer olympischen Medaille ein Interview zu geben ist etwas ganz anderes. Ich wusste oft gar nicht mehr, wie ich meine Freude in diesen ersten Momenten in Worte fassen sollte. Es war so wunderschön zu spüren, dass meine Trainer, meine Serviceleute und auch meine Mannschaftskolleginnen diese Freude mit mir teilten. Es gab nie Neid oder negativen Konkurrenzkampf unter uns, es war einfach nur wie im Märchen. Derartige Augenblicke des Glücks prägen das Leben. Der ergreifendste Moment in meinem Leben war dann die Siegerehrung auf dem Mirrow Lake. Die Blitzlichter, die jubelnden Zuschauer und dann der Augenblick, in dem ich den Kopf senkte und der Vertreter des Olympischen Komitees mir die Silbermedaille um den Hals legte – das war einfach unbeschreiblich. Ich stand nunmehr ganz oben, zwar nicht ganz oben auf dem Siegerpodest, aber ganz oben auf der Karriereleiter. In all dem Jubel dachte ich an vieles und insbesondere wieder an die Augen meines Vaters. Ich wusste, wie stolz und glücklich er, meine Mutter und die gesamte Familie und meine Freunde waren. Und ich überlegte, was in diesen Momenten zu Hause in meinem Elternhaus und meinem Heimatort Miesbach wohl passieren würde.

Vieles wurde mir erst sehr viel später erzählt, zum Beispiel eine Geschichte, die ich bis heute nicht vergessen habe. Ganz Miesbach war an diesem Siegestag außer Rand und Band. Noch nie hatte eine Sportlerin aus dem Skiclub Miesbach eine olympische Medaille gewonnen. Aus meinem Elternhaus wurde ein Treffpunkt, eine Hochburg der Freude. Freunde und Verwandte kamen und feierten mit meinen Eltern. Telefonische

Glückwünsche trafen reihenweise ein, jedoch war es im ganzen Haus so laut, dass es schwierig war, ein Telefonat zu führen. Meine Schwester Bärbel kam daher auf die Idee, das Telefon am »stillen Örtchen« zu deponieren, um dort die Glückwünsche in Ruhe entgegennehmen zu können. Einer der unzähligen Anrufe stammte von einer männlichen Stimme, die meinen Vater sprechen wollte:»Hallo, hier ist der Franz, ich möchte bitte Herrn Alfred Kinshofer sprechen.« Bärbel rief über alle Köpfe hinweg: »Papa, der Franz möchte dich sprechen!« Mein Vater nahm den Hörer. »Hallo, hier ist der Franz, der Franz Josef Strauß. Ich möchte ganz persönlich und herzlich zum Gewinn der Silbermedaille gratulieren.«

Man stelle sich nur einmal diese kuriose Situation vor: Mein Vater telefonierte in der Toilette mit dem bayerischen Ministerpräsidenten, der ihm zum Erfolg seiner Tochter gratulierte.

In Lake Placid wurde bis in die frühen Morgenstunden im deutschen Haus gefeiert. Auch wenn es natürlich keinen Alkohol im gesamten olympischen Dorf gab, tat dies der Stimmung keinerlei Abbruch. Mit einer Silbermedaille auf der Brust schmeckt jedes Mineralwasser besser als Champagner! Ich habe die letzten Tage in Lake Placid wie im Traum verbracht. Mit großem Interesse verfolgte ich noch die weiteren Wettkämpfe. Die Stimmung in unserer Mannschaft war großartig. Nach einer beeindruckenden Schlussfeier verabschiedeten wir uns schließlich schweren Herzens von den Olympischen Spielen, andererseits konnte ich meine Heimkehr nach Miesbach kaum erwarten. Auf dem Rückflug brannte ich vor Sehnsucht und Freude, endlich mit meiner Familie und meinen Freunden den Höhepunkt meiner sportlichen Karriere feiern zu können. Aber was mein Heimatort Miesbach für mich vorbereitet hatte, übertraf dann alle meine Erwartungen.

Schon bei meiner Landung in München-Riem stand, wie es sich ja in Bayern gehört, eine Blaskapelle auf dem Rollfeld. Gut erinnern kann ich mich auch noch an einen meiner ersten ganz persönlichen Gratulanten am Flugplatz. Denn eine befreundete Familie, Familie Manhart, hatte ihren Labrador mitgebracht. Er trug um den Hals ein Schild mit der Aufschrift »Bravo, Christa – wau, wau, wau«. Es war so ein liebes Tier, dieser erste Gratulant, und nur der Anfang einer wunderbaren Heimkehr. Dann ging es weiter Richtung Heimat, Richtung Miesbach. In Miesbach läuteten die

Kirchenglocken, als ich auf dem Marktplatz einfuhr. Der ganze Ort stand kopf, alle jubelten und freuten sich mit mir. Insbesondere die Kinder waren begeistert. Selbstverständlich waren sie stolz, dass die Christa aus Miesbach eine so tolle Skifahrerin ist. Aber der größte Grund zur Freude war meines Erachtens, dass alle Kinder in Miesbach für diesen Empfang schulfrei bekommen hatten. Statt Hitzefrei gab es Kinsifrei. Warum auch immer, die Kinder haben sich auf jeden Fall gefreut. Beim großen Empfang am Marktplatz nahm mich dann unser damaliger Bürgermeister Hans Schuhbeck in die Arme und reichte mir den Füllfederhalter für den Eintrag in das goldene Buch der Stadt. Dann folgte ein unbeschreiblicher Jubel der Miesbacher Bürger, als ich meine olympische Silbermedaille stolz in die Luft streckte. Diese Zeremonie erinnerte mich sehr an die Empfänge, wie man sie vom 1. FC Bayern oder der Fußball-Nationalmannschaft kennt, wenn die Mannschaft einen großen Sieg oder eine Meisterschaft errungen hat. Natürlich ist der Münchener Rathausplatz nicht mit dem Marktplatz von Miesbach zu vergleichen. Aber es stand auch keine ganze Mannschaft auf dem Rathausbalkon und ließ sich feiern, sondern nur ich als einzelne Person. Und das machte mich unbändig stolz.

Nach dem offiziellen Teil des Empfangs stand nun endlich die Heimkehr in mein Elternhaus bevor. Die Gefühle, die ich in diesem Moment für meine Familie verspürte, meine Eltern, meine Schwestern und meinen Bruder, waren so wunderbar. Jetzt fand ich zum ersten Mal die Ruhe, um mich im ganz kleinen Kreise und mit den mir am nächsten stehenden Menschen über meinen Erfolg freuen zu können. Es waren wunderschöne Stunden in meinem Leben, und ich danke meiner Familie noch heute dafür.

Die Begeisterung über meinen olympischen Erfolg machte natürlich nicht an den Grenzen von Miesbach halt. Ganz Deutschland freute sich über den Erfolg in Lake Placid. Schon bald wurde ich von der Bundesregierung zur Verleihung des Silbernen Lorbeerblattes eingeladen. Das Silberne Lorbeerblatt ist die größte Auszeichnung für Sportler nach Großereignissen. In einem feierlichen Zeremoniell überreichten mir der damalige Bundeskanzler Helmut Schmidt und der Bundespräsident Walter Scheel dieses Lorbeerblatt.

Selbstverständlich schwieg auch die Presse nicht und kürte mich zum Sportliebling der Nation. Die Leser der Zeitschrift *Bravo* wählten mich dreimal zur »goldenen Otto-Siegerin«. Verschiedene Firmen veranstalteten Autogrammstunden mit dem »bayerischen Skimädchen«. Bei diesen Autogrammstunden fand ich den persönlichen Kontakt mit meinen Fans immer besonders schön. Es war ein wunderbares Gefühl zu spüren, wie viele Menschen sich für mich interessierten. Viele Fragen stürmten auf mich ein, wie ich mich denn jetzt fühle, wie ich mich auf die Rennen vorbereitet habe, wie ich es geschafft habe, nach der Enttäuschung im Riesenslalom dann doch diesen Erfolg im Slalom zu erreichen, und so weiter und so weiter. Besonders Peter Schmid, der bei Hertie für die Betreuung der Prominenten zuständig war, kümmerte sich zusammen mit seiner Frau Bernadette immer wieder rührend um mich. Die beiden unterstützten mich, wo es nur ging. Peter organisierte mir einige schöne Autogrammstunden im Münchener Kaufhaus Hertie am Bahnhof. So kann ich mich auch noch besonders gut an die Frage eines kleinen Mädchens bei solch einer Autogrammstunde erinnern. Die Kleine interessierte sich offenbar nicht allzu sehr für meine sportliche Karriere, sondern wollte vielmehr wissen, wie es bei mir privat aussah. Sie fragte deshalb, wann ich denn heiraten würde, wann ich Kinder bekäme und wann ich zu Hause kochen würde. Ich musste lachen und erklärte ihr, dass ich bestimmt eines Tages einmal eine Familie haben würde. Aber momentan könne ich mir das noch nicht vorstellen, da es als Profisportlerin wichtig sei, ständig zu trainieren, und das sehr viel Zeit koste. Man müsse viel reisen und sich auf die Rennen konzentrieren. Eine Familie sei deshalb schwer mit einem solchen Leben zu vereinbaren. Die Kleine nickte verständnisvoll und meinte: »Na ja, vielleicht schaffst du das auch irgendwann einmal. Meine Mami hat es ja auch geschafft!« Und sie hatte recht, auch das habe ich einige Jahre später geschafft und bin heute sehr glücklich darüber.

Zum Abschluss der großartigen Saison 1980 bekam ich noch eine weitere Medaille, die sich aus dem Reglement der FIS ergab. Da in einem Jahr, in dem Olympische Spiele stattfinden, keine Weltmeisterschaft ausgerichtet wird, wurden die Olympischen Spiele und die Weltmeisterschaft nach dem Reglement der FIS damals zusammengelegt. So war ich gleichzeitig auch Vizeweltmeisterin und habe hierfür nochmals eine Silbermedaille erhalten.

Von Miesbach/Oberbayern nach Lake Placid/State of New York – der lange Weg zu den Ringen führte mich zum Höhepunkt meiner bisherigen sportlichen Karriere und machte mich zu einer sehr glücklichen Frau.

# 6. Der Bruch

Nach Olympia stand jetzt wieder der Weltcup im Mittelpunkt meines Lebens. Im Sommer 1980 hatte ich viel trainiert und war mit der »Silbermotivation« von Olympia in die neue Weltcupsaison gestartet. Meinem Lebensmotto »Stillstand ist Rückschritt« gemäß entschloss ich mich dazu, noch in einer weiteren Disziplin neben dem Riesenslalom und dem Slalom anzutreten. Ich wollte unbedingt im Weltcup auch Abfahrtsrennen fahren. Das ganze Trainingsprogramm war deshalb darauf abgestimmt. Denn für ein Abfahrtsrennen brauchte ich noch mehr Kondition, um eine so lange Strecke durchhalten zu können. Es machte mir Spaß, mich dieser neuen Aufgabe zu stellen, und ich trainierte dafür sehr hart.

Die ersten Weltcuprennen fanden Anfang Dezember wie jede Saison wieder in Val d'Isère statt. Ich konnte dort gute Ergebnisse erzielen und war nach einem zweiten Platz im Slalom im österreichischen Altenmarkt/Zauchensee in Bestform für das kommende Abfahrtsrennen am 19. Januar in Crans Montana in der Schweiz. Es war ein fantastisches Rennen. Eine Abfahrt ist mit einem Slalom oder Riesenslalom nicht zu vergleichen. Hier bläst einem ein anderer Wind entgegen! In Crans Montana konnte ich nach einem perfekten Rennen mit einem dritten Platz meinen ersten Erfolg in einem Abfahrtsrennen feiern. Sowohl meine Trainer als auch die gesamte Sportpresse waren überrascht. Schlagzeilen wie »Slalomspezialistin Christa Kinshofer verblüfft bei Abfahrt« füllten die Sportzeitungen. Das Ergebnis war besonders beeindruckend, da ich zeitlich nur sehr knapp hinter Marie-Theres Nadig und Doris de Agostini lag, die beide damals als absolute Abfahrtsspezialistinnen galten. Doch bei diesem Rennen hatte einfach alles gepasst: Die Strecke war optimal, der Ski lief gut, und ich war konditionell in Topform – alle Voraussetzungen für ein gelungenes Abfahrtsrennen waren somit gegeben. Und ich hatte auch das für die Abfahrt notwendige Selbstvertrauen gefunden.

Neben der Abfahrt standen weitere Rennen in Crans Montana auf dem Programm, bei denen ich gute Plätze belegen konnte. So gewann ich am 21. Januar 1989 die Kombination von Crans Montana. Im Januar und Februar 1981 konnte ich dann bei weiteren Riesenslalomrennen in Les Gets und Zwiesel ebenfalls Weltcuppunkte sammeln. Nach diesem grandiosen Start der Rennsaison stand ich im Gesamtweltcup bereits Anfang Februar auf dem zweiten Platz. Eine bessere Bilanz hätte ich mir nicht wünschen können. Ich war hoch motiviert, fieberte den Rennen entgegen und war auf Sieg programmiert. Niemand hatte auch nur den geringsten Zweifel daran, dass ich meine Erfolgsserie fortsetzen würde. Nichts und niemand konnte mich aufhalten. Ich trainierte hart und freute mich auf die weiteren Weltcuprennen in den USA. Vor der Abreise dorthin standen allerdings noch einige Trainingseinheiten auf dem Programm.

Am 15. Februar 1981, dem Geburtstag meiner Schwester Bärbel, zählte ich schon frühmorgens zu den ersten Gratulanten und sagte zu ihr: »Ich kann leider nicht gleich mit dir feiern, denn ich muss noch zum Abschlusstraining nach Lenggries. Aber ich bin ja nicht weit weg von dir und komme am Abend noch nach Miesbach. Dann können wir auf deinen Geburtstag anstoßen.« Bärbel wünschte mir noch viel Glück und freute sich, dass ich trotz intensiver Rennvorbereitungen an ihren Geburtstag gedacht hatte. Mit einem fröhlichen »Mach's gut und bis später« verabschiedete sie sich von mir.

Wir trainierten am Weltcuphang in Lenggries, der mir natürlich von den Rennen her vertraut war. Es regnete und war neblig, aber unsere Trainer bestanden auf dem Training und steckten einen Slalom ab. Ich fühlte mich gut, das Training konnte also beginnen. Die ersten Trainingsfahrten verliefen erfolgreich, ich stand optimal auf dem Ski. Doch dann passierte es. In Bruchteilen von Sekunden wurde der 15. Februar 1981 zum bis dahin schlimmsten Tag in meinem Leben. Ein Schwung, eine Slalomstange, einige Zentimeter zu weit nach innen, eingefädelt an der Torstange, Sturz, mein rechtes Bein verdrehte sich. Ein unbeschreiblicher Schmerz durchzuckte meinen Körper, und ich lag regungslos im Schnee. Teamarzt und Trainer kamen sofort herbeigeeilt und kümmerten sich um mich. Ich wusste, dass etwas Schreckliches passiert war. Die erste Diagnose der Ärzte war eine Katastrophe: Trümmerbruch im rechten Bein, im Sprunggelenk waren alle Bänder gerissen. Der Albtraum eines jeden Skifahrers wurde für mich zur Wirklichkeit. In Sekunden war eine Welt zusammengebrochen, die ich mir mit so viel Energie und Fleiß aufgebaut hatte. Es ist schwer zu beschreiben, was mir in diesen Momenten durch den Kopf ging. War das das Ende meiner Skikarriere? Würde ich jemals wieder Ski fahren können? Wie lange würde es dauern, bis ich Antworten auf all diese Fragen bekommen sollte?

Obwohl sich alle vorbildlich um mich kümmerten, fühlte ich mich in diesem Moment so hilflos, so allein, verzweifelt und deprimiert. Die Fahrt ins Krankenhaus nach München erschien mir endlos, es dauerte eine Ewigkeit, bis ich im Krankenhaus Rechts der Isar auf dem Operationstisch lag. Professor Dr. Erwin Hipp hat mich operiert. Ich habe noch nie in meinem Leben so viel Hoffnung und Vertrauen in die Hände eines Menschen gelegt. Noch vor der Operation sagte ich zu ihm: »Das ist wie ein Fingerbruch für einen Pianisten. Bitte tun Sie alles, was in Ihrer Macht steht.«

Da meine Stärke beim Skifahren nicht die Kraft war, sondern meine Technik, war mir bewusst, dass ich eine mögliche gesundheitliche Beeinträchtigung meines rechten Beins nicht durch Kraft ausgleichen konnte. Für mich war es entscheidend, technisch optimal fahren zu können. Und das war nur möglich, wenn beide Beine zu 100 Prozent gesund waren.

Der Bruch wurde mit Stahlplatten und Schrauben fixiert. Die Operation verlief zum Glück gut, was mir wieder einen kleinen Funken Hoffnung gab. Doch die Ärzte kündigten mir einen langwierigen Heilungsprozess an, und mir wurde klar, dass ich für eine ziemlich lange Zeit die weißen Skipisten gegen weiße Krankenhausbetten eintauschen musste. Die ersten Tage und Wochen waren die deprimierendste Zeit, die ich bisher erlebt hatte. Nicht etwa, weil ich eine schlechte ärztliche Versorgung oder Pflege bekommen hätte, ganz im Gegenteil, alle kümmerten sich optimal um mich. Es war meine eigene Psyche, die mir immer mehr Probleme bereitete. Ich konnte nächtelang nicht schlafen und sah immer wieder diese eine Torstange vor mir. Ich dachte ständig an diese wenigen Zentimeter, die schuld daran waren, dass ich an dieser Torstange eingefädelt hatte. Es war doch erst alles so gut gelaufen. Es war der Geburtstag meiner Schwester, und ich hatte mich so auf die USA gefreut, ich war motiviert, alles war perfekt. In diesen Momenten begriff ich, dass der Mensch im Leben zwar vieles planen kann, doch letztendlich immer mit der Situation zurechtkommen muss, die das Schicksal für ihn bereithält. Meine Situation anzunehmen fiel mir aber unglaublich schwer. Ich stand nicht nur unter großer psychischer Belastung, sondern spürte auch deutlich, wie die Kraft meinen Körper verließ. Alle Kondition, alle Muskeln, Sehnen und Bänder, die ich mein Leben lang nur für das Skifahren trainiert hatte, all diese Kraft verschwand allmählich aus meinem Körper. Mein Bein wurde durch einen Liegegips fixiert. Und die Muskulatur nahm weiter von Tag zu Tag ab.

Irgendwann begriff ich, dass ich diese psychische und physische Talfahrt nicht fortsetzen durfte. Und auch nicht wollte. Zunächst einmal versuchte ich daher, mich mental zu motivieren. Meine Freunde und meine Eltern halfen mir selbstverständlich dabei. Entscheidend war, dass ich die Kraft und Energie aufbringen konnte, um wieder positiv an die Zukunft zu denken. Denn nur mit einem positiven Blick auf die Zukunft würde ich die notwendige Energie aufbringen können, um wieder zu der Christa Kinshofer zu werden, die ich einmal gewesen war.

Als ich nach etlichen Wochen den Liegegips endlich gegen einen Gehgips austauschen konnte, durfte ich meinen Körper wieder bewegen und ganz langsam trainieren. Ich nutzte jede Gelegenheit, um mit Krücken auf dem Gang des Krankenhauses auf und ab zu gehen. Es fiel mir sehr, sehr schwer, mich mit dem Training auf dem Krankenhausgang zufriedenzugeben, wenn ich eigentlich im Sommer – der zwischenzeitlich gekommen war – mit meinem Aufbautraining am Gletscher hätte beginnen müssen. Je länger ich über alles nachdachte, umso stärker wurde mein Wille, wieder nach oben zu kommen. Ich durfte nicht aufgeben, ich musste weitermachen.

Dann kam endlich die zweite Operation, bei der die Metallplatten aus meinem Bein entfernt wurden. Jetzt konnte das Aufbautraining wieder richtig beginnen. Ich wurde in eine Rehaklinik verlegt, und nun begann die Zeit der Physiotherapie, Gymnastik und Massagen. Mit dem körperlichen Aufbautraining gewann ich auch mein Selbstvertrauen, meinen Mut und meine Lust auf die Skirennen langsam zurück. Allerdings zur großen Sorge meiner Ärzte – denn ihnen ging das ein wenig zu schnell. Doch ich konnte es kaum erwarten, endlich wieder meine Skier unter den Füßen zu spüren. Ich wollte so schnell wie möglich mit dem richtigen Training beginnen. Meine Ärzte rieten mir anfangs ab, da sie glaubten, dass der Heilungsprozess noch nicht so weit fortgeschritten sei, dass ich richtig intensiv trainieren könne. Aber ich wollte unbedingt und habe – zum Teil heimlich – mein Training begonnen. Anfangs wollte es überhaupt nicht mehr klappen. Ich machte natürlich viele Fehler, und es ging nur schleppend voran. Meine Ärzte haben mich immer wieder gewarnt, doch ich wollte nicht hören. Ich habe meinen Willen und damit mein Training durchgesetzt. Mein großes Ziel war es, bei der alpinen Weltmeisterschaft im österreichischen Schladming dabei zu sein. So wie ich die letzte Saison beendet hatte, wollte ich auch bei dieser WM in drei Disziplinen starten. Das bedeutete 31 Weltcuprennen, fünf Starts in Kombinationsrennen und dann noch einige Rennen um die Deutsche Meisterschaft. Eigentlich war der Gedanke, dieses Pensum bewerkstelligen zu können, der reine Wahnsinn. Aber ich wollte nicht aufgeben, ich trainierte, trainierte und trainierte. Im Spätherbst hatte ich es dann geschafft. Der Neuanfang war in greifbare Nähe gerückt, und mein Beinbruch war so – dank der Hilfe und Unterstützung meiner Ärzte, meiner Familie, Freunde, Trainer und vor allem dank meines unermüdlichen Trainings und neu gewonnenen Mutes – zu einem kurzen Einbruch, aber nicht zum Abbruch meiner Karriere als Skirennläuferin geworden.

# 7. Dem Fortschritt hinterher

Der Krankenhaussommer lag nun also hinter mir, und ich stand ungeduldig am Neuanfang meiner Karriere und konnte es kaum erwarten, endlich wieder in den Skizirkus und zu meiner Mannschaft zurückzukehren. Leider gestaltete sich mein Comeback jedoch anders als erwartet. Denn der Deutsche Skiverband hatte im Laufe des Jahres beschlossen, dass unsere Damenmannschaft von einem neuen Trainer auf die Saison 1981/82 vorbereitet werden sollte. Unser bisheriger Trainer Klaus Mayr sollte ab sofort die Herrenmannschaft trainieren, da diese dringend Unterstützung brauchte. Diese Nachricht war für uns alle niederschmetternd, denn Klaus Mayr war unser Traumtrainer, der alles aufwies, was ein Trainer braucht, um Erfolg zu haben. Wir hatten Vertrauen zu ihm, er konnte uns führen, uns motivieren, und er war immer für uns als Mannschaft und jede Einzelne da. Wir konnten mit allen Sorgen zu ihm kommen. Er hatte Ausstrahlung, große Erfahrung und viel Verständnis. Und er strahlte eine gewisse Aura aus – eine Erfolgsaura, die sich auf alle im Team übertrug. Für uns war er einfach der perfekte Trainer. Im gesamten Skizirkus wurden wir nicht umsonst Klaus Mayrs Puppen genannt. Klaus feierte mit seinen Mädchen große Erfolge: 1976 – Rosi Mittermaier zweimal olympisches Gold, einmal Silber; WM 1978 – Gold für Maria Epple, Silber für Irene Epple, Silber für Pamela Beer; 1979 – Christa Kinshofer Weltcupgesamtsieg im Riesenslalom, fünf Weltcupsiege in Serie; 1980 – olympisches Silber Irene Epple und Christa Kinshofer und so weiter. Klaus Mayr war der Medaillenschmied des deutschen Damenteams. Er war auch ein hervorragender Psychologe und Motivator und hatte es immer hervorragend verstanden, alle Beteiligten – ob Servicemänner, Ärzte, Physiotherapeuten oder Betreuer – in das Team zu integrieren. Sie alle waren seine Helden, sie alle waren auch Sieger, und das nicht neben, sondern mit uns Rennläuferinnen. Wir waren daher völlig am Boden zerstört und konnten die Entscheidung des Deutschen Skiverbandes einfach nicht verstehen. In sportlicher Hinsicht deprimierte und demotivierte uns diese Nachricht, und menschlich waren wir zutiefst enttäuscht und traurig. Auch der Versuch, uns mit dem Motto »Neue Besen kehren gut« besänftigen zu wollen, war vergeblich, denn dieser Grundsatz mag vielleicht dann stimmen, wenn ein Team mit dem alten Besen nicht zufrieden ist. Aber wir hatten in Klaus Mayr wirklich einen »goldenen« Besen, und solch einen Besen wollten wir verständlicherweise nicht austauschen. Doch Klaus Mayr suchte auch selbst nach einer neuen Herausforderung und wollte die Männermannschaft wieder auf Vordermann bringen.

Wir bekamen also einen neuen Trainer. Sicherlich war er ein guter Skiläufer, hatte ebenfalls Erfahrung und ging motiviert an seine neue Aufgabe heran. Was ihm jedoch leider fehlte, war die positive, motivierende und mitreißende Lebenseinstellung, die wir von Klaus gewohnt waren. Der neue Trainer strahlte eher ein negatives Gefühl aus. Er arbeitete nach dem Motto »Keine Kritik ist Lob«. Dies mag in manchen Bereichen vielleicht richtig sein, für uns war es jedoch eine vollkommen ungewohnte Erfahrung. Dennoch mussten wir uns mit dieser Situation abfinden und waren selbstverständlich bereit, alles zu geben, um in der Saison erfolgreich zu sein – insbesondere bei der bevorstehenden WM in Schladming. Schließlich wollten wir dort unsere Erfolgsserie der letzten Jahre fortsetzen.

Leider war der Trainerwechsel nicht die einzige schlechte Nachricht für unser Team. Wir standen nämlich nicht nur am Anfang einer neuen Rennsaison, sondern es wurde auch ein neues Kapitel der Skigeschichte aufgeschlagen. Ein deutscher Ingenieur hatte die Kippstange entwickelt, eine geniale Erfindung und Weltneuheit im alpinen Skizirkus. Sebastian Haunberger aus Marienberg bei Burghausen hatte dafür gesorgt, dass die Slalomstangen elastisch wurden. 1979 hatte er sein Patent für die Slalomkippstangen angemeldet. Ab der Saison 1981/82 wurden sie dann im Weltcup eingesetzt. Bis dato wurden im Slalom und Riesenslalom normale Stangen verwendet, starre Kunststoffstangen, die in der Piste fest verankert waren. Der Rennläufer musste diese Stangen richtig umfahren, um nicht mit dem Innenski einzufädeln. Ein Einfädeln bei diesen Stangen konnte fatale Folgen haben, wie ich ja selbst am 15. Februar 1981 erfahren musste. Die Verletzungsgefahr wurde mit der Erfindung der Kippstange um ein Erhebliches reduziert. Die neue Stangentechnik war aber nicht nur sicherer, sondern ermöglichtes es den Fahrern auch, den Slalomparcours deutlich schneller zu durchfahren, da sie nicht mehr um die Stangen herumfahren mussten, sondern direkt darauf zufahren konnten. Da die Kippstange nicht starr im Boden verankert ist, sondern ein Gelenk hat, kann sie bei Berührung zur Seite kippen und sich dann von selbst wieder aufrichten. Allerdings ist hierfür eine völlig neue Fahrtechnik erforderlich. Die Kippstangen müssen direkt angefahren und dann mit der Hand oder dem Körper weggestoßen werden. Der Slalom wurde dadurch geradliniger, die Strecke verkürzte sich und damit auch die Rennzeit. Eine wirklich geniale Erfindung also. Warum aber war die Einführung dieser tollen neuen Technik eine schlechte Nachricht für uns? Die Kippstangen hatten doch nur Vorteile. Sie waren sicherer, und es ließen sich bessere Zeiten erzielen. Alle Trainer waren von der neuen Technik überzeugt und trainierten bereits seit dem Sommer dafür. Ja, alle Trainer, alle Mannschaften – nur nicht die deutsche Damenmannschaft! Denn unser Trainer war der Überzeugung, dass trotz der neuen Kippstangen die alte Technik Erfolg bringen würde. Wir Läuferinnen konnten das beim besten Willen nicht nachvollziehen, und wenn wir andere Mannschaften beim Training beobachteten und sahen, wie unsere Konkurrentinnen von Tag zu Tag mit der neuen Technik besser zurechtkamen, konnten wir unsere Frustration und Wut kaum unterdrücken. Es machte sich daher eine unheimlich schlechte Stimmung in der gesamten Mannschaft breit.

Bei mir kam noch ein weiterer psychologischer Aspekt hinzu. Denn durch meine schwere Verletzung war ich immer noch psychisch angeschlagen. Kein Skifahrer kann eine solche Verletzung in so kurzer Zeit völlig wegstecken. Bei jedem Schwung fährt diese Angst vor einer neuen Verletzung mit. Und die Ursache meiner Verletzung war schließlich das Einfädeln an einer starren Slalomstange gewesen. Und ich war nicht die einzige Rennläuferin, der so etwas passiert war. Die Verletzungsgefahr war sicherlich auch einer der Gründe für die Entwicklung der neuen Kippstangen gewesen. Mit einer Kippstange wäre mein Unfall vielleicht nicht passiert. Die Tatsache, dass wir noch mit den alten Stangen trainierten und am Nebenhang die anderen Mannschaften an der neuen Kippstangentechnik arbeiteten, war gerade für mich daher eine große Belastung. Ich trainierte verkrampft, mit ständiger Angst und Wut in mir. Ich konnte die Entscheidung unseres Trainers einfach nicht nachvollziehen. Er war im wahrsten Sinne des Wortes starrsinnig wie die von ihm so geliebten alten Slalomstangen.

Der Druck seitens unserer Mannschaft verstärkte sich schließlich derart, dass er sich letztendlich doch beugen musste und auch für uns das Training auf Kippstangen umstellte. Leider kam diese Einsicht jedoch viel zu spät. Erst 14 Tage vor Beginn der WM in Schladming bekamen wir die ersten Kippstangen zum Training. Doch mit der Anlieferung der Stangen ist es ja noch nicht getan, denn um die Stangen aufstellen zu können, müssen entsprechende Löcher in die Piste gebohrt werden, für die ein spezieller Bohrer benötigt wird. Doch der Bohrer, den unser Team hatte, passte leider nicht. Der Start der Revolution im alpinen Skisport verzögerte sich also für die deutsche Damenmannschaft erneut. Selbstverständlich konnten wir in dieser kurzen Zeit unseren Trainingsrückstand in der neuen Kippstangentechnik nicht mehr wettmachen. Die Läuferinnen der anderen Teams waren bereits bestens mit der Technik vertraut und optimal trainiert. Dennoch versuchten wir, uns mit vollster Konzentration auf die WM vorzubereiten.

Eines der letzten Vorbereitungsrennen fand in Lenggries statt. Gerade für mich waren diese Vorbereitungsrennen unheimlich wichtig. Zum einen wollte ich unbedingt vor der WM meine Sicherheit und mein Selbstvertrauen zurückgewinnen. Zum anderen wollte ich allen beweisen, dass ich zu meiner alten Form zurückgefunden hatte und mit realistischen Erfolgsaussichten nach Schladming reisen würde. Bei diesem Vorbereitungsrennen in Lenggries ging ich mit ziemlich gemischten Gefühlen an den Start, schließlich war es noch kein Jahr her, dass die Piste in Lenggries mir zum Verhängnis geworden war. Doch ich versuchte, diesen Gedanken zu verdrängen und jedes Rennen als neues Rennen zu sehen und jeden Slalomparcours als neue Aufgabe, egal, auf welchem Hang er gesteckt war.

Das Interesse der Zuschauer an diesem Rennen war groß, einige Tausend standen am Rand der Rennstrecke, da viele Fans aus meiner bayerischen Heimat bei meinem Comeback nach der Verletzung dabei sein wollten. Ich freute mich sehr darüber und ging hoch motiviert an den Start. Ich kam gut aus dem Starthaus, die schnell gesteckte Strecke bereitete mir keine Probleme, und im unteren Abschnitt der Strecke konnte ich noch Tempo machen. Die letzten Tore lagen vor mir, das Ziel bereits vor Augen. Da geriet mein Körper plötzlich in Rückenlage, ich verlor das Gleichgewicht, versuchte noch kurz zu korrigieren, aber das Tempo war zu hoch. Die Skispitzen schossen nach oben, und ich hatte keine Chance mehr, dann ein starker Aufprall am Rücken, dem ein dumpfer und heftiger Schlag auf den Hinterkopf folgte. Dann wurde es dunkel. Für Sekunden verlor ich das Bewusstsein und war noch ganz benommen, als mich die Streckenposten und der Rennarzt Dr. Jucho vorsichtig in den Ackja legten. Sie brachten mich ins Zielhaus, wo ein Biertisch zur provisorischen Krankenliege wurde. Meine Mutter, der noch der Schreck ins Gesicht geschrieben stand, stürzte zusammen mit meiner Schwester Bärbel und meinem Bruder Klaus in den Raum. Allmählich kam ich wieder zu mir. »Mir geht's schon wieder besser, ich habe nur starke Kopfschmerzen.« Meine Schwester wärmte mit ihren Händen meine eiskalten Füße. Langsam kehrten die Lebensgeister zurück, und ich meinte scherzhaft zu meiner Schwester: »Hoffentlich bin ich morgen in Berchtesgaden wieder fit, sonst musst du für mich fahren.« Doch daraus sollte nichts werden. Wie war es nur möglich, dass mir ein Berg so viel Unglück bringen konnte? Lenggries war mein Comeback, allerdings nicht zurück in den Rennzirkus, sondern zurück ins Krankenhaus.

Die Diagnose unseres Teamarztes war deprimierend: »Du hast eine schwere Gehirnerschütterung und musst für ein paar Tage im Krankenhaus bleiben. Erst dann können wir feststellen, ob Blutgefäße oder Adern im Gehirn geplatzt sind.« Die Nachricht nahm ich in diesem Moment nur akustisch wahr, abfinden wollte ich mich damit auf keinen Fall. »In ein paar Tagen ist das Rennen in Berchtesgaden, da bin ich dabei!« Und ich war dabei, allerdings als Zuschauerin mit einer Halskrause und ohne Rennanzug. Wieder war meine Teilnahme an der alpinen Ski-Weltmeisterschaft in Schladming gefährdet. In den folgenden Tagen wurde ich von einer Übelkeit gequält, die nur sehr langsam abklang. Um die Abfahrtsstrecke zu testen, fuhr ich vor Beginn der WM mit einigen Trainern nach Schladming. Ich hatte Kopfschmerzen und Schwindelanfälle, die ich zu verbergen versuchte, was mir jedoch bei schnelleren Bewegungen nicht gelang. Eine gute Skifahrerin ist eben leider nicht zugleich eine gute Schauspielerin. Das führte dazu, dass mich meine Trainer nochmals zurück nach München in das Krankenhaus Rechts der Isar schickten. Nach weiteren Untersuchungen erteilten mir die Ärzte schließlich ein absolutes Startverbot – zumindest für die zu Beginn anstehende Kombinationsabfahrt. Sie appellierten an meine Vernunft und meinten, ich müsse Rücksicht auf meine Gesundheit nehmen und dieses Verbot auch wirklich einhalten. So gerne ich auch starten wollte, es war beim besten Willen nicht möglich.

Also konzentrierte ich mich nur noch auf den WM-Slalom und -Riesenslalom. Bis zu diesen beiden Rennen blieben noch ein paar Tage, die ich nutzen musste, um zu trainieren. Doch jetzt machte sich alles bemerkbar: meine alte Verletzung, meine neue Verletzung und der Trainingsrückstand mit den neuen Kippstangen. Auch meine Mannschaftskolleginnen konnten diesen Rückstand in der Kürze der Zeit nicht mehr aufholen. Wir gingen also alle unter schlechten Voraussetzungen bei der WM in Schladming an den Start. Und das Ergebnis war dementsprechend niederschmetternd. Die WM wurde zum Desaster. Im Riesenslalom am 2. Februar 1982 kam ich auf einen mittelmäßigen neunten Platz. Das war noch das beste Ergebnis der gesamten WM! Die Konkurrentinnen hatten uns um Sekunden geschlagen, und wir mussten hilflos zusehen, wie sie durch die Kippstangen tanzten. Selbst ohne Stoppuhr war klar, dass sie um Längen schneller waren. Wo waren Klaus Mayrs Puppen von einst? Wo waren die Erfolge, die Siege, die Medaillen und der Jubel? Wo waren wir, wo war das Team? Hinten – ganz hinten! Ein neues Kapitel der Skigeschichte hatte begonnen, Rennzeiten wurden neu definiert, und Technik sowie Fahrstil erlebten einen revolutionären Fortschritt. Doch diesem Fortschritt fuhr die deutsche Damenmannschaft weit hinterher.

# 8. Anfang vom Ende

Die Ski-Weltmeisterschaft in Schladming lag nun zwar hinter uns, aber sie war noch nicht wirklich vorbei. Denn das schlechte Abschneiden der deutschen Damenmannschaft hatte Folgen. Die Rennen wurden genauestens analysiert, und es kamen Fragen über Fragen nach den Gründen dieses Debakels auf. Wie bei Einzelsportarten üblich, wurden die Ursachen natürlich zunächst bei jedem Sportler selbst gesucht. War es einfach nur die Verknüpfung unglücklicher Umstände gewesen? Wollte es der Zufall, dass jede Einzelne von uns gerade bei dieser Weltmeisterschaft ein Leistungstief hatte? Hatten die Läuferinnen möglicherweise aus Protest gegen den Trainerwechsel unmotiviert an der WM teilgenommen?

In zahlreichen Interviews wurden immer wieder die gleichen Fragen gestellt. Die Diskussionen führten allerdings nur zu noch mehr Unsicherheit und einem sehr schlechten Klima in der gesamten Mannschaft. Ich war damals Mannschaftssprecherin, und so erhöhte sich auch für mich der Druck vonseiten meiner Kolleginnen. Denn wir alle wussten selbstverständlich, was der eigentliche Grund des Debakels von Schladming war. Schließlich konnte und wollte ich mit dieser Tatsache nicht mehr länger hinter dem Berg halten. In einer der vielen offiziellen Pressekonferenzen wurde ich wieder einmal als Sprecherin der Damenmannschaft mit diesen Fragen konfrontiert. Da ich mein ganzes Leben lang ein Mensch war, der es vorzog, in solchen Situationen nicht lange um den heißen Brei herumzureden, sondern sachlich und ohne Umschweife die Wahrheit zu sagen, zögerte ich nicht, in dieser Pressekonferenz die wahren Gründe für unser schlechtes Abschneiden bei der WM offenzulegen. Ich erklärte, dass mit der Erfindung der Kippstange ein neues Kapitel der Skigeschichte begonnen hatte und die deutsche Damenmannschaft diese Neuentwicklung schlicht und ergreifend verschlafen hatte. Da aber die Mannschaften der anderen Nationen bereits im Sommer 1981 begonnen hatten, mit den Kippstangen zu trainieren, war der Trainingsvorsprung für uns nicht mehr aufzuholen. Die Tatsache, dass wir 14 Tage vor Beginn der Weltmeisterschaft letztendlich doch noch die Kippstangen erhalten hatten und schließlich das Training damit beginnen konnten, konnte daran nichts mehr ändern. Denn auch die anderen Nationen trainierten ja bis zum Beginn der WM mit den Kippstangen weiter, sodass der Trainingsrückstand für unser Team immer der gleiche geblieben war.

Ich stellte bei dieser Pressekonferenz klar, dass wir diesem Fortschritt hinterhergefahren waren und es nicht an uns Sportlerinnen gelegen hatte, dass Welten zwischen unseren Rennergebnissen und denen der anderen Nationen lagen. Es hatte sich also nicht um ein Formtief des Teams gehandelt, sondern um eine Fehlentscheidung des DSV. Das war etwas, was der Verband natürlich nicht gerne hörte. Ich fand es völlig unbegreiflich, dass der DSV nicht wenigstens im Nachhinein zugab, dass das veraltete, nicht den neuesten technischen Standards angepasste Training für das Leistungstief der deutschen Mannschaft verantwortlich war.

Das Ansehen des DSV in der Öffentlichkeit war nun angekratzt, und intern war die Stimmung gereizt und angespannt. Doch die Versäumnisse bezüglich der neuen Kippstangentechnik waren nicht die einzige unerwünschte Wahrheit für den DSV. Denn der Verband hatte nicht nur in dieser Sache, sondern auch bei der Trainerfrage eine unserer Ansicht nach falsche Entscheidung getroffen. Die gesamte Mannschaft war überzeugt, vom falschen Mann trainiert worden zu sein. Daher wurde der Wunsch nach der Rückkehr unseres vorherigen Trainers Klaus Mayr immer stärker. Als Sprecherin der Mannschaft setzte ich mich auch diesbezüglich mit den Funktionären des DSV in Verbindung und führte stundenlange Gespräche, um eine optimale Lösung für unser Team zu erreichen. Unsere Sorgen, Klagen und Beschwerden und unsere Forderung nach der Rückkehr von Klaus Mayr, der für uns der perfekte Trainer war, wurden zur Kenntnis genommen, geändert wurde jedoch nichts. Und so starteten wir unter denkbar schlechten Voraussetzungen auch in die Rennsaison 1982/83. Bei jedem der Rennen zu Saisonstart fuhren wir zwar den Hang hinunter, aber nicht wirklich ins »Ziel«. Wir alle hatten das Gefühl, immer weiter in Richtung Abgrund zu fahren. Diese Situation war für uns alle im Team nicht mehr länger zu ertragen. Wir konnten einfach nicht hinnehmen, dass die Ära einer so harmonischen und erfolgreich funktionierenden Mannschaft durch derartige Umstände zerstört wurde. In einem offenen Brief der Epple-Schwestern und von mir forderten wir den DSV erneut auf, an dieser für alle Beteiligten belastenden und unguten Situation etwas zu ändern. Doch auch dies nützte leider nichts.

Nach dem Weltcuprennen in Pfronten kam es dann zur Eskalation. Nach den erneut erfolglosen Rennen kehrten wir in das Teamhotel zurück. Nachdem ich meine Sachen gepackt hatte, ging ich in die Hotelhalle, um an der Rezeption auszuchecken. Unmittelbar hinter der Rezeption befand sich eine Telefonkabine, aus der heraus eine Männerstimme ertönte. Ich konnte zunächst nicht erkennen, wer der Mann war. Doch da die Person ziemlich laut sprach, konnte ich, während ich an der Rezeption stand, Wortfetzen verstehen und hörte mehrmals meinen Namen. Das machte mich natürlich neugierig, daher ging ich hinüber zur Telefonzelle und erkannte nun in dem Mann ein Mitglied des deutschen Skipools, den damals mächtigsten Mann im Skisport. Da er nicht bemerkte, dass ich bei der Telefonzelle stand, führte er sein Telefongespräch fort. Was ich hörte, machte mich fassungslos. Er sagte zu seinem Gesprächspartner: »Frau Kinshofer macht dieses Hin und Her nicht mehr mit. Sie ist weder mit dem Trainer noch mit dessen Trainingsmethoden einverstanden. Sie sieht die Gesamtentwicklung der deutschen Damenmannschaft in einem so negativen Licht, dass sie sich ab sofort aus dem deutschen Skisport zurückzieht.«

Ich war wie gelähmt. Was hatte das zu bedeuten? Niemals hatte ich angekündigt, mich aus dem Skisport zurückziehen zu wollen. Ganz im Gegenteil. Ich wollte doch lediglich, dass es mit der Mannschaft wieder aufwärtsging. Ich hatte doch nur die Wahrheit gesagt. Doch wenn etwas schiefläuft, dann wird die Wahrheit natürlich schnell zur Kritik. Aber das konnte doch nicht bedeuten, dass man deshalb die Wahrheit nicht mehr sagen durfte, nur weil es wie in meinem Fall eine Kritik an der Vorgehensweise des DSV war. Was wurde hier gespielt? Ich konnte nicht anders, riss die Tür der Telefonzelle auf und schrie den Mann an: »Mit wem sprichst du, und was erzählst du da? Das ist doch nicht wahr.«

Sichtlich erschrocken, legte er sofort den Hörer auf. »Du rufst jetzt sofort deinen Gesprächspartner nochmals an und widerrufst die eben gemachten Aussagen!«, forderte ich ihn auf. »Stell die Tatsachen bitte richtig. Ich habe nie gesagt, dass ich aufhören will. Und ich werde auch nicht aufhören. Ich bleibe in der Mannschaft!«

Er weigerte sich jedoch, nochmals zum Telefonhörer zu greifen, und suchte offenbar verzweifelt nach einer Begründung für sein eben geführtes Telefonat. »Christa, du musst uns verstehen. Du bist eine so starke Persönlichkeit, wir müssen unseren Trainer vor dir schützen«, meinte er schließlich. Ich hatte in dieser Situation viel erwartet, das allerdings nicht. Was war das denn für eine Aussage – ein Trainer muss vor seiner Sportlerin geschützt werden. Sollte es nicht eigentlich umgekehrt sein? Müsste der Trainer nicht im Zweifelsfall hinter seiner Sportlerin stehen und diese beschützen? Hatte sich die Welt denn umgekehrt? Die ganze Situation war einfach unglaublich. Was sollte ich davon halten? Mir schien das Ganze unbegreiflich, fast unwirklich. Aber irgendwie spürte ich, dass sich hier etwas anbahnte. Es war der Anfang vom Ende.

# 9. Kippstangen kippen Karriere

Nach diesem Vorfall in der Hotelhalle konnte ich mich nur schwer beruhigen. Ich schnappte mir meine Sachen, stieg in mein Auto und fuhr erst einmal los in Richtung Heimat. Was hatte das alles zu bedeuten? Ich konnte mir weder den Grund noch die Folgen dieses Zwischenfalls vorstellen. In Gedanken spielte ich die verschiedensten Erklärungsansätze durch, die mich teils beruhigten, teils aber wahnsinnig wütend machten. Vielleicht war es ja nur ein ganz harmloses Gespräch mit einem seiner Kollegen gewesen. Vielleicht hatte er jemandem nur seine ganz persönliche Meinung mitteilen wollen. Vielleicht wollte er dessen Meinung und Rat dazu hören. Oder hatte er einfach falsche Informationen von einem Dritten erhalten, die er jetzt innerhalb des DSV weitergab? All das waren eher einfache Erklärungen für das Gespräch, die sich intern besprechen ließen. Aber was, wenn es anders war? Wenn er mit den Medien telefoniert und bewusst eine falsche Nachricht über mich verbreitet hatte? War da etwa ein Komplott gegen mich im Gange, eine Aktion, die schon lange geplant war, um mich aus der Mannschaft zu mobben? Ich konnte es einfach nicht glauben. Ich hatte doch für den DSV so große Erfolge erzielt. Alle waren stolz auf meine Leistungen, und mir war immer wieder versichert worden, wie dankbar mir der Verband war, da der deutsche Alpinskisport durch diese Erfolge in ein so positives Licht gerückt worden war. Doch wofür wollte man mich dann jetzt plötzlich bestrafen? Ich hatte doch nur die Wahrheit gesagt, die alle anderen Mädchen im Team genauso sahen. War das falsch gewesen?

Diese und viele weitere Gedanken quälten mich auf meinem Heimweg. Kurz vor dem Ortsschild Miesbach bekam ich schließlich durch das Radio die Antwort auf meine Fragen. In den Sportnachrichten wurde gemeldet: »Christa Kinshofer zieht sich aus der deutschen Ski-Nationalmannschaft zurück. Sie will ab sofort nicht mehr für den Deutschen Skiverband fahren, sondern für sich allein trainieren.«

Ich explodierte förmlich innerlich, blieb sofort an der nächsten Tankstelle stehen und rief in der Nachrichtenredaktion des Bayerischen Rundfunks an. Aus verständlichen Gründen war mein Ton nicht unbedingt freundlich. Ich machte der Nachrichtenredaktion den deutlichen Vorwurf, über meine Person etwas veröffentlicht zu haben, das jeglicher Grundlage und Wahrheit entbehrte. »Wie kommt ihr dazu, so etwas zu veröffentlichen, ohne mit mir Rücksprache zu halten? Warum ruft ihr mich nicht an? Sonst habt ihr auch bei jeder Gelegenheit zum Hörer gegriffen«, rief ich ins Telefon. Ich war verärgert, verzweifelt und wütend. Aber es nützte alles nichts mehr. Die Nachricht war gesendet, und die Lawine war nun nicht mehr zu stoppen.

In diesem Moment spürte ich ganz deutlich die Macht der Medien. Denn man hatte eigentlich keine Chance, wenn etwas Falsches verbreitet wurde, es war praktisch unmöglich, derartige Nachrichten richtigzustellen. In mir machte sich eine Mischung aus Wut und unbeschreiblicher Enttäuschung breit. Plötzlich hatte ich das Gefühl, dass die ganze Welt sich gegen mich wandte. Eine Welt, mit der ich bisher immer gut zurechtgekommen war. Ich hatte nie Probleme mit den Medien gehabt, ganz im Gegenteil – ich war der Liebling der Medien. Alle schätzten meine Offenheit, meine positive Aura, meine Ehrlichkeit und den Einsatz für den alpinen Skisport. Ich hatte jeden Tag mit Journalisten und Medienvertretern zu tun gehabt und war stets bereit gewesen, alle Fragen zu beantworten.

Natürlich versuchte ich, die Angelegenheit zu klären, und teilte der Redaktion mit, dass diese Nachricht eine Falschmeldung war und ich nie die Absicht gehabt hatte, die Mannschaft zu verlassen. Ich bekräftigte immer wieder, dass ich weiter für den Deutschen Skiverband fahren wollte. Aber was nutzte das alles? Nichts. Die Meldung war falsch, aber gesendet. Und schon nach wenigen Tagen waren die Folgen dieser falschen Pressemeldung auch schwarz auf weiß zu lesen. Bis zu diesem Zeitpunkt hatte ich mir nicht vorstellen können, dass sich die Wertschätzung für eine Person innerhalb so kurzer Zeit völlig verändern konnte. Ich musste plötzlich am eigenen Leib erfahren, dass es den Medien eigentlich nur darauf ankommt, Schlagzeilen zu produzieren, egal, ob positiv oder negativ – Hauptsache, Schlagzeile. Es gab jetzt sogar persönliche Angriffe, die nichts mit meinen sportlichen Leistungen oder meinen Äußerungen zu tun hatten. So lautete zum Beispiel die Schlagzeile des *Stern:* »Wenn der Schminkkoffer größer wird als der Skikoffer«. Mein stets gepflegtes und sportlich schickes Erscheinungsbild war sonst immer geschätzt worden, jetzt auf einmal wurde es mir zum Vorwurf gemacht.

All diese Berichte, Schlagzeilen, Äußerungen und Entwicklungen belasteten mich enorm. Natürlich wirkte sich das auf meine sportlichen Leistungen aus und führte dazu, dass mir auch innerhalb des Teams Vorwürfe gemacht wurden. Und ich machte mir sogar selbst Vorwürfe. Ich war ein blonder Hitzkopf, ich war undiplomatisch. Vielleicht hätte ich den DSV nicht kritisieren sollen. Aber gerade meine Mannschaftskolleginnen, deren Sprecherin ich war, hatten doch gefordert, dass ich die Wahrheit über unser gemeinsames Leistungstief sagte. Und ich hatte mir nichts dabei gedacht. Getreu dem Motto »Tue recht und scheue niemanden« hatte ich einfach klargestellt, wie ich die Entwicklungen in der vergangenen Saison beurteilte. Was letztendlich ja auch der Wahrheit entsprach. Nun wurde mir von allen Seiten der Vorwurf gemacht, dass es ein Fehler gewesen sei, in dieser Weise Kritik am Vorgehen des DSV zu üben. Aber war es wirklich ein Fehler? Ich habe den Mund aufgemacht für alle und habe mir damit selbst am meisten geschadet. Also war es ein Fehler. Aber kann es wirklich ein Fehler sein, die Wahrheit zu sagen? Vielleicht ist das ein gesellschaftliches Phänomen. Denn es zählt offenbar nicht das, was objektiv richtig ist, sondern nur das, was die Gesellschaft hören will. Nur das ist richtig. Was sie nicht hören will, wird zum Problem – auch wenn es der Wahrheit entspricht. Dies mag verstehen, wer will, ich verstehe es bis heute nicht.

Doch es war nun einmal passiert, die Lawine war losgetreten und bewegte sich unaufhaltsam auf mich zu. Den Medien blieb dies alles natürlich nicht verborgen. Eines Abends wurde ich zu einer Livesendung der ARD-Sportschau eingeladen. Die Sendung wurde moderiert von Eberhard Stanjek, den ich als sehr kompetenten und stets gut vorbereiteten Moderator kennengelernt hatte. Das Thema des Abends war klar: die schlechten Leistungen der alpinen Ski-Damenmannschaft – Gründe, Hintergründe, Fakten. Selbstverständlich hatte ich mir bereits vor der Sendung darüber Gedanken gemacht, wie ich auf die einzelnen möglichen Fragen im Hinblick auf das Thema Kippstangen antworten könnte. Auch wenn es mir schwerfiel, wollte ich diesmal keine Kritik am DSV üben. Daher verhielt ich mich zu Beginn unseres Interviews sehr zurückhaltend und abwartend. Eberhard Stanjek sprach zunächst mit mir über die noch bevorstehenden Rennen in den USA zum Abschluss der Saison. Diese letzten Rennen waren so wichtig, da sich hier noch entscheidende FIS-Punkte für den Gesamtweltcup holen ließen. Da ich nicht damit gerechnet hatte, dass Eberhard Stanjek dieses Thema als Erstes anschneiden würde, war ich froh und erleichtert, dass er anscheinend nicht die Hintergründe der schlechten Leistungen des Teams besprechen wollte. Die Abschlussrennen in den USA waren daher für mich ein willkommenes Thema. Ich räumte im Gespräch ein, dass meine Leistungen in dieser Rennsaison bisher noch nicht zufriedenstellend gewesen und die USA-Rennen daher wichtig waren, um noch weitere FIS-Punkte zu sammeln. Ich freute mich auch wirklich auf diese abschließende Rennserie in Amerika. Plötzlich bemerkte ich, dass meine Freude und positiven Aussagen zu den USA-Rennen bei Eberhard Stanjek zunehmend Verwunderung auslösten. Irritiert schaute er mich an und meinte dann: »Ihre Freude über die bevorstehenden Rennen in den USA wundert mich etwas, da Sie ja nicht mitfahren dürfen zu diesen Rennen.«

Im ersten Moment dachte ich, ich hätte etwas falsch verstanden, und antwortete: »Wie bitte – ich fahre selbstverständlich mit zu diesen Rennen. Warum sollte ich nicht daran teilnehmen?«

»Mir liegt eine Information des DSV vor, wonach Sie aufgrund Ihrer bisherigen schlechten Leistungen nicht an den Rennen in den USA teilnehmen werden«, entgegnete Eberhard Stanjek leicht verunsichert. Dann führte er weiter aus, dass nach dem Reglement des DSV eine Athletin nur dann an diesen Rennen teilnehmen dürfe, wenn sie zweimal unter den ersten acht, dreimal unter den 15 oder viermal unter den 20 Bestplatzierten war. Das hatte Herr Stanjek vom DSV mitgeteilt bekommen.

»Ja dann«, sagte ich erleichtert, »ist es ja kein Problem. Dann bin ich dabei, denn ich war in dieser Rennsaison viermal unter den 20 Besten. Damit habe ich dann wohl die Zulassung und Startberechtigung für diese wichtigen Rennen in Colorado.«

Eberhard Stanjek war nun vollkommen verwirrt. Die Verwunderung und auch Unsicherheit waren ihm deutlich ins Gesicht geschrieben. »Noch vor der Sendung wurde mir vom DSV mitgeteilt, dass Sie an den Rennen in den USA nicht teilnehmen werden. Ja, hat der Deutsche Skiverband vielleicht einige Ihrer Leistungen vergessen?«, fragte er mich. Diese Frage ließ ich lieber unbeantwortet im Raum stehen.

Bekanntlich kann es viele Gründe geben, etwas zu vergessen. Angenehme Dinge vergisst man ungern. Unangenehme dagegen gern. Da es eine Livesendung war, versuchte ich, meine Enttäuschung und Wut in den Griff zu bekommen. Deshalb konnte ich nur sehr zurückhaltend im weiteren Verlauf über dieses Verhalten des DSV diskutieren. Meine Gefühle wechselten ständig. Sollte ich mir meine Wut und Enttäuschung direkt hier von der Seele schimpfen? Sollte ich mir einfach einmal Luft machen und alles sagen, was ich in diesem Moment dachte? Ohne Rücksicht auf Verluste? Oder sollte ich das berühmte schwarze Loch suchen, in dem ich mich jetzt hätte verstecken können, um mich so aus dieser Situation zu befreien? Ich wusste nicht, was richtig war, und habe das Interview mehr oder minder wie in Trance zu Ende geführt. Ich konnte keine konkrete Stellungnahme zu dem Ganzen machen und wollte es im Grunde auch nicht.

Die einzige Freude an diesem Abend machten mir drei Fernsehzuschauer. Während der Livesendung haben diese bei der ARD angerufen und sich über das gerade Gesehene und Gehörte unglaublich empört: »Es darf doch nicht wahr sein, dass eine so gute und bekannte Skifahrerin wie Christa Kinshofer nicht zu den Rennen in den USA mitfahren darf. Was ist denn hier los? Das gibt es doch nicht! Wie kann der DSV eine solche Entscheidung fällen, und wie ist es möglich, dass der DSV Leistungen ignoriert, die tatsächlich erbracht wurden? Nur um einer Skiläuferin Knüppel zwischen die Beine zu werfen. Was hat Christa Kinshofer denn getan, dass der DSV so reagiert?«

Einer der Zuschauer war dermaßen empört und wütend, dass er öffentlich erklärte, er werde die Kosten für meinen Flug übernehmen, wenn der DSV nicht bereit wäre, mich in die USA mitzunehmen. Ich solle fliegen und gewinnen. Das wünsche er mir von Herzen.

Ich war vollkommen verzweifelt und wütend, versuchte aber, in der Sendung Haltung zu bewahren. Nachdem ich schließlich verabschiedet worden war, schaffte ich es gerade noch aus dem Sichtfeld der Kameras, bevor ich in Tränen aufgelöst zusammenbrach. Dann wurde ich nach Hause gebracht, wo ich die ganze Nacht überlegte, wie ich reagieren sollte.

Nach der Sendung schlug mir eine Sympathiewelle entgegen, und ich erhielt Anrufe und Briefe, in denen mir immer wieder die Übernahme der Kosten für die USA-Reise angeboten wurde. So weit ließ es der DSV dann allerdings doch nicht kommen.

Ich war also schließlich bei den Rennen in den USA dabei, erbrachte dort allerdings keine guten Leistungen. Die seelische Belastung, die Unstimmigkeiten und der Ärger waren der eine Grund, gesundheitliche Probleme der andere. Ich bekam auf einmal starke Schmerzen in der Wade. Zunächst hatte ich eine Knochenhautentzündung oder Ähnliches vermutet und bin einfach weitergefahren. Doch als es nicht besser wurde, unterzog ich mich einer ausführlichen Untersuchung im Krankenhaus, die ergab, dass ich mir im Training einen Ermüdungsbruch im Wadenbein zugezogen hatte. Das Verletzungspech hatte mich also zum wiederholten Male fest im Griff. Anstelle der gewünschten FIS-Punkte hatte ich in den USA nur gesundheitliche Probleme, Enttäuschung, Niedergeschlagenheit und Frust gesammelt.

Die Rennsaison 1982/83 war damit sportlich beendet. Nun musste entschieden werden, wie sich meine weitere Zukunft im DSV gestalten sollte. Zunächst herrschte Schweigen. Mir war klar, dass das Eis, auf dem ich mich bewegte, sehr dünn war. Es war nur eine Frage der Zeit, bis es brechen und mich in ein tiefes Loch stürzen lassen konnte. Es vergingen Tage und Wochen des Wartens, ich war innerlich völlig aufgewühlt und verzweifelt. Normalerweise konzentrierte ich mich nach einer Rennsaison auf das Sommertraining, Schwachpunkte der vergangenen Saison wurden analysiert, Aufzeichnungen der Rennen angeschaut. Fehler mussten gesucht und erkannt und ein Konzept zur Vermeidung dieser Fehler entwickelt werden. Vielleicht gab es ja neue Trainingsmethoden. Wie konnte ich die Kondition verbessern, wie mich mental noch besser auf die Rennen vorbereiten? Fragen und Aufgaben, die ein Profisportler zu diesem Zeitpunkt im Kopf haben sollte. Damit sollte er sich beschäftigen. Aber mich quälte stattdessen die Frage, was die Herren Funktionäre des DSV wohl planten. Wie würden sie über mich und meine Zukunft in der deutschen

Ski-Nationalmannschaft entscheiden? Es war traurig, dass ich so viel von meiner Energie in diese Sorgen fehlinvestieren musste. Wie gerne hätte ich stattdessen das getan, was meine eigentliche Aufgabe war: Ski fahren.

Wenn man weiß, dass eines Tages etwas sehr Unangenehmes passieren wird, so neigt man dazu, diesen Tag zunächst einmal weit weg zu wünschen. Doch irgendwann kommt dann der Zeitpunkt, an dem man diesen Tag regelrecht herbeisehnt, um endlich das Unangenehme hinter sich zu bringen. Ich war daher beinahe erleichtert, als ich endlich zu einem Gespräch mit der alpinen Rennsportkommission gebeten wurde. Da ich mir vorstellen konnte, was jetzt auf mich zukommen würde, bat ich meinen Vater, mich zu diesem Gespräch zu begleiten. Wir fuhren also gemeinsam zum DSV. Was wir dort erlebten, glich einem Oscar-würdigen Hollywoodfilm. Das ganze Szenario war schauerlich. Die gesamte Rennkommission saß schweigend am großen Konferenztisch. Starre Blicke durchschnitten den Raum, dessen Atmosphäre so kalt war, dass zu befürchten war, dass das stille Mineralwasser in den Gläsern gefrieren würde. Ein Konsortium von Strafrichtern ist sicherlich eine freundliche Gesprächsrunde im Vergleich zu dem, was hier im Raum saß. Unaufgefordert erlaubten wir uns, auf den beiden noch freien Stühlen Platz zu nehmen. Im Grunde saßen wir aber gar nicht wirklich an dem Tisch. Wir saßen vor einer Mauer, gebaut aus Starrsinn und Komplott. Nur ganz dünn lag das schlechte Gewissen zwischen den einzelnen Mauersteinen. Endlich durchbrach einer der Herren die peinliche Stille mit belegter Stimme: »Der Deutsche Skiverband hat beschlossen, Christa Kinshofer aufgrund ihrer schlechten Leistungen in der vergangenen Skisaison aus der Nationalmannschaft auszuschließen. Es soll ihr jedoch weiter die Gelegenheit gegeben werden, für den DSV zu fahren. Sie wird daher in den Förderkader zurückgestuft.«

Für diese Entscheidung gab es selbstverständlich auch eine Erklärung vonseiten des damaligen DSV-Sportwarts: »Also, Christa, du weißt, dass wir für dich sehr viel Geld ausgegeben haben. Doch deine Zeit ist vorbei, wir investieren das Geld lieber in junge Nachwuchsläuferinnen. Du blockierst doch nur einen Platz, der eigentlich für eine junge Fahrerin gedacht wäre. Es ist für dich sicherlich besser, wenn du diese Tatsache einsiehst und aufhörst. Du wirst bestimmt verstehen, dass uns diese Entscheidung nicht leichtfällt. Aber wir müssen stets im Sinne des Verbandes handeln.«

Nach diesen Worten herrschte wiederum Schweigen im Raum. Es gibt Situationen im Leben, da findet man einfach keine Worte mehr. Sowohl mein Vater als auch ich waren wie gelähmt. Der Verband machte mir das Angebot, im Förderkader zu fahren. Zu diesem Zeitpunkt war ich 21 Jahre alt und eine der erfolgreichsten Rennläuferinnen, die jemals für den Verband gefahren waren. Sportlerin des Jahres, Skikönigin, der neue Stern am Skihimmel, Skisportlerin des Jahres, fünffache Serien-Weltcupsiegerin – und jetzt sollte ich im Förderkader mit den 13- oder 14-jährigen Mädchen trainieren oder besser gleich ganz aufhören? Wahrscheinlich hätte es den Herren gefallen, wenn ich mir zum Training im Förderkader meine Silbermedaille aus Lake Placid umgehängt hätte. Dieses absurde Angebot war das Ergebnis eines Verrats. Es war erniedrigend, vernichtend und spiegelte die Charakterlosigkeit dieser Herren wider. Ich konnte keine Worte finden, so schockiert war ich über diese Nachricht. Zum Glück hatte ich meinen Vater bei mir, der diese Nachricht offenbar schneller verarbeiten konnte. »Da hat meine Tochter viele wichtige Rennen für Deutschland gewonnen, und jetzt wird sie hinauskatapultiert. So etwas könnt ihr nicht machen. Das hat die Christa nicht verdient. Sie hat sich nichts zuschulden kommen lassen, und ihr lasst sie fallen wie eine heiße Kartoffel. Das darf doch wohl nicht wahr sein!«, rief er entrüstet. Die Herren nahmen dies nur nüchtern zur Kenntnis. Ihre Entscheidung war längst gefallen, alles half nichts mehr. Ich hatte plötzlich das Gefühl, ganz allein in diesem Raum zu sitzen. Die Mauer um mich herum wurde noch dichter, noch fester. Ich spürte, wie auch das letzte bisschen schlechtes Gewissen verschwand. Eine unbeschreibliche Kälte schlug mir entgegen und ließ mich in ein tiefes Loch fallen. Es war alles so unbegreiflich, wie in einem schlimmen Traum. Ich wollte aufwachen und hoffte, dass dies alles nicht wahr war. Doch leider war es kein Traum, kein Theaterstück. Es war Wirklichkeit. Eine Wirklichkeit, für die die Intrige und der Verrat das Drehbuch geschrieben hatten. Auf der Heimfahrt sprachen mein Vater und ich kein Wort. Mein Vater konzentrierte sich starr auf den Verkehr. Als ich ihm in die Augen blickte, sah ich nur tiefe Trauer und Enttäuschung.

Zu Hause angekommen, schien es mir, als befände ich mich in einer anderen Welt. Es ist unglaublich, dass sich ein Leben innerhalb weniger Stunden komplett verändern kann. Als wir zum Treffen mit dem DSV losgefahren waren, hatte ich natürlich noch eine gewisse Hoffnung, dass sich das Blatt wenden würde, der DSV mit mir kooperieren und wir zusammen meine weitere Zukunft im alpinen Skisport gestalten könnten. Diese Hoffnung wollte ich einfach bis zuletzt nicht aufgeben. Nun aber war mir klar, dass sich mein Leben völlig verändert hatte. Mein Leben war doch das Skifahren. Ich habe von Kindesbeinen an nie etwas anderes gewollt, gedacht oder getan. Es war für mich selbstverständlich, dass ich Ski fahren würde, solange es meine Gesundheit erlaubte. Wenn ein Sportler seine Karriere plötzlich wegen einer schweren Verletzung beenden muss, so ist das ein Schicksalsschlag, den er verarbeiten muss. Jeder Profisportler lebt mit diesem Risiko. Jeder weiß, dass seine Karriere in Sekunden beendet sein kann, wenn er einen gravierenden Fehler macht und sich verletzt. Das ist für jeden Sportler tragisch, doch es ist Pech, Unglück, ein Schicksalsschlag, der nicht vorhersehbar oder beeinflussbar ist. In solchen Situationen kann man sich oft nur damit trösten, dass es eine Macht gibt, die einen durch das Leben führt. Diese Macht hat sich dann eben für eine plötzliche Veränderung des Lebens entschieden. Für jeden Sportler ist es enorm schwer, mit so etwas fertig zu werden. Nur wenige kommen wirklich damit zurecht. Die meisten leiden ihr Leben lang darunter. Bei mir war es jedoch etwas anderes. Ich sollte meine Karriere nicht beenden, weil es eine unbekannte »Macht« so entschieden hatte. Ich hatte keine schwerwiegende Verletzung. Ich hatte noch immer zwei gesunde Beine und einen gut trainierten Körper, der jederzeit an den Start gehen konnte. Zu diesem Körper gehörten aber auch Geist und Verstand. Und dieser hatte sich nun einmal dazu entschlossen, die Wahrheit zu sagen, Probleme anzusprechen und zu versuchen, sie zu lösen.

Wenn ein Sportler einen Fehler macht, so führt dies in der Regel zu Verletzungen oder schlechten Platzierungen im Rennen. Die Art von Verletzung, die ich gerade erfahren hatte, kannte ich jedoch bis dato noch nicht. Es war auch keine unbekannte Macht, die über meine Zukunft entschied. Diese Macht war mir namentlich hinreichend bekannt. Ich empfand es daher auch nicht als Schicksal, denn man hätte es ja jederzeit wieder ändern können. Niemand wusste bis dahin wirklich, welche internen Probleme wir in der deutschen alpinen Ski-Damenmannschaft hatten. Wenn wir also noch einmal zusammengekommen wären, hätten wir diese

Probleme vielleicht besprechen können, und alles hätte sich wieder zum Guten entwickelt. Aber bei unserer Abfahrt war mir mehr als bewusst, dass ich keine Chance auf eine Meinungsänderung vonseiten des DSV hatte. Hinzu kam dann noch der offizielle Brief des DSV, der mich einige Tage später erreichte. Eigentlich war es gar kein Brief, zumindest kein persönlicher, es war ein Rundschreiben an insgesamt zwölf Skirennläufer, die in einer Kopfzeile namentlich genannt wurden. Die Anrede war unpersönlich. Als mir meine Mutter den Brief überreichte, weinte sie bitterlich. Die Augen meines Vaters waren ebenfalls voller Tränen. Diesmal blickten sie aber nicht traurig, sondern hasserfüllt und rachedurstig. Sein Gesicht war fleckig vor Zorn. So kannte ich meinen Vater nur, wenn man ihn anlog. Das wusste ich, man konnte meinem Vater alles sagen, wirklich alles, aber man durfte ihn nie anlügen. Ich nahm den Brief, setzte mich. Lügen würde der DSV doch sicherlich nicht. Es musste aber etwas ähnlich Schlimmes in dem Brief stehen, dass mein Vater so reagierte. Ich begann zu lesen:

DSV, Sylvensteinstr. 2, 8000 München 70

Christa Kinshofer, Christine Nömeier, Claudia Schraudolf, Stefan Pistor, Peter Renoth, Johannes Fuchs, Rainer Strobl, Karlheinz Vachenauer, Heribert Wiesler, Markus Haller, Max-Rudolf Mattes, Jörg Spitzel
München, den 05.05.1983
Mannschaftsaufstellung für die Saison 1983/84

Liebe Aktive,
die Beratungen über die Mannschaften und Planungen für die kommende Saison sind weitgehend abgeschlossen. Das letzte Sportjahr stand in allen Kadern mitunter im Zeichen der Sichtung und der Qualifikation auf breiter Ebene. Diese Sichtung führte zu größeren und großzügiger aufgestellten Kadern, wie Ihr sicher wißt. Diese Saison soll der intensiven Förderung der erkannten Talente dienen, damit der Deutsche Skiverband auf breiter Front wieder den engen Kontakt zur Weltspitze herstellen kann.

Sicherlich, so darf ich annehmen, haben Eure zuständigen Trainer sportliche Einzelheiten bezüglich der Mannschaftszugehörigkeit oder etwaiger Weiterförderung mit Euch bereits gesprochen.

Aufgrund Eures Leistungstandes, Eurer Leistungsentwicklung in den vergangenen Jahren und negativen Aussichten für die weitere sportliche Entwicklung hat man von einer weiteren Nominierung von Euch für die Saison 1983/84 abgesehen. Dabei hat sich die Rennsportkommission weitgehend den Vorschlägen der verantwortlichen Trainer angeschlossen.

Sicherlich ist das für Euch im ersten Augenblick keine gute, wenn auch vielleicht nicht überraschende Nachricht. Trotzdem ein paar Gedanken von mir zu dieser Situation.

Zuerst darf ich Euch für Euren Einsatz in den letzten Jahren recht herzlich danken und hoffe, daß diese Zeit in der Nationalmannschaft für Euch eine gute und bleibende Erinnerung bleibt. Daß diese Zeit, wie vieles im Leben, einmal zu Ende geht, ist eine natürliche Erscheinung, mit der man sich so rasch wie möglich abfinden sollte. Sicherlich warten auf Euch viele andere interessante Aufgaben, wie zum Beispiel persönliche Festigung im Beruf und im privaten Bereich.

Es würde mich aber trotzdem freuen, wenn Ihr dem alpinen Sport weiter treu bleiben könntet und im Verein, Gau oder Landesverband Euch weiter betätigt, ob als Sportler, Trainer oder Funktionär. Der Sport (Anm.: Hier fehlt im Original ein Wort, wahrscheinlich: lebt) mehr denn je von seinen aktiven Sportlern und braucht sie dringend.

Für Euren weiteren Lebensweg darf ich Euch zum Abschluß nochmals von Herzen alles Gute wünschen.[1]

Mit freundlichen Grüßen
Deutscher Skiverband
Kuno Meßmann
Sportwart alpin
F.d.R. Christl Ulmrich

Mir rannen die Tränen über das Gesicht, und ich spürte, wie mir schwindlig wurde. Ich ließ den Brief fallen, warf mich auf den Boden und heulte, heulte und heulte so bitterlich wie ein kleines Kind, das gerade

---

1   Diesen Brief haben wir bewusst wortwörtlich wiedergegeben. Er ist in alter Rechtschreibung verfasst und stilistisch nicht immer perfekt.

die ganze Welt überhaupt nicht mehr versteht. Meine Mutter kam zu mir, nahm mich in den Arm und versuchte, mich zu trösten. In diesem Moment war ich wieder ein kleines Kind. Ich fand es einfach unglaublich, dass ich nach all den erfolgreichen Jahren letztendlich mit einem Sammelbrief verabschiedet wurde. Ich konnte nicht begreifen, warum ich mich plötzlich in einer völlig anderen Welt befand.

Davon erzählen musste ich niemandem etwas, denn das übernahmen mit großer Freude die Medien für mich. Die Nachricht verbreitete sich dann wie ein Lauffeuer. Meine Familie und meine Freunde standen in dieser bisher schwersten Situation in meinem Leben hinter mir. Doch auch da merkte ich, dass der Wind an manchen Stellen durch meine Schutzmauer blies, die immer dünner wurde. Es heißt ja immer, dass man in seinem Leben nur eine Handvoll wirkliche Freunde hat. Solange es einem gut geht und man Erfolg hat, glaubt man diese Lebensweisheit oftmals nicht. Jetzt aber musste ich einsehen, dass sie stimmte. Außerdem gab es noch die Gruppe von Menschen, die sich über meine Erfolge nur scheinbar gefreut hatten. In Wirklichkeit aber hatten sie mich wohl eher beneidet. Niemals hätte ich mir bis dahin vorstellen können, dass sich Neid so gut verbergen lässt und dann so schnell in wirkliche Freude verwandelt. Ja, auch die Lebensweisheit »Schadenfreude ist die schönste Freude« stimmt anscheinend.

Die Medien leisteten selbstverständlich auch noch ihren Beitrag dazu. Printmedien, Rundfunk, Fernsehen – alle fielen über meine Geschichte her. Es ist schon erstaunlich, wie nahe Erfolg und Niederlage beieinanderliegen. Das ist wie mit der Liebe und dem Hass. Wen du heute noch liebst, den kannst du morgen schon hassen. Und je größer die Liebe, desto schlimmer der Hass. Je größer der Erfolg, desto schöner die Niederlage. Genau das haben die Medien in vollen Zügen genossen.

Nach jedem gewonnenen Weltcuprennen wollten sie alle ein Interview mit mir, ein Bild von dem Superstar Christa Kinshofer. Ich war bei allen beliebt, und sie haben sich um mich gestritten, ja manchmal sogar um Plätze in der ersten Reihe gekämpft. Sensationsschlagzeilen gingen um die Welt. Und daran hatte sich jetzt im Grunde nichts geändert. Es waren ja Sensationsschlagzeilen und -berichte, die die Zeitungen füllten. Doch dieses Mal war es sogar noch einfacher, denn es war nicht nötig, sich um ein Interview zu bemühen oder um ein Bild kämpfen. Nein, die Sache war völlig klar: »Christa Kinshofer hat sich so falsch verhalten, dass der DSV sie aus der Nationalmannschaft geschmissen hat. Der DSV wird schon seine guten Gründe haben, das hat sicherlich alles seine Richtigkeit. Das hat sich Christa Kinshofer durch ihr Verhalten selbst zuzuschreiben.«

Eine ganz einfache Sache: Da gab es die Nachricht, und die Hintergründe konnte sich jeder selbst ausdenken beziehungsweise sie so darstellen, wie er es für richtig hielt. Mir wurde aber nicht einmal die Möglichkeit gegeben, die Angelegenheit auch aus meiner Sicht zu schildern. Es war eine Tatsache, dass ich nicht mehr im Team war, und das reichte den Medien.

»Vor drei Jahren gewann Christa Kinshofer in Lake Placid die Silbermedaille im Slalom. Heute ist unser Glamour-Girl im Schnee noch nicht mal mehr in der Nationalmannschaft«, »Eine Königin tritt ab« – das waren die Schlagzeilen, die ich jeden Tag in der Presse lesen musste. Und eine Erklärung für die ausbleibenden Erfolge hatten die Medien natürlich auch parat: Die Zehntelsekunden am Steilhang verlor »Kinsi« bei der Segelpartie auf der väterlichen Jacht oder beim Besuch der Münchener Oper. Mein unverkrampftes Auftreten, mein immer strahlendes Lächeln, all das, was mich 1979 zur Sportlerin des Jahres gemacht hatte, wurde nunmehr als Ursache meines Misserfolgs angenommen.

Für mich wurde jeder Zeitungsständer, jeder Zeitschriftenladen, an dem ich vorbeigehen musste, zu einem Brechmittel. Den Fernseher schaltete ich tage- und wochenlang nicht mehr ein. Ich wollte mir die Berichte über meine Person nicht immer wieder antun. Am schlimmsten war es, wenn ich zu Hause in Miesbach über die Straße ging. Meine Karriere hatte mich bisher an viele verschiedene Orte in dieser Welt geführt, und ich hatte viele Länder und Städte gesehen und war oft begeistert von dem, was ich dort erlebte. Aber am Ende jeder Auslandsreise war ich immer wieder froh, nach Hause fahren zu können. Denn zu Hause ist dort, wo man sich am wohlsten fühlt, wo man Geborgenheit und Frieden spürt. Zu Hause ist einem alles vertraut, man kennt alles und jeden und wird von jedem gekannt. Ja, jeder in Miesbach kannte mich zu dieser Zeit. Die Miesbacher waren doch so stolz auf ihre Christa Kinshofer, die mit einer Olympiamedaille aus Lake Placid zurückgekommen war. Die Kinder hatten mich geliebt, schließlich war ich die »Schulfrei-Christa«. Der Skiclub Miesbach wurde durch mich auf der ganzen Welt bekannt. »Miesbach grüßt seine

Weltcupsiegerin Christa Kinshofer«, so war ich auf dem Marktplatz von allen mit Jubel und Musik empfangen worden.

Jetzt ging ich wieder über diesen Marktplatz, über die gleichen Steine, die für mich zum großen roten Teppich geworden waren. Wenn mich die Leute jetzt anschauten, wusste ich genau, was jeder Einzelne von ihnen dachte. Nur ganz wenige gingen auf mich zu und versuchten mir durch ihre Zuneigung zu helfen. Die meisten waren der gleichen Meinung wie die breite Masse, das spürte ich. Dennoch versuchte ich in Einzelgesprächen immer wieder, meine Situation zu schildern, Verständnis zu wecken. Ich erklärte jedem, der es hören wollte, dass ich doch nur konstruktive Kritik geübt hatte. Und auch wenn diese für den DSV unangenehm war, so war es doch die Wahrheit. Aber leider wollten dies nur wenige hören, für die meisten stand fest: Der DSV hatte richtig gehandelt. Ich hatte mir das Ganze aufgrund meines Verhaltens selbst zuzuschreiben.

Viele verstanden auch die Zusammenhänge zwischen den internen Problemen im DSV und meinen schlechten sportlichen Leistungen nicht. Sie konnten sich nicht vorstellen, was das eine mit dem anderen zu tun haben sollte. Ein Sportler brauchte ihrer Meinung nach lediglich Kondition. Der Sportler muss Ski fahren können, die Technik beherrschen, dann gewinnt er auch. Dass ein Skifahrer aber auch einen Kopf, ein Gefühl und einen Geist hat, dass ein Leistungssportler auch eine Seele und Nerven hat, das begreifen manche nicht.

»Ein Skifahrer muss doch nicht viel denken, wenn er durch die Torstangen fährt. Er muss sich nur für ein paar Minuten konzentrieren, das ist doch wohl zu schaffen«, »Für so eine kurze Zeit kann man seelische Belastungen doch verdrängen«, »Die Kinshofer wird schon andere Probleme haben, sonst wäre sie sicher nicht in so ein großes Leistungstief gerutscht« - so oder ähnlich lautete die Meinung der großen Mehrheit. Und diese Meinung zu widerlegen war nahezu unmöglich. Das Ganze ging teilweise sogar so weit, dass mein Vater oder Mitarbeiter unserer Firma von Kunden angesprochen wurden, was denn mit dieser Christa los sei. Es gab tatsächlich Leute, die plötzlich Zweifel an der Qualität der Produkte der Firma meines Vaters hatten, nur weil die Tochter aus dem Deutschen Skiverband geschmissen worden war. Wenn auch mein Vater in jeder Minute dieser schweren Zeit zu mir hielt, so konnte er nicht verbergen, dass gerade das ihn sehr belastete. Und dies übte auf mich einen noch größeren innerlichen Druck aus, da ich meinen Vater ohnehin schon so sehr enttäuscht hatte. Nun brachte ich auch noch seine Firma in wirtschaftliche Gefahr. Ich machte mir große Vorwürfe und sah keinen Ausweg aus meiner Situation. Mein Leben war am absoluten Tiefpunkt angelangt. Ich begann, mich vollständig von allem und allen zurückzuziehen, ging nicht mehr aus dem Haus und wollte nur noch schlafen und allein sein. Mein Leben verlief ohne Plan, ohne Führung, ich lebte einfach in den Tag hinein. Doch ein Tag ohne Plan, das war mir absolut fremd, denn bisher war jede Stunde, ja jede Minute verplant gewesen. Ich hatte meinen genauen Rhythmus, es gab keine Leerräume. Plötzlich aber war da nur noch Leere. Ich trainierte nicht mehr, bewegte mich kaum und spürte, wie mein Körper schnell an Kraft und Energie verlor. Da mir aber die körperliche Belastung fehlte, konnte ich auch nicht mehr schlafen. Eines Tages geschah dann etwas, das ich mir bis dahin nie hätte vorstellen können. Und bis heute weiß ich nicht wirklich, warum ich das getan habe. Wie tief muss ein Mensch fallen, um zu Tabletten und Alkohol zu greifen?

Es war einer der vielen Abende, an denen ich allein zu Hause saß und nicht wusste, was ich tun sollte. Als aktive Sportlerin trank ich selbstverständlich nie harte alkoholische Getränke. Ein Glas Sekt nach einem Weltcupsieg oder bei einer Feier, das war kein Problem, aber alles andere war unvorstellbar. Doch an diesem Abend griff ich wie in Trance zu einer Whiskyflasche. Hoffte ich, dadurch für einen Moment alles vergessen zu können? War es einfach der Versuch, aus dieser schrecklichen Situation zu entfliehen?

Natürlich war mir klar, dass ich damit keines meiner Probleme lösen konnte. Ich wollte nur für einen Moment raus aus dem Ganzen, raus aus diesem leeren dunklen Raum. Da ich schon mehrere Tage nicht mehr richtig geschlafen hatte, hatte ich in den vergangenen Nächten hin und wieder Schlaftabletten genommen, um ein wenig zur Ruhe zu kommen. Wie von einer fremden Kraft gesteuert, warf ich einige der Tabletten in das volle Whiskyglas und rührte um. Die Schlaftabletten lösten sich auf und trübten den Whisky ein, so wie auch mein Verstand eingetrübt war. Dann setzte ich mich mit dem Whiskyglas in meiner Hand in einen großen Lehnstuhl im Wohnzimmer. Ich zögerte noch und überlegte, ob ich das Glas wirklich leer trinken sollte. Konnte ich so fliehen oder diesen leeren Raum füllen? Ich weiß nicht, wie lange ich so dasaß, aber irgendwann führte ich das Glas zum Mund und trank.

Nein, ich wollte mir nicht das Leben nehmen in dieser Situation. Ich wollte nur für eine kurze Zeit diese Christa Kinshofer verlassen. Die Tabletten und der Alkohol wirkten schnell, ich sank in einen Tiefschlaf, der einer Bewusstlosigkeit sehr nahe war. Irgendwann kam mein späterer Mann Reinhard nach Hause und fand mich. Natürlich war er entsetzt und rief sofort einen Arzt an. Dieser meinte, dass er sich sofort auf den Weg mache, es aber jetzt am wichtigsten sei, dass ich mich übergab. Ich weiß nicht, wie Reinhard es schaffte, aber es gelang ihm. Er half mir und holte mich aus diesem schrecklichen Tiefschlaf heraus. Im Laufe der Nacht entleerte sich mein Körper völlig, und es ging mir Gott sei Dank bis zum nächsten Morgen schon wieder besser. Reinhard stand unter Schock und war mit den Nerven am Ende. Denn für ihn wirkte das Ganze, als hätte ich mir das Leben nehmen wollen. Ich versuchte ihm immer wieder zu erklären, dass ich nicht hatte sterben wollen, dass es nur eine Kurzschlusshandlung gewesen war, dass ich für einige Momente in eine andere Welt hatte eintauchen wollen. Dass ich nur hatte schlafen wollen, schlafen und nochmals schlafen, um vielleicht vieles vergessen zu können. Obwohl Reinhard lange zweifelte, konnte ich ihn schließlich doch davon überzeugen. Aber vielleicht war es nicht die ganze Wahrheit. Selbstverständlich habe ich mir noch oft Gedanken über meine Aktion gemacht, und mit der Zeit habe ich verstanden, was ich unterbewusst damit zum Ausdruck bringen wollte. Ich wollte ein Signal setzen, was passieren kann, wenn man von allen im Stich und fallen gelassen wird. So wie Kinder, die zu wenig Zuneigung erhalten, oft auf die Idee verfallen, durch eine vorgetäuschte Krankheit Aufmerksamkeit zu erregen. Vielleicht war es genau das, was ich mit dieser Whisky-Schlaftabletten-Aktion auslösen wollte. Da mir niemand mehr Gehör schenkte und sich keiner für das interessierte, was ich eigentlich sagen wollte, versuchte ich auf diese Weise Aufmerksamkeit zu erregen. Im Grunde ist mir dies jedoch nicht gelungen, was wieder einmal deutlich zeigt, dass weder Alkohol noch Tabletten jemals zu einer Lösung von Problemen beitragen können.

Zum Glück gelangte dieser Vorfall nicht an die Öffentlichkeit, denn sicherlich hätten die Medien sofort aus mir die durchgeknallte Versagerin gemacht, die nicht einmal mehr zu einem Selbstmord fähig war. Reinhard hat über diesen Vorfall immer geschwiegen, wofür ich ihm bis heute dankbar bin. Nach einigen Tagen hatte ich mich von der Tablettenvergiftung erholt und versuchte, wieder in ein einigermaßen normales Leben zurückzukehren.

Eines Abends saß ich vor dem Fernseher, als die Feier für die diesjährige Sportlerin des Jahres übertragen wurde. Ich wollte eigentlich sofort abschalten, blieb aber doch an der Übertragung hängen. Die große deutsche Tennislegende Steffi Graf wurde in diesem Jahr mit dem Titel geehrt. Plötzlich hatte ich wieder die Bilder von Baden-Baden vor Augen, als ich über den roten Teppich durch das Blitzlichtgewitter schritt und diese großartige Auszeichnung entgegennahm. Hunderttausende von Zuschauern hatten diesem Ereignis an den Bildschirmen beigewohnt. Ich war damals diejenige, die von allen angeschaut wurde. Ich war der Superstar. Und genau dieser Superstar saß jetzt wie Tausende vor dem Bildschirm und sah zu, wie eine andere gefeiert und verehrt wurde. Ich empfand keinen Neid, denn Steffi Graf hatte diese Auszeichnung wirklich verdient. Ich spürte nur eine große Enttäuschung in mir sowie Unverständnis und Wut über meine jetzige Situation. Doch plötzlich war da eine innere Stimme, die zu mir sagte: »Ja, schau nur genau hin. Dort hast du auch einmal gestanden. Und wo stehst du jetzt? Komm, nimm dein Leben wieder in die Hand. Du kannst es schaffen, du musst es schaffen! Die Kippstangen haben deine Karriere momentan zum Erliegen gebracht, aber mach es doch wie diese Kippstangen: Richte dich auf und sei stark. Steh wieder im Leben, genauso wie diese verdammten Kippstangen auf der Piste.«

# 10. Neue Hoffnung Holland

Es fiel mir schwer, mich mit dem Gedanken abzufinden, dass es für mich nach dem Rausschmiss des DSV keine Rückkehr in die erste Mannschaft geben würde. Dieser Weg stand mir nicht mehr offen, aber ich konnte und wollte auch nicht diesen Weg weitergehen, auf dem ich mich gerade befand. Denn dieser Weg führte ins Nichts. Es widersprach auch meiner gesamten Lebenseinstellung, jetzt alles aufzugeben und in Selbstmitleid zu verfallen. Ich hatte bisher immer gekämpft, auch wenn ich viele Rückschläge hatte hinnehmen müssen. Wie oft war ich bei einem Rennen ausgeschieden oder auf einer schlechten Platzierung gelandet. Zum Teil hatte ich schwere Verletzungen durchstehen müssen und doch immer wieder die Kraft gefunden zu einem Neuanfang.

Natürlich war dieser Tiefschlag, den ich jetzt erhalten hatte, eine Nummer größer. So wie auch meine Erfolge ganz andere Dimensionen erreicht hatten als bei so manchem Sportler, so musste ich jetzt leider feststellen, dass auch dieser Tiefschlag eine einzigartige Dimension erreicht hatte. Immer öfter kam mir der Gedanke, dass dies alles vielleicht doch ein Wink des Schicksals war. Vielleicht gab es doch eine höhere Macht, die die Herren des DSV nur als Marionetten benutzt hatte. Vielleicht war das Ganze nur ein Zeichen, das mich auf den richtigen Lebensweg führen sollte. Vielleicht war der Tiefschlag ja eine Chance. Auf all diese Fragen bekam ich natürlich keine Antwort, von wem auch. Aber ich konnte mir selbst eine Antwort geben, wenn ich diesen Tiefschlag wirklich als Chance nutzte. Nach langer Zeit gab mir dieser Gedanke endlich wieder neue Kraft. Jawohl, dieser Tiefschlag war meine Chance, um es allen zu zeigen.

Um wiederaufzustehen wie Phönix aus der Asche. Genau das würde ich tun! Plötzlich hatte ich wieder neuen Mut gefasst und ein Ziel vor Augen. Auch wenn dieses Ziel in weiter Ferne lag, wusste ich, dass ich es erreichen würde, wenn ich nur kämpfte und nicht aufgab. Ich musste Schritt für Schritt daran arbeiten. Wie ein Fallschirmspringer im freien Flug war ich nach unten gefallen, ganz tief nach unten, und musste jetzt wie ein Bergsteiger Schritt für Schritt langsam den Gipfel erklimmen.

Dazu musste ich zuerst meine größten Schwächen erkennen, denn nur wer seine Schwächen erkennt, kann sie bekämpfen. Da ich in den letzten Wochen und Monaten praktisch nicht mehr trainiert hatte, war der Zustand meines Körpers die erste deutlich erkennbare Schwäche. Also war meine erste Aufgabe, meinen Körper wieder zu trainieren und fit zu machen. Das Selbstvertrauen, der Wille und die Entschlossenheit hatten sich sehr schnell wieder eingestellt. Trotzdem wusste ich, dass ich es zumindest am Anfang nicht allein schaffen würde. Zum Glück kannte ich einen hervorragenden Personal Trainer aus Rosenheim, der genau die richtige Mischung aus Verständnis, Einfühlungsvermögen, aber auch Unnachgiebigkeit und Härte aufbrachte. Genau so einen Mann brauchte ich momentan an meiner Seite. Er hatte Verständnis für meine Situation, aber kein Mitleid. Denn in den meisten schwierigen Situationen des Lebens ist Mitleid nicht unbedingt eine Hilfe. Mitleid bedeutet mitzuleiden, aber ich brauchte niemanden, der mit mir litt, ich brauchte jemanden, der mich wieder zu der starken Frau und Sportlerin machte, die ich einmal gewesen war.

Die ersten Trainingseinheiten waren für mich mehr als deprimierend. Mein Trainer hatte mich abgeholt, um bei uns im nahe gelegenen Keferwald zu laufen. Schon nach einigen hundert Metern war ich fix und fertig. Am liebsten hätte ich alles hingeschmissen, aber er meinte: »Christa, wenn du deinen Traum jetzt aufgibst, stirbst du.« Was war das? Das war doch ein Satz aus meinem damaligen Lieblingsfilm *Flashdance*, ein Dauerbrenner in den Kinos. Wann und wo ich auch immer Zeit hatte, ging ich ins Kino und schaute ihn mir an. Darin geht es um die Balletttänzerin Alex, die nicht den Mut und die Kraft hat, ihren Traum umzusetzen. Erst als ihr langjähriger Freund Nick den Satz »Wenn du deinen Traum aufgibst, stirbst du« sagt, fasst sie Mut und überwindet sich. Durch viel Training und Härte zu sich selbst wird sie letztendlich zum internationalen Ballettstar. Genau das wollte ich auch schaffen, koste es, was es wolle! »Wir müssen alles neu aufbauen. Wir brauchen ein konsequentes Trainingsprogramm, nur dann können wir mit ersten Erfolgen rechnen!«, erklärte mir mein Trainer. Ein Mann – ein Wort. Viele Wochen trainierten wir sehr hart und konnten so meine Kondition langsam wiederaufbauen. Doch mit der Wiederherstellung meiner körperlichen Konstitution war es allein nicht getan. Denn was nützte mir ein gut trainierter Körper, wenn ich in keiner Skimannschaft mitfahren konnte? Gar nichts! Also brauchte ich einen Skiverband, für den ich starten konnte. Nochmals beim Deutschen Skiverband anzufragen machte keinen Sinn, außerdem wollte ich nicht auf Knien um meine Rückkehr betteln. Die Türen des DSV waren für mich fest verschlossen, es gab keine Zahlenkombination und keinen Schlüssel, der diese Türen wieder hätte öffnen können. Und im Grunde wollte ich mir auch keine Zahlenkombination überlegen, um sie zu öffnen. Denn für mich war die Sache abgeschlossen. Also gab es nur die Möglichkeit, in der Ferne zu suchen, denn auch andere Länder hatten schließlich Skiverbände, für die man starten konnte. Doch für welches Land sollte ich fahren? Bei wem sollte ich anklopfen, wie sollte ich die Verbindung herstellen?

Ich erkundigte mich zunächst, welche Länder in die engere Auswahl kommen könnten. Es kristallisierten sich letztlich Mexiko, Luxemburg, Monaco oder die Niederlande heraus. Nach Mexiko hatte ich keinerlei Verbindungen. Also dachte ich zunächst an Monaco. Da ich Hubertus von Hohenlohe gut kannte, fragte ich ihn, ob er eine Möglichkeit sähe, mit Prinz Albert von Monaco ins Gespräch zu kommen. Er bemühte sich sehr darum, doch leider gelang es ihm nicht. Offenbar bestand in Monaco kein Interesse daran, eine Skirennläuferin für das Fürstentum starten zu lassen. Das konnte ich irgendwie auch verstehen, schließlich hatte Monaco keinerlei Beziehung zum Skisport. Als nächste Möglichkeit dachte ich an Luxemburg, daher setzte ich mich direkt mit Marc Girardelli in Verbindung und bat ihn um Hilfe. Marc sah es auch als meine einzige Chance an, wieder in den Skizirkus zurückzukehren, wenn ich für ein anderes Land startete. Er selbst war als Österreicher ja auch für Luxemburg gefahren. Allerdings war Marc schon als dreijähriger Junge nach Luxemburg gekommen und war daher nie vorher für den ÖSV gestartet. Insofern hatte er keine Erfahrungen, was zu tun war, um in den

Skiverband eines anderen Landes zu wechseln. Im Grunde war es aber auch müßig, weiter darüber nachzudenken, da Luxemburg nur eine Herrenmannschaft hatte und somit für mich keine Möglichkeiten bot. Doch Marc Girardelli gab mir letztlich den Tipp mit den Niederlanden. »Du brauchst ein Land mit einem Damenteam, das nicht unbedingt mit absoluten Superstars besetzt ist«, meinte er. Und genau das traf auf das Team der Niederländerinnen zu. Das war also meine einzige Chance, um wieder in den Weltcup-Skizirkus zurückzukehren. Doch um diese Chance nutzen zu können, mussten erst noch viele Hürden überwunden werden.

Als Erstes sprach ich mit meinen Eltern darüber. »Ich werde wieder aktiv Ski fahren, aber nicht mehr für den DSV, sondern ich werde mich darum bemühen, für die Niederlande an den Start gehen zu können. Eine andere Möglichkeit sehe ich momentan nicht. Ich möchte möglichst bald alles abklären, um dann schnell eine Antwort aus den Niederlanden zu erhalten.« Meine Eltern waren nicht gerade begeistert von dieser Idee: »Was willst du denn in den Niederlanden? Niederländer sind hervorragende Tulpenzüchter und Käsefabrikanten, aber doch keine Skifahrer! Die ganze Welt wird dich auslachen, wenn du plötzlich für die Niederlande startest. Außerdem wirkt das, als würdest du aus Deutschland fliehen, und das werden dir deine Fans nie verzeihen. In den Niederlanden hast du niemanden, niemand wird dich betreuen, wenn du am Start stehst, und keiner wird dich im Zielraum erwarten und dir einen warmen Anorak reichen, dir deine Sachen vom Start nach unten fahren und so weiter«, warnte mich mein Vater.

»Du wirst sehen, ich werde es schaffen. Ich werde auch in den Niederlanden meine Anhänger finden, wenn ich gute Leistungen bringe. Vielleicht wird es dort auch bald mehr Menschen geben, die sich für den Skisport begeistern, wenn sie eine gute Läuferin in ihrem Team haben. Sicher werden auch die Niederländer stolz sein, wenn einmal ihre Nationalhymne bei einer Siegerehrung erklingt«, versuchte ich meine Eltern zu überzeugen. »Warum soll in einem Land, in dem es guten Käse und schöne Tulpen gibt, nicht auch Platz für schnelle Skifahrerinnen sein? Ihr werdet schon sehen, ich werde es schaffen.«

In den Augen meines Vaters sah ich eine Mischung aus Sorge und Verzweiflung. Er unternahm einen letzten Versuch: »Christa, tu dir das nicht an, mach etwas anderes, vergiss den Skizirkus, geh einen neuen Weg!«

Doch für mich war die Entscheidung schon längst gefallen. Nun musste ich nur noch in Erfahrung bringen, ob mich die Niederlande überhaupt wollten. Ich trat also voller Zuversicht an den Niederländischen Skiverband heran und fragte vorsichtig an, ob Interesse bestünde. Als ich eine positive Antwort erhielt, fiel mir ein Stein, nein ein ganzer Felsbrocken vom Herzen. Voraussetzung war für den niederländischen Verband allerdings, dass es vonseiten des Deutschen Skiverbandes keine Probleme bezüglich des Wechsels geben würde. Also musste ich mich zähneknirschend mit den Funktionären vom Deutschen Skiverband in Verbindung setzen und ihnen von meinen Absichten erzählen. Damit hatten die Herren wohl nicht gerechnet. Doch bald schon teilte der DSV mir eine Forderung mit, die mich erneut mehr als in Erstaunen versetzte. Da der DSV ja viel Geld in mich investiert hatte, sah er es als gerechtfertigt an, eine Ablösesumme in beträchtlicher Höhe zu verlangen. So etwas hatte es bisher im Skisport noch nie gegeben. Allerdings hatte auch noch kein Skisportler den Verband gewechselt. Eine Ablösesumme, wie es zwischen Fußballvereinen üblich ist, war bei den Skiverbänden bisher völlig unbekannt. Es gab auch keine rechtliche Grundlage für eine derartige Forderung. Mir schien es, als wollte man mir nochmals einen Prügel zwischen die Beine werfen, um mich endgültig zu entmutigen. Denn woraus ließe sich ein Anspruch auf eine Ablösesumme für den Deutschen Skiverband ableiten? In den Verträgen war hierfür nichts vorgesehen. Es war keinerlei Regelung getroffen worden, aus der sich der Anspruch auf eine Zahlung hätte ergeben können. Plötzlich stand ich also vor juristischen Problemen. Und wie löst man am besten juristische Probleme? Natürlich mit einem Anwalt. Aber welcher Anwalt hatte in derartigen Dingen Erfahrung? Da bisher auch im DSV noch nie ein Sportler den Verband gewechselt hatte, gab es hierfür keinerlei Rechtsprechung oder juristische Entscheidungen. Ich holte also zunächst einmal Rat bei meinem Vater ein. Wenn er auch von meiner Entscheidung, für die Niederlande zu starten, nicht begeistert war, so unterstützte er mich dennoch auch in dieser Sache. Mein Vater kannte den Rechtsanwalt Dr. Franz Dannecker, der auch Rechtsanwalt von Franz Josef Strauß und zugleich Justiziar der CSU war. Wir setzten uns mit ihm in Verbindung und schilderten ihm die Situation. Selbstverständlich hatte Dr. Dannecker einen solchen Fall auch noch nie auf seinem Schreibtisch gehabt. Aber er war ein brillanter Jurist und Politiker, der es verstand, zu argumentieren und zu verhandeln. Er kontaktierte umgehend die Herren des DSV. Was genau besprochen wurde, weiß ich nicht, ob Dannecker ganz diplomatisch verhandelte oder knallhart juristisch argumentierte, war mir egal. Hauptsache, das Ergebnis stimmte. Letztlich musste der DSV einsehen, dass keinerlei Anspruchsgrundlage für eine Ablösesumme bestand, und verzichtete daher auch sehr schnell auf seine Forderung.

Nachdem ich dies dem Niederländischen Skiverband mitgeteilt hatte, stand meinem Wechsel im Grunde nichts mehr im Wege. Schon nach wenigen Tagen bekam ich die ersehnte Nachricht vom Niederländischen Skiverband: »Christa Kinshofer kann für unseren Verband starten. Wir freuen uns auf die Zusammenarbeit.« Diese Zusage war für mich wie ein Befreiungsschlag. Endlich sah ich wieder Licht am Horizont, und diesen Hoffnungsschimmer konnten auch die sofort publizierten negativen Schlagzeilen der deutschen Presse nicht auslöschen. Natürlich war ich nicht überrascht, dass ich nun als Nationenflüchtling dargestellt wurde. Doch zu diesem Zeitpunkt war es mir egal, denn mir war nur wichtig, dass ich wieder die Chance bekam, in den Skizirkus zurückzukehren. Ohne niederländischen Pass war es mir allerdings nicht möglich, an Weltmeisterschaften oder gar an Olympischen Spielen teilzunehmen. Hierfür hätte ich meine deutsche Nationalität aufgeben müssen, was ich zu diesem Zeitpunkt aber nicht wollte. Außerdem wäre dann zu klären gewesen, ob ich, da ich schon einmal für Deutschland bei Olympia gestartet war, überhaupt eine Startberechtigung für die Niederlande bekommen würde. Doch mit all dem beschäftigte ich mich nicht weiter, denn im Moment war nur wichtig, dass ich wieder bei Weltcuprennen mitfahren konnte.

Mittlerweile hatte ich mich sowohl von dem großen Schock des Rauswurfs als auch von meinen Verletzungen gut erholt, war wieder gut trainiert und hatte genügend Kondition. Daher rechnete ich mir in den künftigen Weltcuprennen durchaus gute Chancen aus, was natürlich nicht nur mich, sondern auch den Niederländischen Skiverband sehr freute. Bei den Niederländern keimten bereits zarte Hoffnungen auf einen Erfolg bei einem Weltcuprennen auf. Für mich konnte jetzt ein neues Leben beginnen, meine Rückkehr in den Weltskizirkus war gesichert. Zum Abschied bekam ich von den deutschen Journalisten noch einen Gruß in Form folgender Schlagzeile: »Holland hat die verlorene Tochter aufgefangen!«, aber auch das machte mir nichts aus. Das konnte meine Motivation nicht schwächen, denn ich wusste, dass ich den richtigen Weg ging, und dieser Weg führte in Richtung des Ziels, das ich mir gesetzt hatte. »Ihr werdet schon sehen, dass ich sehr bald wieder Weltcuprennen gewinnen und euch gute Leistungen zeigen werde. Das kann ich auch für die Niederlande, wenn mich Deutschland nicht mehr will. Ich habe große Hoffnung, ich habe neue Hoffnung!«

# 11. Den FIS-Punkten
# hinterher

Die formellen Voraussetzungen für meinen Wechsel in den Niederländischen Skiverband waren also gegeben. Doch nur mit den reinen Formalitäten war es bei Weitem noch nicht getan. Eine ganz besonders wichtige Komponente in dem Ganzen war noch ganz und gar ungeklärt. Wie würden mich meine neuen Mannschaftskolleginnen aufnehmen? Würde ich mit meinem Trainer und den Serviceleistern zurechtkommen? Würde es mir gelingen, mich schnell in das Team zu integrieren? Würde ich von den anderen Läuferinnen als »normales« Teammitglied akzeptiert werden? Ich kam mir vor wie ein kleines Mädchen, das in eine neue Schulklasse wechseln muss. Ein Wechsel in eine neue Umgebung und in eine neue Gruppe von Menschen ist immer mit einem unsicheren Gefühl verbunden. Da ich aber beinahe mein ganzes Leben lang in Mannschaften und Vereinen verbracht habe, hatte ich, was meine Person betraf, keine allzu großen Sorgen. Denn ich hatte gelernt, mich in ein Team oder eine Gemeinschaft einzugliedern. Und Kameradschaft, Toleranz und Zusammenhalt standen für mich immer an erster Stelle. Ohne Teamgeist kann man im Leben nichts erreichen. Natürlich war ich bereit, mich einzuordnen und eine neue Stütze, ein neues Mitglied der Damenmannschaft zu werden. Katusha Esser, Caroline Drommel und Angelika van der Kraats sollten meine neuen Teamkolleginnen sein. Ich wusste nicht viel über sie, nur dass sie wie ich in allen Disziplinen antraten und bereits mehrmals im Weltcup unter den ersten 25 gewesen waren. Doch wie würden sich die Läuferinnen mir gegenüber verhalten? Sahen sie in mir etwa nur eine lästige Konkurrentin? Wie würde mich der Trainer behandeln? Entweder er würde mich mit Samthandschuhen anfassen, wodurch ich unweigerlich die Stellung des neuen Zuckerpüppchens zugewiesen bekäme, oder aber er würde mich links liegen lassen, um nicht bei den anderen Läuferinnen Eifersucht und Konkurrenzkampf zu schüren. In den seltensten Fällen funktioniert die Integration in eine Mannschaft sofort. Diese Unsicherheit war, im Nachhinein gesehen, ein deutlicher Zustandsbericht meiner angeknacksten Psyche. Im Grunde hatte ich kein wirkliches Selbstvertrauen mehr und war stark verunsichert. Mir blieb nichts anderes übrig, als alles zunächst auf mich zukommen zu lassen.

Glücklicherweise befand sich der niederländische Alpinski-Leistungsstützpunkt im österreichischen Altenmarkt im Salzburger Land. In einem Skiinternat wurde dort der niederländische Skinachwuchs ausgebildet. Schon bald spürte ich erfreut, dass all meine Bedenken völlig grundlos gewesen waren. Cheftrainer der Damenmannschaft waren der in der Schweiz lebende Ungar Thomas Korvacz und der in Liechtenstein lebende Österreicher Ernst Zwinger. Wir kannten uns bereits aus früheren Zeiten. Ernst Zwinger war einmal ÖSV-Trainer gewesen und hatte das Europacup-Herrenteam betreut. Die Niederländer hatten ihn dann als Cheftrainer des Dutch-Skiteams verpflichtet. Er war für die Damen, die Herren und für den Nachwuchs verantwortlich. Thomas sollte mein Konditionstrainer werden. Er war allgemein als »harter Hund« bekannt und hatte früher auch die ungarische Schwimmmannschaft mit großem Erfolg trainiert. Wie alle damaligen Osttrainer verfügte er über ein enormes fachliches Wissen und konnte seine Sportler präzise zum richtigen Wettkampfmoment hintrainieren. Weder die Trainer noch ich sahen irgendein Problem oder Hindernis für die künftige Zusammenarbeit. Somit standen plötzlich alle Ampeln auf Grün, und ich war hoch motiviert und voller Energie für meine neuen Ziele. Die Vorbereitungen für meine zweite Karriere in der niederländischen Nationalmannschaft konnten also beginnen.

Natürlich war mir bewusst, dass ich noch einige Zeit brauchte, und konzentrierte mich daher in der Saison 1983/84 nur auf diese Vorbereitungen. Ich wollte unbedingt topfit in die neue Rennsaison 1984/85 starten. Zusammen mit meinem Personal Trainer hatte ich meinen Körper 1983/84 konditionell wieder gut aufgebaut und in einen relativ stabilen Grundzustand gebracht. Jetzt musste ich verstärkt an der Technik arbeiten und insbesondere auch meine mentale Einstellung wiederfinden. Die neue »Hoffnung Niederlande« hatte mir zwar sehr viel Mut und Zuversicht zurückgegeben, trotzdem spürte ich, dass die vergangenen Geschehnisse enorme Spuren hinterlassen hatte. Ich musste daher Wege finden, um möglichst viele positive Energien in meinen Körper aufzunehmen.

Irgendwann musste ich an meine Kindheit zurückdenken, an meine Schulzeit, an meine Zeit in Berchtesgaden im Skigymnasium. Dabei fiel mir ein, dass ich damals begonnen hatte, ein Tagebuch zu führen, in dem ich alle meine positiven und negativen Erfahrungen und Erlebnisse aufschrieb. Da ich ein Mensch bin, der alles gerne aufbewahrt und sich nur sehr schwer von etwas trennen kann, war es kein großes Problem, die alten Tagebücher wieder hervorzuholen. Ich begann zu lesen und spürte sofort so viel positive Energie, die sowohl aus den negativen als auch aus den positiven Geschichten auf mich übersprang. Es war ein Gefühl der Glückseligkeit, und plötzlich durchzuckte mich der Gedanke, dass ich wieder beginnen musste, Tagebuch zu schreiben, Tag für Tag die positiven und die negativen Erlebnisse festzuhalten, um dann daraus Kraft und Selbstvertrauen zu schöpfen.

Ich schrieb nun aber auch Dinge aus der Vergangenheit auf, die der Grund gewesen waren, dass ich in meiner Jugend so erfolgreich gewesen war. Früher einmal hatte ich als beste Skitechnikerin gegolten. Hier musste ich also ansetzen. Also begann ich damit, verstärkt meine Technik zu trainieren. Ich musste die perfekte Mischung aus Konzentration, Geschicklichkeit, Kraft und Körperbeherrschung erreichen. Mein Vater spannte zu diesem Zweck im Garten etwa 30 bis 50 Zentimeter über dem Grasboden ein dickeres Stahlseil, damit ich darauf Seiltanzen üben konnte. Da die Höhe so gering war, konnte nichts passieren, wenn ich einmal herunterfiel. Ich balancierte und balancierte. Zuerst benutzte ich noch einen Besenstil als Gleichgewichtsstütze, doch von Tag zu Tag wurde ich sicherer, und es dauerte nicht lange, bis ich auf dem Seil so selbstverständlich hin- und herlief wie auf dem Boden. Nun besorgte ich mir zwei Minitrampoline, stellte sie nebeneinander auf und sprang von einem zum anderen. Links, rechts, links, rechts – stundenlang immer und immer wieder. Was anfangs noch schwerfällig war und Muskelkater verursachte, war bald ein leichtes Hin- und Herfedern.

Eine andere für mich geeignete Trainingsmethode schaute ich den Eisschnellläuferinnen ab. Eisschnellläuferinnen brauchen Kraft und müssen zugleich ihre Technik optimal beherrschen. Der kleinste Fehler ist fatal, denn die Kufen sind sehr schmal. Daher ist es extrem wichtig, dass der gesamte Bewegungsablauf hundertprozentig stimmt. Damals trainierten sie unter anderem mit einem großen massiven Brett, an dem links und rechts starke Seitenleisten angeschraubt waren, sodass man sich links und rechts an diesen Leisten abstoßen konnte. Die Oberfläche des Brettes war ganz glatt und ähnelte damit einer Eisfläche. Mit Wollsocken konnte man daher über das Brett gleiten und das Gleichgewichtsgefühl und die Kraft in den Oberschenkeln trainieren. Das war auch für mich optimal. Ich ließ mir von meinem Vater ein solches Brett bauen, stellte es zu Hause auf und glitt tage- und wochenlang mit dicken Wollsocken darauf herum.

Mit diesen eher unkonventionellen und den herkömmlichen Trainingsmethoden wie Laufen, Radfahren, Schwimmen, Krafttraining, Gymnastik und Dehnübungen hatte ich meine Kondition und meine Technik wieder optimal aufgebaut. Für das Sommertraining war ich ganz auf mich allein gestellt. Doch die Sommermonate verliefen gut, und ich freute mich unheimlich auf die kommende Ski-Rennsaison.

Meine Entscheidung, dass ich von nun an für die Niederlande starten würde, hatte sich inzwischen allgemein verbreitet. An die negativen Schlagzeilen der deutschen Presse und die oft hämischen Berichte in den Medien hatte ich mich mittlerweile gewöhnt. Da ich eine erfolgreiche Skisaison in Aussicht hatte, stand ich über all diesen Dingen. Genau dafür hatte ich mir in den letzten Monaten ein dickes Fell zugelegt.

Der Deutsche Skiverband hüllte sich im Hinblick auf meinen Wechsel zum Niederländischen Skiverband in tiefes Schweigen. Darüber war ich froh und interpretierte diese Ruhe so, dass aus der Sicht des DSV die Angelegenheit erledigt war. Ich ging davon aus, dass sich der Verband mit der Tatsache abgefunden hatte, ja vielleicht sogar froh darüber war, dass er das Enfant terrible so einfach losbekommen hatte. Da die Frage der Ablöse ja mithilfe von Rechtsanwalt Dr. Dannecker geklärt war, gab es eigentlich nichts mehr zu besprechen. Doch weit gefehlt! Das alles war nur die Ruhe vor dem Sturm. Ich konnte nicht ahnen, was sich da hinter verschlossenen Türen zusammenbraute, welches Komplott hier gegen meine Person geschmiedet wurde, um mir den Weg in eine neue Zukunft im alpinen Skizirkus unmöglich zu machen. Da der Versuch, mir dies durch eine hohe Ablöseforderung zu verbauen, gescheitert war, musste offenbar nach neuen Wegen gesucht werden. Doch welche gab es? Mein

Wechsel in einen anderen Skiverband war bis dahin ein absoluter Einzelfall. Es gab also weder in den Verbandsstatuten noch in den Reglements der FIS Vorschriften oder Gesetze, die in derartigen Fällen anzuwenden gewesen wären. Es bestanden schlichtweg keine Vorgaben dafür. Daher war davon auszugehen, dass einem Wechsel auch nichts im Wege stehen konnte, denn wo es keine Vorschriften gab, konnten doch auch keine Einschränkungen bestehen. Doch dem DSV war mein Wechsel anscheinend durchaus ein großer Dorn im Auge, und die von mir ausgehende Gefahr musste endgültig aus dem Skizirkus entfernt werden. Hierfür gab es aber nur eine Möglichkeit: Wenn keine Vorschriften vorhanden waren, mussten eben schnellstmöglich welche geschaffen werden.

In einem schnell in Rom einberufenen Treffen aller Verbände der FIS wurde daher eine neue Vorschrift beschlossen. Zwölf Funktionäre tagten streng geheim hinter verschlossenen Türen in der Heiligen Stadt und kamen bald zu einem Ergebnis. Doch aus dem Konferenzzimmer stieg kein weißer Rauch, wie es bei anderen Konklaven in Rom üblich war. Vielmehr drang ein fauliger und übel riechender Geruch nach außen. Die internationale Wettkampfordnung wurde einfach durch eine Zusatzklausel ergänzt. Eine neue Vorschrift, eine »Lex Kinshofer«, wurde mit acht zu vier Stimmen beschlossen. Initiiert hatte dies, wie sollte es auch anders sein, der Deutsche Skiverband. Laut der neuen Vorschrift wurden einem Athleten oder einer Athletin im Falle eines Verbandwechsels alle bisher erreichten FIS-Punkte ersatzlos gestrichen. Eine Vorschrift, die für mich einem sportlichen Todesurteil gleichkam. Man hatte es also tatsächlich geschafft, meinen Rauswurf aus dem Verband noch um eine weitere Dimension zu verschlimmern. Als ich das erfuhr, brach für mich erneut eine Welt zusammen. Bisher war ich der Meinung gewesen, dass ich nach meinem Rausschmiss den Tiefpunkt meines Lebens bereits erreicht hatte. Doch da hatte ich mich offenbar geirrt, denn diese Maßnahme warf mich weit zurück. Es war mir einfach unbegreiflich, ich war fassungslos. Was hatte ich nur getan, dass man so mit mir umging? Warum wollte man unbedingt mein Leben und meine sportliche Karriere völlig zerstören? Ich hatte doch niemandem etwas getan, oder doch? Ja, stimmt, ich hatte die Wahrheit gesagt, und das konnte man mir nicht verzeihen.

Durch die in Rom neu beschlossene Vorschrift stand ich vor dem völligen Aus. Dabei hatte sich doch alles so gut entwickelt. Ich hatte einen neuen Skiverband gefunden, war dort mit Freude aufgenommen worden, und es lief alles wieder in eine positive Richtung. Ich hatte mein Selbstvertrauen zurückgewonnen, meine Kondition und meine Energie. Und wieder war es eine äußere Macht – aber keine unbekannte –, die mir den Boden unter den Füßen wegriss. Was nützte mir ein neuer Skiverband, was ein neuer Startplatz, wenn ich keine FIS-Punkte mehr hatte? Der Verlust der FIS-Punkte bedeutete, dass ich international nicht mehr an den Start gehen konnte. Meine Nummer im FIS-Computer wurde schlichtweg gelöscht. Ich war verschwunden. Die FIS – Fèdération Internationale De Ski – kannte mich formell nicht mehr.

Als junger Skirennläufer kämpft man um FIS-Punkte, denn sie sind ausschlaggebend für die Startberechtigung und die Startreihenfolge bei den internationalen FIS-Rennen. Daneben gibt es noch den FIS-Europacup. Die Europacup-Punkte entscheiden über den Europacup-Gesamtsieg. Beim FIS-Weltcup sind die Weltcuppunkte entscheidend für den Weltcup-Gesamtsieg. Über die Position der Startnummer entscheiden die FIS-Punkte. Sie werden nach dem Leistungsprinzip vergeben und in einem relativ komplizierten Verfahren in eine FIS-Punktetabelle umgerechnet, vergleichbar mit einer Rangliste. Jeder junge Rennfahrer muss sich mit FIS-Punkten hochdienen, um letztendlich bei Weltcuprennen starten zu können.

Ich hatte also keine FIS-Punkte mehr und war somit auch nicht mehr bei der FIS registriert. Bei jedem internationalen FIS-Rennen gibt es punktelose Fahrer, die als letzte Fahrer ins Rennen gehen. Treten bei einem Rennen beispielsweise 124 Athleten an, dann haben die Läufer 1 bis 100 leistungsbezogene FIS-Punkte und Startnummern, die restlichen 24 Rennfahrer sind punktelos und starten mit den Startnummern 101 bis 124. Ich würde in diesem Fall mit der punktelosen Startnummer 124 – der letzten Startnummer also – antreten müssen.

Die FIS-Punkte spiegeln eigentlich den Erfolg des einzelnen Skirennläufers wider. Ich hatte selbstverständlich aufgrund meiner Leistungen der letzten Jahre ein sehr gutes FIS-Punktekonto, und es wäre überhaupt kein Problem gewesen, für die Niederlande sofort bei Weltcuprennen zu starten. Das war für mich ja auch die Voraussetzung und der Sinn des ganzen Wechsels gewesen. Denn ich wollte für den Niederländischen Skiverband sofort am Weltcup teilnehmen und ganz vorne mitfahren. Ich hatte auch realistische Chancen, eine gute Weltcup-Rennsaison zu absolvieren. Doch das wurde alles mit einem Schlag zunichtegemacht, durch eine Entscheidung, die im Grunde nur für mich getroffen worden war. Ich war wie gelähmt, fühlte mich behandelt wie ein Dopingsünder, der als Strafe sein gesamtes FIS-Punktekonto verliert. Jetzt war ich endgültig am Ende. Der Verband hatte das erreicht, was er wollte.

Wieder fühlte ich mich in ein tiefes schwarzes Loch katapultiert. Nach dem Rauswurf aus dem DSV hatte ich gehofft, dass sich so etwas nie mehr wiederholen würde. Aber da hatte ich mich geirrt. Ich stand wieder einmal vor der Frage nach dem Warum. Wieder machte ich mir Vorwürfe, weil ich damals meinen Mund nicht gehalten hatte. Immer und immer wieder versuchte ich, diesen Fehler zu begreifen oder zu verarbeiten. Wäre es nicht wirklich das Beste, sich damit abzufinden, dass dieser Fehler nun einmal meine Karriere beendet hatte, und aufzuhören? Anscheinend hatte das Schicksal es so vorgesehen, dass meine Karriere nicht durch eine Verletzung, sondern durch einen diplomatischen Fehler beendet wurde. Doch ich wollte einfach nicht einsehen, dass die Wahrheit der Grund für mein Scheitern war. Ich versuchte daher, den Begriff Wahrheit näher zu ergründen und genauer zu analysieren. Wahrheit beruht auf Tatsachen. Es gibt für mich zwei Arten von Wahrheit. Zum einen die Wahrheit, die auf Tatsachen beruht, die subjektiv eine Interpretation zulassen, wie im folgenden Beispiel: Ein Athlet bringt in Rennen schlechte Ergebnisse. Tatsache ist, dass er ein bestimmtes Trainingsprogramm absolviert hat und mit einer auf ihn abgestimmten Ausrüstung ausgestattet war. Die Wahrheit ist, dass er schlechte Ergebnisse erzielt hat. Eine Interpretationsmöglichkeit wäre nun, dass möglicherweise das Trainingsprogramm nicht das richtige für ihn war oder die Ausrüstung falsch gewählt wurde. Man kann also die Tatsachen, auf denen die Wahrheit beruht, durchaus subjektiv und unterschiedlich beurteilen. Die zweite Art der Wahrheit ist für mich jene, die auf Tatsachen beruht und objektiv gesehen keine Interpretation zulässt. Und um eine solche Wahrheit handelte es sich doch in meinem Fall. Wir hatten schlechte Rennergebnisse erzielt. Das war die Wahrheit. Tatsache war, dass wir als einzige Mannschaft keine Möglichkeit gehabt hatten, ausreichend lange mit Kippstangen zu trainieren. Die anderen Teams hatten Kippstangen – wir hatten keine. Das ist Fakt, da gibt es doch nichts daran zu rütteln. Man kann nicht diskutieren, ob wir gut oder schlecht trainiert haben, wir haben überhaupt nicht trainiert. Weil wir nicht mit den Kippstangen trainiert hatten. Das war die einzige Wahrheit, und mehr habe ich nicht gesagt. Je länger ich diese Gedanken durchspielte, umso klarer wurde mir, dass ich auch jetzt auf keinen Fall aufgeben durfte. Es war nicht mein Fehler gewesen, die Wahrheit zu sagen, sondern es war mein Pech, dass die Wahrheit einige Personen in ihrem Stolz verletzt hatte. Nein, ich hatte keinen Fehler gemacht, ich hatte Pech gehabt. Und Pech ist auch eine Art von Schicksalsschlag, den man hinnehmen und so gut wie möglich verarbeiten muss. Pech ist alles, nur kein Grund zum Aufgeben!

Als mir dies bewusst wurde, versuchte ich, wieder neuen Mut zu fassen, und überlegte mir einen gnadenlos harten Plan. Auch dieser Tiefschlag sollte sich zu einer Chance wenden. Ich wollte für die Niederlande starten, ob mit oder ohne FIS-Punkte im Gepäck. Das hieß natürlich ganz von vorne anfangen. Ich musste mich von ganz unten hocharbeiten, denn ich hatte keine einzigen FIS-Punkt mehr und damit keine Zulassung für Europa- oder Weltcuprennen. Ich musste bei kleinen, unbedeutenden FIS-Rennen um jeden einzelnen Punkt kämpfen, um ganz langsam Schritt für Schritt wieder in die höhere Rennklasse aufzusteigen. »Ich werde ganz unten anfangen und ganz oben aufhören!« – das war ab sofort mein Ziel. Ich habe mir ausgerechnet, dass ich hierfür drei Jahre brauchen würde. Tausend Tage würde es dauern, bis ich wieder dort war, wo ich aufgehört hatte. Doch ich wollte und konnte nicht aufgeben. Tausend Tage habe ich mir zugestanden. So viele Tage, wie ein Unternehmen, eine neu gegründete Firma braucht, um gut zu funktionieren. Ich wollte einfach noch nicht Mutter oder Hausfrau werden oder einen normalen Berufsweg einschlagen. Ich wollte noch viele, viele Rennen fahren. Die Jagd nach den FIS-Punkten musste also beginnen.

Wie geplant, bin ich daher in die niederländische Mannschaft eingetreten und habe mit dem Skitraining begonnen. Schon sehr bald erkannten mein Trainer und ich, dass mein größtes Problem – wie erwartet – die Kippstangen waren. Da die anderen Läuferinnen einen enormen Trainingsvorsprung mit den Kippstangen hatten, mussten wir uns eine eigene Trainingsmethode für mich überlegen. Es ging zunächst nicht nur darum, die Technik und Fahrweise zu erlernen, die dafür notwendig waren, sondern ich musste auch eine psychologische Barriere überwinden. Denn wenn man eine Kippstange richtig anfährt, so hat man unvermeidlich harten Körperkontakt mit der Stange. Man muss in Kauf nehmen, dass einem die Kippstange direkt ins Gesicht schlägt. Selbstverständlich tragen die Rennläuferinnen seit Einführung der Kippstangen entsprechende Schutzhelme, doch es ist psychologisch schwierig, mit diesem enormen Tempo auf eine Stange zuzufahren und zu wissen, dass die Stange einem gleich mit voller Wucht an den Kopf knallen wird. Dass ein Läufer sich bei einem Slalomrennen aber gleich an die 60 Mal überwinden muss, macht die Notwendigkeit deutlich, dass dies ebenso wie die Bein- und Körpertechnik beim Skifahren erlernt werden muss. Mein Trainer hatte große Erfahrung damit und wusste, wie man die Sache am besten anpackte. Er hat die Stangen abgeschnitten und Tennisbälle an die Enden gesteckt, um am Anfang den Schlag ins Gesicht zu vermeiden. Zunächst haben wir die Stangen ziemlich weit unten abgeschnitten und sind dann immer weiter nach oben gekommen. Mit dieser guten Methode habe ich mich relativ schnell an die neue Fahrtechnik gewöhnen können. Doch zwischen gewöhnen und beherrschen besteht immer noch ein großer Unterschied. Ich wusste, dass ich es mit dem körperlichen Training allein nicht in so kurzer Zeit schaffen würde. Daher begann ich damit, mich auch mental auf die neue Technik einzustellen. Ich habe Kassetten besprochen, bin in Gedanken das Rennen gefahren und habe mir den Rennverlauf selbst auf Band gesprochen. Ich stellte mir jedes Tor gedanklich vor und nahm auf Band auf, was mich an jedem Tor erwarten würde. So entwickelte ich meine eigene Methode, um mich auch psychisch auf die Rennen einzustellen. Ich erkannte dabei mehr und mehr, dass man selbst herausfinden muss, was für einen ganz persönlich wichtig ist, um ans Ziel zu gelangen.

Ich machte zwar gute Fortschritte, und mein Trainingsrückstand verringerte sich zusehends, ich konnte es mir jedoch nicht leisten, die ersten Rennen abzuwarten, um meinen tatsächlichen Leistungsstand zu überprüfen. Mein Trainer entwickelte hierfür eine geniale Methode. »Du musst lernen, mental aus dem Training einen Wettkampf zu machen. Du musst es schaffen, dir jeden einzelnen Trainingslauf als ein Rennen vorzustellen. Du bestimmst vor dem Start beim Training, welches Rennen du jetzt fährst. Du musst versuchen, geistig eine Wettkampfsituation zu simulie-

# Das Lachen ist unverändert

Deutschlands beste Skiläuferin damals und heute.

Fackellauf Olympia 1972

mit Ingemar Stenmark

FIL
0
VAL D'ISE

## 2 mal Schnellste! Kinsi
## Kurven sind die bester

# Kinsis raffinierte Sieges-Mischung

**t 105 Weltcup-Punkte**

XIII OLYMPIC
WINTER
GAMES
LAKE
PLACID
1980

## „Kinsi" bleibt Ski-Königin

**Deutsche zum Weltcup in USA**

LAKE PLACID, N.Y.

# Christa Kinshofer: 18 und schon ein Weltstar

**Christa Kinshofer: „I werd' narrisch vor Freud'"**

# Knöchelbruch

# Pech für

# „Kinsi":

# Kinsi ist sauer! Verban

# nahm ihr alle FIS-Pun

## Ski-Königin fällt für Weltcup-Finale a

## „Kinsi" liegt noch auf Eis

# „Kinsi" wird Holländerin!

Skiteam Holland

ERNST ZWINGER
Bundestrainer

Afd. Ned. Ski. Ver.

# »Zerreißt euch über mein Schicksal nicht das Maul!«

Mit einem vierten Platz in der Abfahrt in Neuseeland sicherte sich Christa Kinshofer, „Problem-Fall" des Deutschen Skiverbandes, die Teilnahme an allen Welt-Cup-Rennen. Seitdem ist die „Neu-Holländerin" sehr selbstbewußt

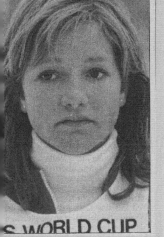

S WORLD CUP

g mich denn keiner mehr? scheint Chri-
Kinshofers schmollendes Mädchenge-
t auszudrücken. Doch, Christa — der
derländische Skiverband.

Mit Papa Alfred

Mit Hansi Hinterseer

Mit Siegfried & Roy in Las Vegas

# Kinsis Super-Show: Heute Teil 2?

**inmalige Kinsi**

**insi, Kinsi, noch einmal...**

hrista Kinshofer ist die Gallionsfigur des deutschen Skisports. Mit ihr auch der Erfolg zurück. Der erste Sieg in einem Weltcup-Slalom hat ihr Mut emacht. Und Appetit auf Gold in Calgary

Ski-As Christa Kinshofer kehrt heim, um ein paar Rechnungen zu begleichen

# Kinsi schießt zurück

heftrainer
laus Mayr

Mit Sonja und Willy Bogner

Hochzeit mit Beckenbauers und Beckers

Mit Alberto Tomba

Mit Sheikh Maktum, Dubai

ren, denn so kannst du aus jedem Trainingslauf ein Rennen machen. Ich werde jeden Lauf entsprechend mitstoppen«, ermutigte er mich.

Natürlich ist es schwer, sich mehrmals am Tag während des Trainings geistig in Rennstimmung zu versetzen. Aber je öfter ich es versucht habe, umso besser ist es mir gelungen. Irgendwann konnte ich aus jedem Trainingslauf ein Rennen machen. Mal war es ein wichtiges Rennen – ein Weltcuprennen –, mal war es ein einfaches FIS-Punkterennen in einem kleinen abgeschiedenen Winkel der Voralpen. Ich spürte plötzlich, dass ich dadurch meinen Körper unterschiedlich nervlich belasten konnte. Und je länger ich diese Methode angewendet habe, umso erfolgreicher wurde ich damit. Ich konnte mich innerlich so motivieren, als würde ich tatsächlich in einem Starthäuschen stehen. Es war unglaublich. Diese Methode hatte ich bis dahin noch nie angewendet. Auch die anderen Läuferinnen hatten sich damit noch nicht beschäftigt. Später wurde diese Technik des Öfteren eingesetzt, doch damals war ich mit dieser Art zu trainieren der Zeit voraus.

Ich war zuerst der Zeit und dann auch meinen Konkurrentinnen voraus. Der Trainingsrückstand auf die anderen Läuferinnen war aufgeholt. Doch damit allein hatte ich noch kein Rennen gewonnen. Ich wusste, dass ich noch besser werden musste, um zu siegen. Also trainierte ich weiter hart. Dann ließ mich mein Trainer sogar mit der Männermannschaft mittrainieren. Am Anfang lief ich natürlich oft hinterher und war dementsprechend frustriert. Einmal bin ich sogar während der Trainingseinheit abgehauen, weil ich es nicht mehr ausgehalten habe. Wir trainierten Triathlon – Laufen, Schwimmen, Radfahren. Ich machte alles, nur um weiterzukommen. Und das Team hat mich wirklich mitgerissen und immer wieder motiviert. Wenn es auch eine sehr harte Zeit für mich war, so war es auch eine sehr schöne und lustige Zeit. Manchmal konnte ich auch mit dem um drei Jahre jüngeren österreichischen Skirennfahrer Günther Mader trainieren. Günther ist einer von fünf männlichen Skirennläufern, die in jeder alpinen Disziplin, also Slalom, Riesenslalom, Kombination, Super-G und Abfahrt, jeweils mindestens ein Weltcuprennen gewinnen konnten. Günther war in Topform, ausgeglichen, vielseitig und voller Siegeswillen, was mich natürlich in meiner Motivation enorm unterstützte. Letztlich musste ich dann feststellen: Männertraining ist gar nicht so schlecht – auf jeden Fall bringt es etwas für die Kondition!

Nach all den Anstrengungen war mein Körper schließlich wieder perfekt durchtrainiert und topfit, meine Psyche war wiederhergestellt, mein Selbstvertrauen gestärkt, meine positive Wut und Energie für die Rennen waren in ausreichender Form vorhanden. Jetzt konnte ich es kaum erwarten, endlich wieder an den Start gehen zu dürfen.

Doch da es noch mitten im Sommer war, musste ich mich noch einige Monate gedulden, bis es losgehen konnte. Doch ich wollte und konnte einfach nicht mehr länger warten. Die Sucht nach den Rennen hatte mich wieder fest im Griff. Also entschloss ich mich, nach Neuseeland zu fliegen, um zu trainieren und an dortigen Rennen teilzunehmen. Diese Rennen sind vergleichbar mit unseren Europacuprennen. Sie finden in Südamerika und in Neuseeland statt. Alle Nationen nutzen diese Rennen, da es sich dabei um internationale FIS-Rennen handelt, bei denen man auch im europäischen Sommer FIS-Punkte sammeln kann. Allerdings im südlichen Bewertungszeitraum beziehungsweise im südlichen Winter nur vom 1. Juli bis zum 15. Oktober. Im Gegensatz dazu gibt es den nördlichen Bewertungszeitraum, Winter auf der Nordhalbkugel, der vom 15. November bis zum 30. April definiert ist. Natürlich hoffte ich, bei diesen »südlichen« Rennen meine ersten Punkte ergattern zu können.

Viele meiner Freunde hielten mich für völlig verrückt, mitten im Sommer nach Neuseeland zu fliegen, um dort Skirennen zu fahren – noch dazu auf eigene Kosten. Doch ich hatte mich in der vergangenen Saison ausschließlich auf das Training konzentriert, war kein einziges wirkliches Rennen gefahren und wollte mein Ziel unbedingt erreichen. Also war mir keine Reise zu weit. Daher packte ich meine Koffer und fuhr los. Für mich war das alles eine sehr ungewöhnliche Situation, denn aus der Vergangenheit war ich es gewohnt, mit Teamkameraden, Trainern und Serviceleuten zu reisen. Mein Gepäck wurde verladen, ich musste mich weder um Reisepapiere noch um Unterkunft kümmern. Denn ich war ein Mitglied des Weltcupzirkus und hatte, warm eingebettet in diese Gemeinschaft, mit all diesen Formalitäten und Problemen bei der Reisevorbereitung nichts zu tun. Jetzt plötzlich war ich allein für mich verantwortlich, aber das machte mir nichts aus, denn ich hatte ein Ziel, das ich unbedingt erreichen wollte – und das war meine einzige Chance, meinem Ziel näher zu kommen, wieder an die Spitze des Weltcups zu gelangen. Sicherlich hatte ich ein mulmiges Gefühl, als ich mich allein auf den Weg machte, da ich nicht wusste, was mich am anderen Ende der Welt erwarten würde, weit weg von meiner Familie in Miesbach. Ganz allein ohne Team, ohne Coach, mit mächtigem Übergepäck, keine Ansprache, damals auch noch kein Handy ... Bisher war ich noch nie in diesem rund 18.000 Kilometer entfernten Land gewesen. Der Hinflug ging über Dubai, wo ich mit meinem ganzen Gepäck wieder komplett einchecken musste. Tja, das ist der Preis für einen billigeren Flug.

München nach Frankfurt: in München komplett einchecken, ich und meine acht Paar Skier, zwei Paar Skischuhe und zwei Koffer mit Skiklamotten und normaler Kleidung, Übergepäck zahlen. Frankfurt nach Dubai: komplettes Gepäck wieder aufladen und für Dubai einchecken, wieder Übergepäck bezahlen. Für Dubai bis Singapur und dann weiter nach Neuseeland konnte ich beim Hinflug dann wenigstens durchchecken, das heißt, mein Gepäck wurde hinter den Kulissen weiterbefördert, dennoch war eine Gebühr für Übergepäck fällig. Wenn ich gewusst hätte, was da alles auf mich zukam, hätte ich die Reise wahrscheinlich nicht gemacht, zumindest nicht allein. Man stelle sich nur die Situation vor: Ich, mit vollgeladenem Gepäckwagen, mit acht Paar Skiern und einem großen, schweren Rucksack am Buckel, musste dringend auf die Toilette. In Frankfurt war das ja noch ziemlich einfach. Ich fragte einen anderen Fluggast, der mir vertrauenserweckend erschien, ob er nicht kurz auf mein Gepäck aufpassen konnte. Doch in Dubai war das schon komplizierter. Schon damals war alles pompös und sehr gepflegt auf dem Dubaier Flughafen. Goldene Palmen, Mosaike aus Marmor und aus Gold, große Spiegelflächen und ein Ambiente wie aus 1001 Nacht faszinierten mich. Aber es war auch alles sehr fremd und eben orientalisch. Und ich als freche und eigentlich kecke Blondine erregte natürlich Aufsehen bei all den Arabern, Persern, Indern und Asiaten. Natürlich kam es auch wieder, wie es kommen musste. Als ich mit dem ganzen Gepäck in der Abfertigungshalle wartete, bis mein Check-in-Schalter endlich bekannt gegeben würde, plagte mich das bereits erwähnte Bedürfnis einmal mehr. Und diesmal war es nicht so einfach wie in Frankfurt. Wen sollte ich bitten, auf mein Gepäck aufzupassen? Kurz entschlossen nahm ich meinen Wagen mit in den Toilettenbereich. In das arabische Stehklo nahm ich nur das für mich Wichtigste mit: meine Reiseunterlagen, mein Geld, meine Skier und meine Skischuhe. Alles andere hätte ich mir neu kaufen können, aber ohne meine Skier und meine Skischuhe hätte ich gleich wieder die Rückreise antreten können.

Nach einer langen Reise landete ich endlich in der Hauptstadt Wellington, die am äußersten Zipfel der Nordinsel Neuseelands liegt. Von dort ging es dann mit einem kleineren Flugzeug die circa 500 Kilometer nach Christchurch auf die südliche Insel weiter, die an ihrem südlichsten Punkt nur etwa 3000 Kilometer vom antarktischen Festland entfernt ist. Etwa 80 Kilometer von Christchurch entfernt liegt das Skigebiet des Mount Hutt in den neuseeländischen Alpen. Dort war das letzte Rennen vor meinem Heimflug geplant. Zunächst aber fuhr ich mit dem Bus mehr als sieben Stunden weiter nach Queenstown, einem schönen und beschaulichen Ort am Lake Wakatipu, von dem aus man in nur circa 30 Minuten mit dem Auto das Skigebiet Coronet Peak und den Mount Cook erreicht. In Queenstown angekommen, suchte ich die Unterkunft auf, die mir der Niederländische Skiverband besorgt hatte, einen typischen Bauernhof, der nicht gerade auf dem allerneuesten Stand war, ja eigentlich schon ziemlich heruntergekommen war. Doch die bewirtschaftenden Bauern waren sehr nett und zuvorkommend. Die Leute spürten offenbar, dass ich sehr froh war, hier zu sein, um endlich wieder in den Rennzirkus einsteigen zu können. Gleichzeitig war ich auch irgendwie erleichtert, endlich einmal aus Deutschland herauszukommen und einen gewissen Abstand zu all dem Geschehenen zu gewinnen. Dies traf allerdings nur auf die Skirennläuferin Christa Kinshofer zu. Die andere Christa hatte sehr bald Sehnsucht und Heimweh nach den Freunden, nach der Familie, nach Mamas Küche, Fleischpflanzerl mit Kartoffelsalat, einem Schweinebraten mit Knödel oder einem bayerischen Wurstsalat – und nach den Augen meines Vaters. Sie hatten so sorgenvoll geblickt, als ich für diese Reise Abschied genommen hatte. Natürlich hatte ich versprochen, regelmäßig anzurufen, allerdings war das sehr teuer. Hier half mir das Glück, mit dem ich zu diesem Zeitpunkt wirklich nicht gerechnet hatte. Ich hatte in meinem Gepäck noch eine Skijacke vom DSV aus alten Zeiten. Die Bäuerin war von dieser Jacke begeistert und wollte sie unbedingt haben. Also schenkte ich ihr die Jacke und durfte dafür oft in die Heimat telefonieren. Wenn man mir vor einem Jahr gesagt hätte, dass mir der DSV einmal dazu verhelfen würde, aus Neuseeland mit meinen Eltern zu telefonieren, hätte ich es nicht geglaubt. Aber es passieren nun mal Dinge im Leben, mit denen man nie rechnen würde.

Zu meiner großen Freude verliefen die Rennen in Neuseeland gut für mich. Ich erreichte einen dritten und einen vierten Platz. Dann stand die Rückreise an. Diesmal ging es über Singapur und Bahrain. In Singapur hatte ich einen Zwischenstopp mit Übernachtung. Dort passierten mir zwei lustige Geschichten, an die ich mich noch gerne erinnere. Am Flughafen in Singapur traf ich auf deutsche Geschäftsleute, die mich um ein Autogramm baten. Wir unterhielten uns zwar nur kurz, aber es war schön, wieder Deutsch reden zu können. Ich schrieb noch ein paar nette Zeilen auf meine Autogrammkarten und verabschiedete mich dann. Als ich weitergehen wollte, ertönte plötzlich ein lautes »Stopp«. Ich erschrak und blieb stehen. Irgendwie hatte ich ein komisches Gefühl und konnte die Situation nicht richtig einschätzen. Hatte ich etwas falsch gemacht? Immerhin befand ich mich in einem Land mit einer parlamentarischen Demokratie, das aber doch sehr autoritär geführt wurde. Die Regierungspartei PAP (People's Action Party) war seit 1965 an der Regierung, und es hieß, dass sie jede Widerrede im Keim erstickte und die Menschen durch strenge Gesetze einzuschüchtern versuchte. Mir schossen in diesem Moment alle möglichen Gedanken durch den Kopf, ich dachte an die hohen Geldstrafen, die auf den zahllosen Verbotsschildern angedroht wurden, an Drogen, die mir vielleicht zugesteckt worden sein könnten, und an das Plakat mit dem Galgen. Schnell verschluckte ich noch meinen Kaugummi, denn ich wusste, dass der Verkauf von Kaugummi in Singapur verboten war, vielleicht ja auch das Kauen? Dann hörte ich wieder die Stimme: »Stopp, Miss!« Als ich mich umdrehte, standen ein Mann und eine Frau vor mir, keine Polizei, keine Uniformen. Es war einfach nur ein nettes Ehepaar aus den USA, das mich vorher beim Autogrammkartenschreiben beobachtet hatte. »Can we have your autograph?«, fragte der Mann. Ich lachte und meinte: »You know me?« »No, but you must be very popular, when someone wants your signature!«, antwortete er. Ich musste husten, denn der verschluckte Kaugummi steckte mir immer noch im Hals, gleichzeitig musste ich schmunzeln, weil eine so harmlose Situation eine derart große Panik in mir ausgelöst hatte. Doch jetzt konnte ich über meine Bedenken lachen.

Dann holte ich mein ganzes Gepäck vom Förderband und vom Sperrgepäckschalter ab und zwängte mich mit einem vollbeladenen Gepäckwagen nach einer halben Stunde Zollvisite zum Ausgang. Ich nahm ein Taxi ins »Hilton-Hotel«. Der Taxifahrer wusste zunächst nichts mit meinem Skisack anzufangen. Der Kofferraum viel zu klein und bereits mit meinen Taschen voll beladen. Ins Innere des Autos passte er auch nicht. Also öffnete der Taxifahrer kurzerhand das Schiebedach und stellte den Skisack senkrecht ins Auto – wohlgemerkt bei strömendem Regen. Im Hotel angekommen, stand ich pitschnass an der Rezeption und wartete auf meinen Zimmerschlüssel, als mir plötzlich ein Herr auf die Schulter klopfte und lachend fragte:»Frau Kinshofer, was machen Sie denn in Singapur mit Skigepäck?« Es war der Hotelmanager aus dem Münchener »Hilton-Hotel«, den ich von früher kannte. Ich freute mich, endlich ein vertrautes Gesicht zu sehen. Er sorgte dafür, dass ich ein wunderschönes Zimmer bekam, und wir unterhielten uns bei einem asiatischen Dinner über Gott und die Welt. Meine Niederlande-Geschichte konnte er fast nicht glauben, aber er fand die Story spannend und aufregend zugleich. Ganz trocken meinte er zum Abschluss:»Da wird man stark fürs weitere Leben!«

Der Rest der Rückreise verlief problemlos. Ich hatte zwar immer noch mein großes Gepäck, doch erschien es mir irgendwie leichter, denn ich hatte FIS-Punkte dabei, meine ersten neuen FIS-Punkte, die auf meinem FIS-Punktekonto gutgeschrieben wurden. Ich freute mich sehr darüber und war gleichzeitig erstaunt über mich selbst. Die Weltcupsiegerin und Olympia-Medaillengewinnerin Christa Kinshofer freut sich wie ein kleines Schulmädchen über die ersten FIS-Punkte in ihrem neuen Leben. Unglaublich, aber wahr. Und es hat mich unwahrscheinlich motiviert. Ich wusste, dass ich auf dem richtigen Weg war. Und nur das war entscheidend, nur das zählte. Auch wenn die Ausbeute im Vergleich zum Aufwand mehr als gering war. Immerhin musste ich 36.000 Kilometer zurücklegen, um diese wichtigen internationalen Punkte zu erhalten, für einen dritten und einen vierten Platz, eigentlich eine magere Ausbeute, zumal die Rennen nicht so hoch bewertet werden wie europäische Rennen. Was für Strapazen hatte ich auf mich genommen: Ich war allein unterwegs, meine Begleiter waren nur meine acht Paar Ski und meine Ausrüstung. Ich musste alles selbst tragen, meine Skier vorbereiten, mich um alles kümmern, um Startgenehmigung, Startnummern, Transfer zur Rennstrecke und so weiter. Einmal

Miesbach nach Neuseeland und zurück, nur um mit der letzten Start-nummer in Hinterthiersee bei einem internationalen FIS-Rennen für die Niederlande starten zu dürfen. Christa, irgendwie bist du wohl doch ver-rückt! Bei meiner Rückkehr erklärten mich deshalb auch viele für etwas durchgeknallt. Vielleicht war ich es ja auch. Ich war hungrig nach meinem Ziel, das ich mir gesetzt hatte. »Tausend Tage, und du wirst wieder oben sein«, nichts anderes hatte ich im Kopf. Ich spürte aber auch, wie stark mein Wille geworden war, wie viel Kraft und Energie ich wieder in mir hatte und wie sehr ich endlich wieder an mich glaubte. Dies konnten viele nicht verstehen, aber einer verstand es nur zu gut – mein Vater. Ich sah es an seinen Augen, denn sie hatten wieder so ein leichtes Lächeln.

Neuseeland lag also hinter mir, und zu Hause zog allmählich der Winter ins Land. Meine erste Rennsaison für die Niederlande konnte also begin-nen. Ich war total motiviert und fieberte dem ersten Rennen entgegen. Doch die Ernüchterung kam schneller als der erste Schnee und ich wur-de sehr schnell auf den Boden der Tatsachen zurückgeworfen. Nein, das waren nicht die Rennen, die ich bisher gewohnt war. Ich fühlte mich um zehn Jahre zurückversetzt. Bestimmt wären viele Frauen glücklich, wenn sie auf einmal zehn Jahre jünger werden könnten, nicht aber eine Renn-läuferin. Als ich mit 14 Jahren mein erstes Weltcuprennen fuhr, war ich die Jüngste unter den großen Läuferinnen. Jetzt war es umgekehrt: Ich war die große Läuferin unter den Jungen. Meine zweite Karriere starte-te aber nicht da, wo die erste aufgehört hatte, sondern da, wo die erste auch begonnen hatte: ganz unten bei den einfachen FIS-Rennen. Und ich wusste, wie viele FIS-Rennen man gewinnen musste, um endlich wieder im Weltcup starten zu dürfen. Ich wusste also auch, was vor mir lag, habe aber mein Ziel nie aus den Augen verloren. Bei den ersten Rennen startete ich sozusagen im Club der Punktelosen. Die punktelosen Fahrer müssen bei den internationalen FIS-Rennen in der letzten Startgruppe ins Rennen gehen. Oftmals starten bei einem Rennen über 100 Läuferinnen. In der Regel sind die letzten 20 dann die Punktelosen. Das war jetzt auch meine Startgruppe. Manchmal startete ich sogar mit der letzten Startnummer. Da kam es nicht selten vor, dass die Drucker der Rennveranstalter so hohe Startnummern gar nicht mehr produzieren konnten und ich meine Startnummer mit Filzstift selbst auf das Trikot schreiben musste. Die

Piste wirkte oft weniger wie eine Rennpiste, sondern eher wie ein Kartoffelacker. Aber das war mir egal, ich fuhr auch über einen Kartoffelacker. Und die letzte Startnummer ist schließlich auch eine Startnummer, mit der man nach vorne fahren kann. Wie sehr mich diese Umstände auch demütigten, ich kämpfte und kämpfte.

Ich sah Christa Kinshofer in Val d'Isére, Les Gets, Aspen, Crans Montana, Heavenly Valley, Lake Placid ... dann klingelt der Wecker. Mein Traum von den großen Rennen war wieder vorbei, und ich fuhr zu meinen kleinen FIS-Rennen nach Thiersee, Leogang, Zauchensee, Flachau, Altenmarkt, Lenggries, Feldberg oder nach Zwiesel. Und draußen vor der Tür wartete auch nicht mein Mannschaftsbus oder das Taxi, das mich zum Flughafen bringen sollte, sondern mein Fiat Ritmo, bei dem ich erst die Scheiben frei kratzen und dann den Beifahrersitz zurückdrehen musste, damit meine zwölf Paar Ski, die ich vorher selbst eingepackt habe, Platz hatten. Ein Skiständer hätte das Gewicht nicht ausgehalten, aber egal, ich fuhr sowieso allein und brauchte den Beifahrersitz nicht.

An den Rennorten angekommen, machte es mir nichts aus, mit meinem kleinen Auto vorzufahren und die Skier und das Gepäck selbst auszuladen. Es gab auch keinen Grund dafür, mich zu schämen, denn es war ohnehin niemand da, der mich gekannt hätte. Oft waren bei diesen Rennen mehr Aktive als Zuschauer anwesend. Aber auch das beschäftigte mich nicht weiter, denn ich brauchte keine Medien mehr, keine Zuschauer, ich brauchte in diesem Moment nur eines: FIS-Punkte. Diesen FIS-Punkten fuhr ich hinterher.

# 12. Aus den Träumen zurück in den Fiat Ritmo.

»Christa – hallo ... hallo, Christa ... Frau Kinshofer, bitte hierher ... noch ein Blick in die Kamera, bitte noch einmal ... lächeln ... bitte, Frau Kinshofer, bitte hierher zu mir ... Bitte einmal im Profil ... Danke, danke, Frau Kinshofer ... Noch einmal lächeln ... nach links schauen ... bitte direkt in die Kamera.«

Immer wieder strahlen mir Lichter entgegen, doch es sind keine Blitzlichter mehr, es sind nur die Scheinwerferlichter der entgegenkommenden Fahrzeuge.

Seit Stunden bin ich unterwegs und habe meine Gedanken jetzt lange schleifen lassen. Doch ich sollte mich lieber auf den Verkehr konzentrieren, denn die Sichtverhältnisse sind sehr schlecht. Es beginnt wieder zu schneien. Schaffe ich den Pass überhaupt, oder muss ich wieder Schneeketten anlegen wie beim letzten Mal? Hoffentlich komme ich pünktlich um 6.30 Uhr in Vaduz an. Im Grunde ist es ein unbedeutendes Rennen, aber es ist ein FIS-Rennen, und ich brauche diese Punkte. Hoffentlich wird es dieses Mal weniger deprimierend, denn beim letzten Mal haben sie gleich nach mir die Torstangen abgebaut. Ich war die allerletzte Starterin, und es war furchtbar, nach jedem Tor aus den Augenwinkeln zu beobachten, wie die Pistenhelfer auf die Strecke liefen, um die Torstangen zu entfernen. Auch der Gedanke, dass die anderen Läuferinnen bereits zu Hause sind oder unter der Dusche stehen, während man sich selbst noch über diesen Rübenacker von Piste quält, ist frustrierend. Aber ich versuche, mich nicht davon unterkriegen zu lassen. Ich werde es schaffen, ich hole mir auch dieses Mal wieder einige FIS-Punkte, da bin ich mir ganz sicher.

Endlich bin ich in Vaduz angekommen. Mein Trainer erwartet mich bereits, und ich kann umsteigen in unseren Mannschaftsbus. Er ist so fürsorglich, hat ein kleines Frühstück für mich hergerichtet und bereitet mich auf das Rennen vor. Vaduz wird auch in Zukunft immer unser Treffpunkt sein. Von hier aus fahren wir zu den verschiedenen Rennen nach Crans Montana, Grindelwald, Davos und so weiter. Wenn meine Platzierungen in diesen Rennen einigermaßen gut sind, brauche ich circa 25 bis 30 Rennen ... habe ich ausgerechnet. Diese Rennen kosten mich viel Zeit und auch Geld. Die Startgebühr wird zwar vom Verband bezahlt und das Hotel vom Veranstalter, aber den Rest muss ich aus eigener Tasche finanzieren. Und das Teuerste von allem ist natürlich die Ausrüstung. Aber da hatte ich Glück. Als ich noch für Deutschland startete, fuhr ich mit einem Rossignol-Ski, mit dem ich sehr gut zurechtkam. Immerhin erzielte ich meine fünf Weltcuperfolge mit diesem silbernen Rennski. Ich war so überzeugt davon, dass ich diesen Ski sogar mit dem blauen Design des Nachfolgemodells überklebt habe, um ihn weiterhin fahren zu können. Rossignol hat mich dann aber nicht mehr weiter unterstützt, und so musste ich die Marke wechseln und mir einen neuen Skisponsor suchen. Vor einigen Wochen bin ich daher zu Alois Rohrmoser gefahren, Chef und Inhaber der Skimarke Atomic. Ich kenne ihn schon sehr lange und habe ihm meine momentane Situation erklärt. Alois Rohrmoser ist ein eleganter älterer Herr, ein wahrer Gentleman, und wir waren uns immer sympathisch. Ich möchte fast sagen, dass er ein väterlicher Freund für mich ist. Als ich ihn besucht habe, hat er mich durch seine Firma geführt, und ich durfte mir ein Skimodell aussuchen. Außerdem hat er mir zugesagt, mich auch finanziell zu unterstützen, und hat mir ein Sponsoring in Raten angeboten. Ich habe dieses Angebot natürlich sehr gerne angenommen, da ich mir so wenigstens keine Sorgen wegen der Kosten für meine Ausrüstung mehr machen musste. Dafür bin ich ihm wirklich sehr, sehr dankbar.

Zum Glück schaffe ich in diesen für mich sehr wichtigen FIS-Rennen immer gute Platzierungen. Daher füllt sich mein Punktekonto allmählich, was mich sehr zuversichtlich stimmt und stolz macht. Ich führe zurzeit ein sehr zurückgezogenes Leben, konzentriere mich voll und ganz auf meine Rennen und kämpfe für mein großes Ziel. Für die Medien ist das natürlich uninteressant. Denke ich zumindest, bis ich eines Tages an einem Zeitungsladen vorbeigehe und eine Schlagzeile lese, die mich fast umwirft. Ich weiß ja mittlerweile aus eigener Erfahrung, dass die Medien von Siegern und Verlierern leben. Kämpfer sind für die Presse uninteressant. Zwischen Sieg und Niederlage ist dann noch Platz für Pleiten, Verbrechen, Skandale und nicht zu vergessen für Sex! Als ich also an diesem Zeitungsladen vorbeigehe, muss ich lesen: »Christa Kinshofer in einem Nacktmagazin«. Ich bin schockiert und kann mir das Ganze überhaupt nicht erklären. Was werden die Leute denken, wenn sie diese Schlagzeile lesen? »Christa Kinshofer im *Playboy*«, das lässt der Fantasie der Leser natürlich freien Lauf. Was wird durch ihre Köpfe gehen, was werden sie sich vorstellen? Vielleicht: »Die hübsche blonde Christa Kinshofer räkelt sich spärlich bekleidet auf einem Bärenfell vor einem Kaminfeuer.« Oder: »Christa ist gerade in einer Skihütte und hat ihren Rennanzug vergessen. Offenbar schlägt sie jetzt eine zweite Karriere ein, nachdem sie als Rennläuferin gescheitert ist.« Vielleicht auch: »Kann man mit derartigen Bildern mehr Geld verdienen als mit Skifahren?«

Entsetzt denke ich daran, was diese Meldung wohl alles auslösen wird, eine Meldung, die natürlich nichts mit der Wahrheit zu tun hat, aber darum geht es in dieser Branche ja meistens nicht. Natürlich muss ich dieser Sache sofort nachgehen. Doch was ist wirklich passiert?

Die Sportbekleidungsfirma ellesse ist Ausrüster und Sponsor der niederländischen Mannschaft und hat unter anderem auch mit mir Werbeaufnahmen für Skianzüge gemacht. Es waren ganz unverfängliche Werbeaufnahmen für die neue Saisonkollektion. Selbstverständlich wurden diese Aufnahmen dann verkauft, unter anderem auch an den *Playboy*. Also erschien tatsächlich ein Foto von mir in diesem Magazin – das war richtig. Aber natürlich in einem ganz normalen Skianzug. Es war nur ein Werbefoto. Doch rechtlich konnte ich gegen diese Schlagzeile nicht vorgehen. Denn objektiv gesehen, stimmte es ja, dass ich in einem Nacktmagazin abgebildet war. Natürlich wussten die Journalisten genau, was sie mit so einer Schlagzeile auslösen würden, und ebendas passierte dann auch. Sogar mein Vater wurde von Firmenangehörigen angesprochen und gefragt, wieso sich Christa denn im *Playboy* abbilden lasse. Die Medien können wirklich gnadenlos sein, wenn sie Schlagzeilen brauchen. Mir aber bleibt nichts anderes übrig, als diese Tatsache so oft wie möglich richtigzustellen und die Sache einfach auszusitzen. Ich versuche, dem Ganzen keine weitere Bedeutung zu schenken, und konzentriere mich lieber auf meine Rennen.

Meine Leistungen werden zwar von Mal zu Mal besser, und ich kann mich allmählich auf die vorderen Plätze vorarbeiten, aber es fehlt noch der große Durchbruch. Mein Trainer Ernst Zwinger beginnt meinen Fahrstil zu analysieren und in seine Einzelteile zu zerlegen, und wir suchen gemeinsam nach Fehlern. Er hat ein gutes Auge, viel Verständnis und Einfühlungsvermögen und ein großes Know-how, was den Rennsport anbelangt. Ich vertraue ihm vollkommen und folge seinen Ratschlägen gerne. Heute fahren wir wieder einmal für einige Tage in ein Trainingslager. Ernst offenbart mir bereits auf der Fahrt, dass er mich in letzter Zeit bei den Rennen und Trainingsläufen sehr genau beobachtet hat. »Du hast einen eleganten, weichen Fahrstil, technisch hervorragend. Aber du kannst das, was dein Körper und deine Beine bringen, nicht optimal in Geschwindigkeit umsetzen«, versucht er mir zu erklären. »Christa, es tut mir leid, aber das muss am Ski liegen. Atomic ist eine hervorragende Marke, aber meiner Ansicht nach für dich zu hart. Diese Skier sind momentan optimal für Herren, aber nicht für Damen mit deinem Fahrstil.«

»Ernst, ich kann aber nicht zu Alois Rohrmoser gehen und ihm sagen, dass ich die Marke wechseln will. Das geht beim besten Willen nicht. Er hat mich ohne Einschränkung unterstützt, er war so anständig und nett zu mir, das bringe ich nicht über's Herz«, antworte ich ihm.

Für das Trainingslager hat Ernst Zwinger ohne mein Wissen schon einige Paar Rennski der Marke Völkl mitgenommen. Er steckt drei verschiedene Rennstrecken ab und meint dann: »Du fährst jetzt jeden Parcours einmal mit dem Atomic- und danach mit dem Völkl-Ski. Insgesamt fährst du sechsmal, dreimal mit jedem Ski. Und ich werde jeden Lauf genau mitstoppen.« Das Ergebnis ist verblüffend. Mit dem Völkl-Ski bin ich jedes Mal um mindestens eine halbe Sekunde schneller, und das sind im Profirennsport Welten.

»Du musst die Marke wechseln, wenn wir weiter auf Erfolgskurs bleiben wollen. Dein Atomic ist wirklich ein hervorragender Ski. Er ist hart, bissig und aggressiv. Das ist richtig, aber es ist einfach nicht dein Ski«, bringt es Ernst noch einmal auf den Punkt. Was soll ich nur tun, ich kann doch nicht zu Alois Rohrmoser gehen und alles hinschmeißen. Er hat mir in meiner schwierigen Situation geholfen, hat zu mir gestanden, und jetzt soll ich ihn fragen, ob ich aus meinem Vertrag herauskommen kann? Das kann ich einfach nicht!

Ernst bietet mir an, mich zu Alois Rohrmoser zu begleiten. Dieser Gang fällt mir unglaublich schwer. Ich habe wirklich Bauchschmerzen. Alois ist der Skimogul und der Mann im Skigeschäft. Wie wird er wohl reagieren? Was wird er sagen? Was ist mit meinem Vertrag, muss ich mich freikaufen? Rutsche ich erneut ab, weil ich jetzt jemanden enttäusche, der mir so sehr geholfen hat? Am besten sage ich ihm die ganze Wahrheit. Oder ist das unter Umständen wieder ein Fehler? Nein, Alois ist ein wunderbarer Mann. Vielleicht versteht er mich und meine Situation. Als wir angekommen sind, mache ich alles so, wie ich es mir vorgenommen habe. Ich gebe zu, dass ich Völkl getestet habe und mit diesem Ski einfach deutlich schneller bin. Natürlich muss ich Alois Rohrmoser nicht bestätigen, dass er einen hervorragenden Ski baut, ich muss ihm nur erklären, dass dies eben leider nicht der Ski ist, mit dem ich optimal zurechtkomme. Alois schaut mich an, lächelt und sagt mit tiefer, warmer Stimme: »Geh, Mädchen, wenn du mit meinem Ski nicht zurechtkommst, dann musst du eben wechseln. Sonst fährst du immer hinterher. Das ist doch kein Problem, du musst mit dem Ski fahren, mit dem du gewinnen kannst.« Mir fällt ein Stein vom Herzen. Ich würde ihm am liebsten um den Hals fallen und ihn ganz fest drücken. Er ist so ein souveräner, einfach ein großartiger Mann. Nur ein großartiger Mann mit Charisma, Charakter und großem Verständnis für den Spitzensport kann so reagieren. Selbst das Geld, das ich bis dato von ihm bekommen habe, muss ich nicht zurückzahlen. Meine Frage danach erzeugt bei ihm nur ein leises Lächeln. Dann gibt er mir die Hand und wünscht mir alles Gute.

Auf der Rückfahrt ist es still im Auto. Ich bin in Gedanken versunken und überlege, was gerade passiert ist. Habe ich jemanden enttäuscht? Ich weiß nicht, ob es Enttäuschung war. Ich war ehrlich, ja ich war wieder einmal ehrlich. Aber dieses Mal ist meine Ehrlichkeit auf Verständnis und Anerkennung getroffen. Allerdings habe ich auch eine weitere Erfahrung gemacht. Auf dem Weg zu seinem Ziel muss man auch schwere Gänge gehen und sogar Menschen enttäuschen, die einem sehr am Herzen liegen. Es ist sicher falsch, über Leichen zu gehen. Das ist eine Art von Rücksichtslosigkeit, die einem in meinen Augen kein Glück bringen kann. Aber man kann sein Ziel nicht erreichen, wenn man auf alle und alles Rücksicht nimmt. Das wird mir in diesem Moment bewusst. Wenn ich mein Ziel erreichen will, muss ich auch solche unangenehmen Entscheidungen treffen und diese mit allen Konsequenzen umsetzen. Und es war eine richtige Entscheidung, da bin ich mir sicher.

Jetzt heißt es, den Wechsel zu Völkl zu organisieren. Wir sprechen mit Gregor Furrer, dem Chef von Völkl, er ist einverstanden und verspricht, mich in jeder Hinsicht zu unterstützen. Schon bei den ersten Trainingsläufen spüre ich, dass ich mit dem Ski gut zurechtkomme. Der Ski liegt mir einfach besser, ich kann meine Technik umsetzen, der Ski ist weicher, aber genauso aggressiv und bissig. Für mich ist es der ideale Ski, er ist mir wie auf den Leib geschneidert. Und ich bin mir sicher: Mit diesem Ski gelingt mir die Aufholjagd nach den FIS-Punkten.

# 13. Europacup, ich bin wieder da

Meine erste Rennsaison für die Niederlande ist nun vorbei. Wenn ich zurückblicke, muss ich sagen: »Christa, ich bin stolz auf dich. Du hast in deiner Aufholjagd nach den FIS-Punkten gute Fortschritte gemacht. Du hast unter Beweis gestellt, dass du dein Ziel wirklich konsequent verfolgst. Es hat dich auch nicht gestört, dass du deine Startnummern teilweise selbst auf das Trikot schreiben musstest. Nein, denn man kann auch mit handgeschriebenen Startnummern auf die vorderen Plätze fahren. Es kommt auch nicht darauf an, eine immense Medienpräsenz zu haben – schon gar nicht in einem Nacktmagazin. Du brauchst keinen Rummel, keine Medien und keine Zuschauer. Du bist eine Sportlerin, und nur darauf kommt es an.«

Wenn ich also zurückschaue, muss ich diese Christa Kinshofer loben. Aber Stopp, nicht zu viel Selbstbeweihräucherung, nicht zu viel Eigenlob. »Denk daran, dass jetzt erst einmal wieder ein Sommer mit viel Training vor dir liegt – dann kommt die nächste Rennsaison. Du bist noch lange nicht am Ziel, also konzentriere dich auf die Zukunft«, motiviere ich mich selbst. Wenn es mir weiterhin gelingt, FIS-Punkte zu sammeln, werde ich in der nächsten Saison wieder im Europacup starten können. Das bedeutet, dass ich dann endlich wieder mit den »Großen« fahren werde und die Zeit des Übergangs vorbei ist. Doch um im Europacup erfolgreich zu sein, muss ich mehr Leistung bringen, als ich bisher in meinen Aufholrennen gezeigt habe. Mein Leben muss sich also noch weiter verändern. Ich muss herausfinden, wo ich die Zehntel und Hundertstel gewinnen kann, die bei den künftigen Rennen über Sieg und Niederlage entscheiden werden. Die

Gier nach einem Sieg überlagert allmählich meine Geduld beim langsamen Hocharbeiten. Der Verlust meiner FIS-Punkte, die hohen Startnummern, das Alleinsein, die Demütigungen und das Zurückgeworfenwerden in die Anfänge meiner Skikarriere – das alles hat bisher sehr viel Platz in mir eingenommen. Jetzt habe ich das jedoch beinahe alles verarbeitet, und es ist mir gelungen, diese Probleme in Motivation umzuwandeln. Ich habe also wieder Platz für neue Gedanken, neuen Siegeswillen. Und ich muss mein Leistungsniveau weiter steigern. Doch was muss ich tun? Das Licht am Ende des Tunnels wird allmählich heller, aber wenn ich mich nicht weiterhin enorm anstrenge, werde ich es nicht schaffen. Siegen kann ich nur, wenn alles bei mir stimmt: der Kopf, die Psyche, der Geist, der Körper, die Kondition, das Gefühl, das Selbstbewusstsein und nicht zuletzt das Material. Was ich natürlich zusätzlich noch brauche, ist Glück. Und darauf kann ich nur vertrauen, aber ich bin und bleibe ein Mensch, der in letzter Konsequenz alles positiv sieht. Nur durch meine positive Energie werde ich es schaffen können, meinen Weg an die Spitze zu gehen. Ich darf ab sofort nichts mehr dem Zufall überlassen. Alberto Tomba hat einmal zu mir gesagt: »Du musst immer mehr tun als die anderen, nur dann kannst du auch mehr werden als die anderen.«

Ich habe Alberto bei einer Trainingseinheit kennengelernt, zu der mich mein Trainer Ernst Zwinger mitgenommen hat. Der Italiener war körperlich und technisch das absolute Gegenteil von mir. Ich eher schlaksig und schlank mit einem eleganten, fast schwebenden Stil, er muskulös und mit einer dynamischen, kraftbetonten Fahrweise. Ich sollte an ihm eine andere Art des Skifahrens studieren. Alberto war nicht nur der große Showman, wie ihn die Medien gerne zeigten, nein, es steckte harte und präzise Arbeit hinter seinem Erfolg. Im November 1987 gewann er sein erstes Weltcuprennen, und es folgten in dieser Saison noch sieben weitere Siege im Slalom und Riesenslalom. Insgesamt wurden es dann 50 Siege im Weltcup, ein Gesamtweltcupsieg sowie dreimal olympisches und zweimal WM-Gold.

Alberto Tomba war neben Ingemar Stenmark und Marc Girardelli zu einer Leitfigur in meiner zweiten Skikarriere geworden. Ich versuchte in den kommenden Trainingstagen immer wieder, seine kraftvolle Fahrweise mit meinem eleganten Stil zu kombinieren. Das machte mir Spaß und gab mir viel positive Energie für meine Trainingsfahrten und meine Rennen. Ich bekam immer mehr Lust am intensiven Training. Mein Vater hatte mir kürzlich zu diesem Thema ein Buch geschenkt: *Das Ich und das Gesetz von Lust und Unlust* von Josef Hirt, das bereits 1963 in Zürich erschienen war. In diesem Buch geht es um Erfolgstraining. Es wird darin beschrieben, dass man seinem Körper beibringen muss, was er zu tun hat, wenn er in Notsituationen kommt. Um dies zu erreichen, muss man mit sich selbst sprechen. Man muss sich selbst befehlen, was zu tun ist, um schnell aus einer Notsituation herauszukommen. »Meine Methode«, erklärt Josef Hirt, »entwickelt die Fähigkeit zu besserem Denken. Sie verhilft auch dazu, die eigenen Kenntnisse und Fähigkeiten zur rechten Zeit und am richtigen Ort einzusetzen. Nur wer die Situation erfasst, rasch und richtig entscheidet, schlagkräftig und doch besonnen handelt, stellt sich über den Durchschnitt. Ob selbstständiger Unternehmer oder Angestellter, ob Direktor oder Sekretärin, ob Handwerker oder Akademiker, ob Kaufmann oder Techniker ...« oder eben auch Sportler wie ich.

Zusammen mit meinem Trainer analysiere ich immer wieder meine Rennläufe. Ich entdecke dabei einige Schwächen, so gehe ich zum Beispiel in manchen Streckenabschnitten zu sehr in Rücklage. Diesen Fehler muss ich möglichst schnell korrigieren, ich muss mich auf mein Gleichgewicht konzentrieren, um durch eine Gegenbewegung der Rücklage entgegenwirken zu können. Aber es genügt nicht, allein während des Rennens zu agieren, da verbleibt auch meist kaum Zeit. Mein Körper muss automatisch das Richtige tun – das, was die Situation von ihm verlangt.

Eine weitere Schwäche ist, dass ich den Ski oft nicht früh genug wieder freigebe. Ich halte ihn zu dicht am anderen. Dadurch habe ich nicht die optimale Position, um aus der Kurve heraus zu beschleunigen. Den Bewegungsablauf habe ich tausendmal trainiert. Aber das reicht noch nicht aus, um die Bewegung bis ins letzte Detail zu perfektionieren. Auch der Kopf spielt dabei eine wichtige Rolle. Geist und Körper müssen eine Einheit bilden, daher muss ich meinen Geist genauso trainieren wie meinen Körper. Nur dann kann ich wieder wichtige Hundertstel oder sogar Zehntel im Rennen gewinnen.

Um die Hirt-Methode umzusetzen, fange ich an, Kassetten zu besprechen. Ich spreche mir vor, was ich in den einzelnen Situationen zu tun habe, und höre diese Kassetten bei jeder Gelegenheit immer und immer wieder an. Es ist erstaunlich. Bisher habe ich immer geglaubt, dass man sich nur Schönes wirklich vorstellen kann. Jeder kennt das. Man träumt von einer schönen Reise, von einem rauschenden Fest, einem wunderbaren Abend mit Freunden. Diese Dinge kann man sich sehr leicht vorstellen. Aber man kann auch schwierige Situationen heraufbeschwören, sich genau in eine solche Situation versetzen, wenn man es nur oft genug hört und versucht, es sich oft genug vorzustellen. Und plötzlich lernt man dabei, wie man in dieser Situation zu reagieren hat. Genau das habe ich mit diesen selbst besprochenen Kassetten getan und erreicht. Ich habe mir mein Ziel immer wieder vorgesagt und angehört. Es ist erstaunlich, aber es funktioniert wirklich. Gleichzeitig schreibe ich kleine Zettelchen, die ich überall in meiner Wohnung in Rosenheim aufhänge, wo ich jetzt mit Reinhard wohne. Manchmal komme ich mir schon selbst verrückt vor, aber ich schreibe auf die Zettel Sätze wie »Ich will wieder an die Weltspitze!«, »Ich schaffe es!«, »Ich werde es allen zeigen, ich werde mein Ziel erreichen!«. Diese Motivationszettel kleben überall in meiner Wohnung – im Bad, in der Küche, im Wohnzimmer. Permanent werde ich mit diesen Gedanken konfrontiert, bis sie so in mir verankert sind, dass ich sie als selbstverständlich ansehe.

Auch mein Vater steht mir als Trainer und Ratgeber wie in meiner ganzen bisherigen Laufbahn zur Seite. Seine positive Ausstrahlung, sein Verständnis und sein Vertrauen in meine sportlichen Ziele und meine Anstrengungen geben mir sehr viel Kraft. Ich weiß, dass er als Unternehmer nach der gleichen Methode gearbeitet hat, als er mit nur einem Mitarbeiter in der Garage unseres Hauses angefangen hat, seine Konstruktionen zu verwirklichen. Wenn man ein Ziel vor Augen hat, muss man bereit sein, sein ganzes Leben danach auszurichten. Diesem Grundsatz folgend, hat mein Vater es geschafft. Also muss auch ich mein ganzes Leben auf diese Situation, auf mein Ziel ausrichten. Ich muss mein Ziel fokussieren und dann Schritt für Schritt vorgehen.

Zu einem dieser Schritte gehört auch die Verbesserung meines Starts, den ich so oft geprobt habe. Mein Vater beobachtet mich oft bei den Trainingsfahrten und natürlich auch bei den Rennen. Immer wieder macht er sich Gedanken, wo noch die eine oder andere Zehntelsekunde herauszuholen wäre. Er stellt sich mit der Stoppuhr an die Strecke und stoppt immer wieder die Zeiten in den einzelnen Abschnitten. Natürlich sieht er, dass ich an manchen Stellen noch etwas Zeit gutmachen könnte. Aber das ist es nicht allein, das stellen auch die Trainer bei jedem Trainingslauf fest. Eines Tages, als ich nachmittags eigentlich trainingsfrei habe, fordert mich mein Vater auf, mit ihm ein Spezialtraining zu machen. Eigentlich habe ich keine Lust dazu, ich will mich viel lieber ausruhen und an meinem Tagebuch weiterschreiben. Ich höre gerade einen meiner Lieblingssongs von Rainhard Fendrich: »Kein schöner Land«.

Rainhard Fendrichs Lieder haben mich in meinen traurigen und einsamen Stunden immer wieder begleitet. Sie haben mir Kraft gegeben, weiterzumachen und nicht aufzugeben. So auch diesmal. Ich überwinde also meinen inneren Schweinehund, ziehe mich an, hole meine Skier aus dem Keller und stapfe mit meinem Vater zum Lift. Wir fahren zum Starthäuschen. Ich soll den Start trainieren. Mein Vater ist überzeugt davon, dass hier, gleich zu Beginn eines jeden Rennens, viel Zeit geholt, aber auch verloren gehen kann. Wir trainieren also den Start, den ich ja in meinen Rennen und meinen Trainingsfahrten schon Hunderte Male hinter mich gebracht habe. Aber gut, wenn Papa meint ...

Ich stehe im Starthaus hinter der Zeitschranke, einem circa 50 Zentimeter langen Stab, der mit den Beinen nach vorne weggedrückt wird, was dann die Zeitnahme auslöst. Ich stecke meine Skistöcke vor die Zeitschranke und starte wie gewöhnlich. Doch mein Vater ist nicht zufrieden. Er meint, ich solle meinen Oberkörper explosiv nach vorne schmeißen, mich dabei auf die Skistöcke nach vorne fallen lassen und die Beine so nach hinten hochreißen, dass die Zeitnahme möglichst spät ausgelöst wird. »Dein Körper muss nahezu waagrecht in der Luft liegen«, sagt er immer und immer wieder. Er lässt mich bestimmt 30, 40 oder auch 50 Mal die 20 Meter wieder nach oben zum Starterhäuschen steigen, bis er schließlich einigermaßen zufrieden ist. Am Ende unseres Spezialtrainings stellt er fest, dass die »Startzeit« um fast zwei Zehntelsekunden besser ist als am Anfang. Wir werden dieses Starttraining noch oft wiederholen, und heute noch ist mein Vater überzeugt davon, dass diese zwei Zehntel mir unter anderem zu meinen olympischen Medaillen verholfen haben.

Ich trainiere in dieser Zeit viel und hart. Wenn ich zu Hause bin, muss ich mich um viele organisatorische Dinge und um Papierkram kümmern. Die Menge der Fanpost ist zwar inzwischen auf ein überschaubares Maß zurückgegangen, jedoch versuche ich immer, mit ein paar persönlichen Worten zu antworten. Viele Aufmunterungsschreiben sind dabei, die mich immer wieder neu anspornen. Dafür bin ich meinen wirklich treuen Fans heute noch dankbar. Insbesondere Marion Knoll, die von Anfang an alle Fotos und Berichte gesammelt hat. Über 1800 Bilder und kofferweise Zeitungsberichte hat sie zusammengetragen und archiviert. Ich erinnere mich noch gerne daran, dass Marions Mutter mir 1981 in einem Brief schrieb, dass es der größte Wunsch ihrer Tochter zum 18. Geburtstag sei, mich persönlich zu treffen. Daraufhin lud ich sie damals zu mir zum Kaffeetrinken ein. Und es entstand ein freundschaftlicher Kontakt, der bis heute Bestand hat. Marions Archiv hat mir auch sehr bei der Realisierung dieses Buches geholfen.

Überhaupt hätte ich die schwere Zeit ohne meine Freunde und meine Familie nicht so gut durchgestanden. Allen voran natürlich meine Eltern und meine Geschwister, die stets wie ein Fels in der Brandung hinter mir standen. Aber auch mein damaliger Mann Reinhard. Unsere Wege haben sich zwar schon vor Jahren wieder getrennt, dennoch muss ich zugeben, dass ich es ohne Reinhard sicherlich nicht geschafft hätte. Er hatte so eine positive Art, er hat mich immer wieder ermutigt und unterstützt. Aber auch seine Mutter Elisabeth, wegen ihres extravaganten Auftretens auch »Tiger Lilly« genannt, stand hundertprozentig zu mir. Wenn mein Auto wieder einmal streikte oder ich besonders weit zu fahren hatte, zum Beispiel nach Grenoble – etwa 800 Kilometer für eine Fahrt –, durfte ich ihren Mercedes benutzen.

In der Saison 1986/87 bin ich viel unterwegs in Europa und trainiere jede freie Minute. Das macht sich natürlich auch in meinem Privatleben bemerkbar. Einerseits will ich meine Freunde nicht verlieren, andererseits bleibt mir kaum Zeit, mich um sie zu kümmern. Natürlich müssen Freundschaften gepflegt werden, und man muss Zeit für seine Freunde haben, andererseits finde ich, dass eine gute Freundschaft auch eine etwas schwierigere Zeit überstehen muss. Wenn man viel erreichen will, muss man eben auf vieles verzichten. Und wenn man alles erreichen will, muss man zeitweise auf alles andere verzichten. Und ich will alles erreichen. Ich muss Prioritäten setzen, die meinen Tages- und Wochenablauf bestimmen und alle Bereiche meines Lebens prägen.

So ist es auch an meinem Geburtstag. Ich habe in Rosenheim Freunde zu einem Essen in das »Hotel Wendelstein« eingeladen, habe das Kaminzimmer reserviert und freue mich sehr auf den Abend. Ich bin froh, dass ich mir trotz der engen Termine vorgenommen habe, meinen Geburtstag zu feiern und einige meiner Freunde wiederzusehen. Auch meine Familie ist selbstverständlich eingeladen, und alle haben zugesagt. Gegen 18 Uhr bekomme ich einen Anruf von meinem Trainer Ernst Zwinger: »Hallo, Christa, ich habe eine gute Nachricht. In St. Michael im Lungau gibt es zurzeit optimale Trainingsverhältnisse. Ich habe deshalb ein Training für dich organisiert. Marc Girardelli und einige gute Schweden sind dort ebenfalls beim Training. Komm schnell, wir fahren sofort hin.« Mit Marc Girardelli zu trainieren, das kann und will ich mir nicht entgehen lassen. Marc hatte mich ja seinerzeit auch ermutigt, beim Niederländischen Skiverband anzufragen. Marc Girardelli, ein großer Name im Skizirkus. Bis zu seinem Rücktritt im Jahr 1997 mit 34 Jahren stand er hundertmal auf dem Podest, gewann fünfmal den Gesamtweltcup und insgesamt 46 Weltcuprennen, er holte zweimal Silber bei Olympia und viermal Gold, viermal Silber und dreimal Bronze bei Weltmeisterschaften.

Ich fahre also schnell nach Hause, packe meine Sachen, und schon sitze ich im Auto. Von mir aus sind es knapp 200 Kilometer über Salzburg in Richtung Villach zum Katschberg beziehungsweise zu den Tauern. In drei Stunden dürfte ich ankommen. Nein, natürlich habe ich das Kaminzimmer im »Hotel Wendelstein« und mein Geburtstagsessen mit Freunden und Familie nicht völlig vergessen. Aber ich muss Prioritäten setzen. Bestimmt sind jetzt einige der eingeladenen Gäste beleidigt und haben vielleicht auch kein Verständnis dafür. Aber es hilft nichts – ich muss einfach egoistisch sein, wenn ich mein Ziel erreichen will. Und ich bin mir sicher, dass meine guten Freunde mich verstehen werden, bei allen anderen macht es mir nichts aus.

Es wird ein gigantisches Wochenende mit Marc und den Schweden. Männer trainieren einfach anders, ich habe oft Schwierigkeiten mitzuhalten, aber letztendlich kann ich wieder einmal viel positive Energie und Erfahrung aus meinem Einzeltraining mitnehmen.

Ich beginne nun damit, in meinem gesamten Trainingsplan nach der EKS-Methode, der Engpass-konzentrierten Strategie, zu arbeiten. Professor Dr. Hans Eberspächer macht mich mit dieser Strategie vertraut. Armin Bittner und Frank Wörndl haben mit ihm zusammengearbeitet und mir den Professor empfohlen, der als einer der besten und erfolgreichsten Sportpsychologen gilt. Glücklicherweise kann ich Herrn Professor Eberspächer als meinen Mentalcoach gewinnen. Denn ich bin überzeugt davon, dass es sinnvoll ist, sowohl meinen Körper als auch meinen Geist professionell trainieren zu lassen. Professor Eberspächer und seine Engpasskonzentrierte Strategie helfen mir unheimlich bei meinem Vorhaben. Seine Strategie besagt in erster Linie, dass man Ziele fokussieren muss, um sie erreichen zu können. Man muss alles andere um sich herum fallen lassen. Wenn man das fokussierte Ziel erreichen möchte, darf man andere Probleme überhaupt nicht an sich heranlassen. Im Alltag begegnet man ja ständig kleinen und größeren Problemen. Das Auto muss zur Inspektion, die Waschmaschine macht komische Geräusche, die Nachbarn kommen überraschend zu Besuch, und der Paketabholschein von letzter Woche liegt noch mahnend da, das Telefon muss umgemeldet werden, eine Großtante hat Geburtstag, und niemand weiß, was man ihr schenken soll ... Aber auch mit wichtigeren Problemen werden wir konfrontiert. Die gute Freundin hat Probleme in der Ehe, was sich auf die Leistung der Kinder in der Schule niederschlägt. Am Telefon klagen Verwandte über ernsthafte Krankheiten. Der Nachbar hat Sorgen, weil er seine Arbeitsstelle verloren hat und nicht weiß, wie es weitergehen soll, und, und, und. All dies sind Probleme, die jeder kennt und die jeden täglich berühren. Wenn man aber sein Ziel im Visier hat, muss man lernen, sich von diesen Problemen frei zu machen.

Die Engpass-konzentrierte Methode wird am deutlichsten, wenn man sie bildlich darstellt. Auf ein Blatt Papier schreibt man oben sein Ziel auf, und darunter kennzeichnet man die ganzen Probleme des Lebens mithilfe des Buchstaben P. Alle Probleme werden gleichmäßig auf dem Blatt Papier verteilt. Jetzt zieht man vom unteren linken und unteren rechten Blattrand eine gerade Linie zum Ziel, sodass ein Dreieck entsteht. Und siehe da, es sind nur noch wenige Ps übrig, die sich innerhalb der Linien befinden. Alle anderen, etwa zwei Drittel, stehen außerhalb der Linien. Man hat somit sein Ziel fokussiert, und es bleiben nur wenige Ps übrig, mit denen man sich auseinandersetzen muss. Und um mehr Probleme sollte man sich auch nicht kümmern. Das klingt vielleicht hart, aber die anderen Probleme müssen unberücksichtigt bleiben oder von anderen gelöst werden. Diese Methode ist in allen Lebenslagen hilfreich. Auch wenn man kleine, kurzfristig erreichbare Ziele vor Augen hat, hilft es, nach dieser Methode vorzugehen. Wenn man einmal das Ziel fokussiert hat und der Weg dorthin festgelegt ist, muss man diesen Weg in einzelne Schritte unterteilen und jeden Schritt als kleines Ziel sehen. Jeder Schritt ist eine einzelne Aufgabe, die es zu erfüllen gilt. Oft können diese Aufgaben an einem Tag erfüllt werden, manchmal sind es auch schwierigere Schritte, und man benötigt mehr Zeit. Jedes einzelne Ziel, das man erreicht, ist aber ein kleiner Erfolg, über den man sich freuen kann und vor allem auch freuen soll. Hierdurch erhält man Motivation für den nächsten Schritt. Darin liegt das Geheimnis der Methode. Es ist das Geheimnis des Erfolgs.

Herrn Professor Eberspächer gelingt es, dieses mentale Erfolgsgeheimnis auf den Skisport zu übertragen. Jedes Rennen hat oben einen Start und unten ein Ziel. Ich lerne nun, das Rennen nicht als Ganzes zu sehen, sondern das Rennen aufzuteilen in viele Aufgaben und viele Ziele. Jedes einzelne Tor ist ein Ziel, das ich erreichen muss. Erst wenn ich das Tor passiert habe, konzentriere ich mich auf das nächste Tor, dann habe ich ein neues Ziel vor Augen. Im Rennen geht alles natürlich sehr schnell, aber die Methode ist dennoch wirksam. Ich denke nicht an das große Ziel unten, sondern nur an das nächste Tor – das nächste Ziel. Erst wenn ich das erreicht habe, kann ich weitermachen, gehe ich die nächste Aufgabe an. Jedes Tor ist anders, jedes Ziel ist neu. Und nach jedem Ziel, das ich erreicht habe, entsteht in mir eine kleine Freude. Es sind viele kleine Freuden, die aneinandergereiht zu einer großen Motivation heranwachsen. So schaffe ich Tor für Tor, Ziel für Ziel, bis ich dann endlich unten im großen Ziel ankomme. »Das Leben ist wie ein Slalom.« Herr Professor Dr. Eberspächer hat recht.

Geist und Körper sollen jedoch nicht einseitig belastet werden. Wenn die Priorität auch Skifahren heißt, so darf ich nicht vergessen, dass Körper und Geist auch Ausgleich brauchen. Deshalb besuche ich Sprachkurse, betreibe autogenes Training und mache mit Sydne Rome in Berlin eine Aerobic-Ausbildung. Ich tanze dabei sehr viel, vor allem Michael Jacksons *Beat it* hat es mir angetan. Ich tanze, ich rocke, ich boxe die Kippstangen bildlich gesehen weg. Mein Körper ist voller Rhythmus, Energie und Beweglichkeit. Ich suche aber auch Ablenkung in Literatur und Musik und nehme mir vor allen Dingen Zeit für Ruhe. Denn Ruhe ist unheimlich wichtig. Das gilt im Sport genauso wie in allen anderen Berufen. Viele halten Ruhe für etwas Selbstverständliches, Einfaches. Es ist doch nicht schwer, sich hinzusetzen und nichts zu tun, einfach Ruhe zu geben. Doch viele können das gar nicht. Auch Ruhe muss man lernen wie alles andere. Man muss bereit sein, nichts zu tun. Man muss es lernen, bewusst die Stille zu hören. Um Ruhe zu finden, besuche ich gerne Kirchen, gehe allein in die Berge oder setze mich in einem Park auf eine Bank. Da ich jedoch oft viele Menschen um mich habe, ist es schwer, Ruhe zu finden. Manchmal setze ich dann einen Kopfhörer auf, stecke das Ende in meinen Anorak und erwecke damit den Anschein, Musik zu hören. Aber ich höre gar keine Musik. Es ist nur die Ruhe, die ich höre – und das tut mir unheimlich gut.

Herr Professor Dr. Eberspächer ist nicht nur ein hervorragender Psychologe, sondern auch ein genialer »Konditor«. Zusammen backen wir die »Torte des Erfolgs«. »Christa, stell dir vor, wie eine Torte aussieht. Sie ist rund, die einzelnen Stücke sind durch Linien gekennzeichnet. Die Torte sieht am besten aus, wenn sie noch nicht angeschnitten ist, wenn sie vollständig ist«, erklärt er mir. Die »Torte des Erfolgs« besteht aus einzelnen Tortenstücken und ist erst komplett, wenn kein Stück fehlt. Kampfgeist, Organisation, Vertrauen, Lockerheit, Taktik, Kondition, Mut, Gefühl, Toleranz, Material, Technik und Selbstbewusstsein – das sind die einzelnen Stücke der Torte des Erfolgs. »Komm, wir backen zusammen diese Torte. Es wird viel Arbeit, aber wir werden es schaffen. Erst wenn wir alle Tortenstücke beieinanderhaben, ist sie komplett. Und nur dann sieht sie wirklich gut aus«, ermuntert mich Professor Eberspächer.

Der Sommer vergeht wie im Flug, schon liegt die neue Rennsaison vor mir. Ich bin mir sicher, dass ich meine Aufholjagd fortsetzen kann und in der kommenden Saison große Erfolge erzielen werde. Meine Zuversicht schöpfe ich aus meinen gewissenhaften Vorbereitungen. Mein Körper ist gut trainiert, mein Geist gestärkt, mein Ziel ist fokussiert, und die »Torte des Erfolgs« liegt fertig gebacken im Kofferraum. Die Rennsaison kann also beginnen. Und sie startet so, wie die vorherige aufgehört hat. Ich fahre zunächst allein, als *fliegende Holländerin*, mit meinem Auto von einem Rennen zum anderen, denn mein Trainer muss sich auch um die anderen Mädchen der Mannschaft kümmern. Manchmal begleiten mich meine Schwester Bärbel oder mein Bruder Klaus. Beide sind mittlerweile perfekte Trainer geworden und kümmern sich um mich, so gut es geht. Zu den Rennen ins damalige Jugoslawien, nach Maribor, begleitet mich zum Beispiel meine Schwester Bärbel. Ich rechne ihr das hoch an, denn die Rennen finden am Faschingswochenende statt – ein echter Verzicht und ein großes Opfer für sie. Mein Bruder Klaus unternimmt mit mir die Skandinavientour nach Schweden und Norwegen. Er coacht mich perfekt, nimmt an Mannschaftssitzungen teil, hält all das Organisatorische von mir fern und fährt mich von Rennen zu Rennen. Ich kann mich also voll und ganz auf das Skifahren konzentrieren. Wobei … mein Bruder ist ein regelrechter Frauenschwarm, er hat eine unheimliche Anziehung auf skandinavische Frauen. Nicht nur einmal klopft es nachts an unserer Zimmertür, aber mit der kleinen Schwester im Schlepptau …

Wenn aber weder mein Bruder noch meine Schwester dabei sind, muss ich mich um alles selbst kümmern. Längst habe ich mich daran gewöhnt, dass ich selbst den Niederländischen Skiverband in Den Haag kontaktieren muss, wenn ich an einem Rennen teilnehmen will. Der Skiverband meldet mich dann an, und die Startberechtigungen funktionieren problemlos. So zum Beispiel auch am vorangegangenen Wochenende, als ich an einem Rennen am österreichischen Semmeringpass teilnehmen wollte. Der Slalom verlief dann auch vollkommen unspektakulär, nicht jedoch die Rückfahrt. Ich war in einem Hotel im Ort Baden bei Wien untergebracht. Als ich am Sonntagabend an der Rezeption meine Rechnung bezahlte, rutschte eine riesige Schneelawine vom Hoteldach und krachte auf mein Auto. Die Frontscheibe zersprang. Da es Sonntagabend war, hatten natürlich alle Werkstätten geschlossen. Also blieb mir nichts anderes übrig, als mit gesprungener Windschutzscheibe die Heimreise anzutreten. Ich klebte die Scheibe, so gut es ging, mit einem Tapeverband, setzte Skihelm und Brille auf, zog die Handschuhe an und fuhr so von Wien nach Rosenheim – ein Bild für die Götter! Die ganze Fahrt über hatte ich nur Angst, dass mich jemand erkennen könnte und dann glauben würde, dass die Kinshofer jetzt völlig durchgeknallt ist, da sie sich offenbar nicht mehr von ihrem Skihelm trennen kann oder vielleicht noch gar nicht gemerkt hat, dass sie nicht mehr auf der Piste ist, sondern im Auto sitzt. Doch zum Glück kam ich unerkannt und unverletzt zu Hause an.

Mein Auto ist zwischenzeitlich repariert, und ich habe mich von meiner Sturzhelmfahrt erholt. Jetzt bin ich wieder auf dem Weg zu einem Rennen und kann auf der Fahrt dorthin nur über meine abenteuerliche Rückfahrt aus Wien schmunzeln.

Von Rennen zu Rennen merke ich, dass sich meine gute Vorbereitung bezahlt macht. Insbesondere das Tortenstück Material ist gut gelungen. Ich war bei meinen Vorbereitungen immer bestrebt, auch mein Material zu optimieren. Mit dem Ski selbst kam ich nach dem Wechsel sehr gut zurecht. Aber ich überlegte ständig, wo ich noch einige Hundertstel herausholen könnte. Deshalb habe ich mir bei den Vorbereitungen meine einzelnen Rennläufe immer wieder angeschaut und sie analysiert. Als ich mir den Körperkontakt mit den Kippstangen genauer ansah und in Einzelabschnitte aufteilte, entdeckte ich, dass der Knieschoner die Kippstange als Erstes berührt. Da viele meiner Freunde Eishockeyspieler sind, wusste ich, dass Eishockeyspieler Knieschoner tragen, die wesentlich dicker waren als unsere und einige Zentimeter vom Knie abstehen. Wenn ich nun aber die Knieschoner wechseln und mit Eishockey-Knieschonern fahren würde, dann würde ich die Kippstange um einige Zentimeter früher berühren, was bedeutet, dass die Kippstange um diese Zentimeter früher wegkippt und ich damit um Hundertstelsekunden schneller das Tor passieren könnte. Rechnet man das bei einem Slalom auf 60 Tore hoch, so würde das schon einiges ausmachen. Und es hat tatsächlich funktioniert.

Von Rennen zu Rennen wird das Gefühl stärker, dass die einzelnen Stücke meiner Erfolgstorte nahezu perfekt sind. Sie sind so gut ausgearbeitet, dass ich es schaffe, meine alte Form zu erreichen. Ich habe mittlerweile so viele internationale FIS-Rennen für das niederländische Team gewonnen, dass ich mir in der Saison 1987 den Europacup-Gesamtsieg im Riesenslalom und im Super-G hole. Keiner hat damit gerechnet, dass mir sechs Überraschungssiege im Riesenslalom in Serie gelingen würden. Ich bin voller Selbstvertrauen und Motivation und fasse einen für mich sehr wichtigen Entschluss: Ich werde – als Niederländerin – an den internationalen deutschen Meisterschaften teilnehmen. Das klingt zwar total verrückt, aber es ist möglich. Dieses Rennen findet in Pfronten im Allgäu statt, und es können auch Läuferinnen aus anderen Nationen daran teilnehmen. Vor einem Jahr hätte ich diesen Schritt noch nicht gewagt, hätte viel zu viel Angst gehabt, zu versagen und noch mehr zum Gespött meiner Gegner zu werden. Aber mittlerweile bin ich mental so stark, dass mir selbst der Gedanke des Misserfolgs keine Angst mehr macht. Ich habe mein Ziel direkt im Blick, und auf dem Weg dorthin kann ich auch Rückschläge verkraften.

Also nehme ich an diesem Rennen teil. Schade ist allerdings, dass meine Trainer auch diesmal keine Zeit haben. Ich bin somit die einzige Skiläuferin, die ohne Trainer anreist. Nein, ganz so stimmt es nicht. Denn mein Bruder ist Trainer, Betreuer und neben Günter Dorfner auch Servicemann, und meine Mutter ist mein perfekter Coach. Ich komme mir ein bisschen vor, als würde ich wie vor 15 Jahren zu einem Schülerrennen fahren. Aber das spielt keine Rolle. Ich weiß, dass ich jetzt alle Register ziehen muss, dass ich alles abrufen muss, was ich im letzten Jahr erarbeitet habe. Mein Körper ist gut trainiert, ich kann mich konzentrieren, ich bin selbstbewusst, ich kann es schaffen – mein Comeback in die große Welt des Skizirkus könnte mir gelingen.

Mein Bruder verbringt die ganze Nacht im Skikeller bei meinen Skiern, die Günter Dorfner optimal präpariert hat. Günter ist ein Servicemann von Völkl und hat in meiner Niederlandezeit, wenn es nur irgendwie möglich war, meine Skier vorbereitet, die Kanten geschliffen, den Belag gewachst und poliert. Günter ist somit auch ein Stück meiner Erfolgstorte. Meine Skier sind also bestens präpariert, und auch die äußeren Bedingungen sind optimal. Der Hang ist sehr steil und die Piste hart und eisig. Verhältnisse, die ich eigentlich sehr gerne mag. Der erste Durchgang verläuft perfekt, ich fahre unbeschwert zur Bestzeit. Aber damit habe ich noch nicht gewonnen. Jeder Slalom und jeder Riesenslalom wird in zwei Durchgängen ausgetragen. Kurz vor dem Start des alles entscheidenden zweiten Durchgangs werde ich plötzlich sehr nervös. Ich weiß nicht, warum. Jetzt nur nicht die Nerven verlieren! Ich konzentriere mich auf alles, was ich in den letzten Monaten immer und immer wieder trainiert habe. Der Start klappt optimal, das Rennen gehört mir. Ich stehe perfekt auf dem Ski und kann jede Bewegung in Geschwindigkeit umsetzen. Die Kippstangen krachen links und rechts von meinem Körper in den Schnee. Ein unbeschreiblich gutes Gefühl breitet sich in diesen Sekunden in meinem Körper aus. Im Grunde will ich gar nicht, dass dieser Lauf jemals endet. Von mir aus kann das Ziel noch weit entfernt sein. Denn ich bin mir sicher, dass ich gut ankommen werde. Ich genieße den Lauf, spüre, dass ich heute zeigen kann, dass ich meine alte Form wiedergefunden habe. Noch einige Tore, noch einige kleine Ziele, die ich erreichen muss, noch einige Aufgaben, dann bin ich im Ziel. Der Blick auf die Uhr – Bestzeit! Ich habe einen Vorsprung von eineinhalb Sekunden herausgefahren. Die Sensation ist gelungen. Ich bin Internationale Deutsche Meisterin im Slalom. Hinter mir sind eine Läuferin aus Liechtenstein und eine deutsche Läuferin. Die »Niederländerin« Christa Kinshofer steht auf dem Siegerpodest in Deutschland wieder ganz oben.

Ich habe in meinem Leben schon oft auf einem Siegerpodest gestanden, und es ist immer wieder ein unbeschreibliches Glücksgefühl. Es kommen Emotionen in einem hoch, die man nur in diesem Moment haben kann – eine Mischung aus Freude, Stolz, Zufriedenheit und Glück. Die Leute applaudieren, sie jubeln einem zu, man bekommt einen Pokal, Blumen, schüttelt viele Hände. Jeder Sieg ist ein neuer Sieg, und dennoch haben alle ein gewisses Ritual gemeinsam. Dieser Sieg ist jedoch für mich irgendwie anders. Denn ich habe das Gefühl, mit diesem Rennsieg viele Siege errungen zu haben. Ja, ich habe dieses Rennen gewonnen, ein Erfolg, mit dem niemand gerechnet hat. Aber ich habe noch mehr gewonnen. Ich habe den ersten Beweis dafür geliefert, dass ich auf dem richtigen Weg bin. Der Sieg ist auch eine Art Belohnung für die harte Arbeit der letzten zwei Jahre. Gleichzeitig ist es auch ein Sieg über all diejenigen, die mich aufgegeben, verstoßen und vergessen haben. Ich spüre, wie sich in mir neben den bekannten Emotionen ein weiteres Gefühl breitmacht, das mir bisher unbekannt war, das ich noch nie bei einem meiner Siege gespürt habe. Ist das etwa das Gefühl der inneren Befriedigung, der Genugtuung, der ausgleichenden Gerechtigkeit? Habe ich mit diesem Sieg eine offene Rechnung beglichen? Wird die Freude über diesen Sieg vielleicht auch zu einer Art Schadenfreude? Nein, ich will nicht zulassen, dass mein großartiger Erfolg von einer negativen Aura ummantelt wird. Natürlich gab es eine Zeit, in der ich enorm viel Frust, Wut und Depression in mir getragen habe. Aber jetzt ist nicht der richtige Zeitpunkt, um an die Vergangenheit zu denken, ich will positiv in die Zukunft blicken und mich freuen. Ich bin auch erleichtert, eine riesige Last ist von mir abgefallen, und ich spüre, dass mir dieser Sieg über alle Maßen guttut.

Meine ehemaligen deutschen Mannschaftskameradinnen beglückwünschen mich und gratulieren mir von Herzen. Plötzlich kommen auch die

Funktionäre des Deutschen Skiverbandes und reichen mir die Hand zur Gratulation. Ich nehme die Glückwünsche gerne entgegen, aber ich würde lügen, wenn ich nicht zugeben würde, dass sich ganz tief in mir ein kleines leises Lächeln ausbreitet. Danach folgt eine wunderschöne Siegesfeier, die ich in vollen Zügen genieße. Endlich wieder einmal eine Siegesfeier, endlich wieder im Mittelpunkt stehen. Ich spüre, wie gut mir das tut, wie sehr ich dieses Gefühl trotz aller positiven Einstellung und immer wieder aufgebauten Motivation in den letzten beiden Jahren vermisst habe. Ich war zwar nie ein Mensch, der das Rampenlicht unbedingt gebraucht hat, aber ich merke dennoch, dass das Rampenlicht warm ist, dass es einem das Herz öffnet und Gefühle frei macht. Meine Mutter und mein Bruder umarmen mich und teilen mit mir diese Freude. Nur ein wahres Erfolgstrainerteam kann so strahlen. Die beiden sind einfach einmalig. Auch Günter Dorfner, der mir einen Superski präpariert hatte, ist stolz und sagt: »Heute ist ein großer Tag, da klirren die Sektgläser.«

Ich sehe ganz deutlich, wie es allmählich heller wird, dass das Ende des langen Tunnels, durch den ich noch gehen muss, in Sicht ist. Plötzlich zeigen auch die Medien wieder großes Interesse an mir. Wie die Fähnchen im Wind hat sich die Stimmung gedreht. Das geht ja bekanntlich sehr schnell. Die Medien brauchen Sieger oder Verlierer und Skandale, auch das habe ich bitter erfahren müssen. Aber dieses Mal gilt die Aufmerksamkeit einer Siegerin, und so kommentiert Sportmoderator Heribert Fassbinder in einer ARD-Sportsendung meinen Erfolg mit den Worten: »Christa Kinshofer ist wohl das außergewöhnlichste und ansehnlichste Comeback in der Geschichte des deutschen Skisports gelungen. Sie deklassierte heute ihre Kolleginnen, nachdem sie aufgrund schlechter Leistungen vor drei Jahren aus der Mannschaft ausgeschlossen wurde. Mit einem Vorsprung von 1,5 Sekunden gewann sie die internationalen Deutschen Meisterschaften im Slalom.« In der Zeitschrift *Bunte* ist sogar zu lesen: »Christa Kinshofer, die Verschmähte, die Verdammte, schießt zurück. Ihre Gegner werden keine ruhige Minute haben.«

Neben meinem Slalomsieg gelingt mir noch ein fünfter Platz im Riesenslalom, der mein gelungenes Comeback deutlich unterstreicht. Ich habe es also geschafft: Europacup, ich bin wieder da!

# 14. Lex Kinshofer, Teil 2

Von meinen eingeplanten 1000 Tagen sind nun schon weit mehr als die Hälfte vorüber. Und ich liege gut in meinem Zeitplan. Mein Sieg bei den internationalen Deutschen Meisterschaften im Slalom und meine weiteren guten Platzierungen in der Rennsaison 1986/87 haben mich meinem Ziel um einiges näher gebracht. Ich weiß, dass ich es schaffen werde, wenn ich weiterhin mit der bisherigen Härte und Konsequenz arbeite. Mir ist aber auch klar, dass ich mich keinesfalls auf diesen Lorbeeren ausruhen darf. Es sind ja auch noch nicht die richtigen Lorbeeren, nicht die, die ich wirklich haben will. Stillstand ist wie ein Rückschritt, daher muss es weitergehen. Meine Erfolge zeigen mir, dass meine Trainingsmethode, diese Kombination aus körperlichem und geistigem Training, die richtige ist. Da ich sehr gut damit zurechtkomme, will ich auf dieser Schiene weiterfahren und das Ganze optimieren. Zum Glück habe ich mich in der vergangenen Rennsaison nie verletzt, sodass ich mein körperliches Training ohne Unterbrechung weiterführen kann. Auch mental habe ich keine Probleme, ich kann also meine innere Einstellung, mein Selbstbewusstsein und meine Motivation weiter ausbauen. Am Material werde ich auch noch weiter arbeiten und versuchen, die eine oder andere Sache zu verbessern. Mittlerweile kann ich aber sehr gut mit allem umgehen, auch die Kippstangen sind mir jetzt endlich vertraut. Und bei meinen Skiern habe ich das Gefühl, eigentlich auf die Bindung verzichten zu können, so sehr scheinen sie mit meinen Beinen verwachsen zu sein.

Während ich also meinem Trainingsprogramm nachgehe, braut sich ohne mein Wissen wieder einmal beim DSV etwas zusammen.

Rückblick: Nach einer Entscheidung des DSV wechselte der damalige Trainer unserer Damenmannschaft Klaus Mayr 1981 zur deutschen Herrenmannschaft, die sich gerade in einem absoluten Leistungstief befand. Nach der Übernahme des Trainings der Herrenmannschaft durch Klaus

Mayr stellten sich schon bald wieder Erfolge ein. In den Jahren von 1983 bis 1988 siegte Markus Wasmeier siebenmal und Armin Bittner einmal, hinzu kamen insgesamt zwölf zweite Plätze von Wasmeier, Bittner und Peter Roth sowie 15 dritte Plätze, aber auch Florian Beck, Sepp Wildgruber, Herbert Renoth und Hans Stuffer landeten einige Male unter den besten 15. Nicht zu vergessen: Frank Wörndl. Er wurde 1987 Weltmeister im Slalom in Crans Montana. Christian Neureuther hatte sein Karriere bereits 1981 beendet.

Die Ergebnisse der Herrenmannschaft stiegen unter Mayrs Leitung stetig an, die Leistungen der Damen jedoch gingen immer mehr in den Keller. Nach meinem Rauswurf aus der Mannschaft im Jahr 1983 stand 1984 die Winterolympiade in Sarajevo auf dem Programm. Bei diesen Olympischen Spielen konnte die Herrenmannschaft im Vergleich zu 1980 durchaus gute Ergebnisse erzielen. So wurde in der Abfahrt Sepp Wildgruber Achter, Klaus Gattermann Zwölfter und Herbert Renoth Zweiundzwanzigster. Der große Franz Klammer wurde in dieser Abfahrt Zehnter. Bei den Damen war dies ganz anders, und Sarajevo wurde zum Debakel. Da die Erwartungen im Gegensatz zu den Herren bei den Damen natürlich hoch gewesen waren, war auch die Enttäuschung umso größer. Hatte es 1976 und 1980 noch Gold- und Silbermedaillen gegeben, so ging die deutsche Damenmannschaft in Sarajevo komplett leer aus. Nur Marina Kiehl konnte mit einem fünften und einem sechsten Platz überzeugen. Um Längen geschlagen, kehrte das deutsche Damenteam völlig frustriert von den Olympischen Spielen zurück. Dies war wieder einmal ein gefundenes Fressen für die Medien. Die *Bild*-Zeitung schrieb: »Ein Verband versagt! Bitteres Ende des Skimädchenwunders«. Auch die Ursache für das Versagen war natürlich schnell gefunden: »Die deutschen Athletinnen werden nicht richtig trainiert. Der Trainer scheint keine glückliche Hand zu haben, um seine Mädchen zur richtigen Zeit am richtigen Ort in Topform zu präsentieren.« Klaus Mayrs Puppen waren geschlagen. Es blieben nur die Erinnerungen an die olympischen Goldmedaillen von Rosi Mittermaier im Jahre 1976 und die Silbermedaille von Irene Epple 1980. Und natürlich war auch mein Erfolg mit der Silbermedaille bei den Olympischen Spielen 1980 nicht vergessen.

Es war also das erste Mal seit 1972 in Sapporo, dass die deutsche Damenmannschaft völlig erfolglos abgeschnitten hatte. Die Winter- und die Sommerspiele fanden bis 1992 im französischen Albertville noch im selben Jahr statt. Danach wurde der Rhythmus geändert. Die nächsten Winterspiele fanden dann schon nach zwei Jahren 1994 im norwegischen Lillehammer statt. Dann wieder weiter im Vierjahresrhythmus: 1998 im japanischen Nagano, 2002 im amerikanischen Salt Lake City, 2006 im italienischen Turin, 2010 im kanadischen Vancouver, und 2014 sollen die 22. Olympischen Winterspiele im russischen Sotschi stattfinden.

Für das deutsche Damenteam kamen aber nach dem Olympiajahr 1984 noch weitere erfolgsmagere Jahre. Natürlich hofften alle, dass es keine sieben mageren Jahre werden würden, doch es sah leider danach aus. Bis 1987 konnten die deutschen Damen nur rund 14 Weltcuprennen bei ungefähr 150 abgehaltenen Rennen für sich entscheiden. Irene und Maria Epple sowie Marina Kiehl waren in dieser Zeit erfolgreich. Bei Weltmeisterschaften gingen die deutschen Damen leer aus. Regine Mösenlechner gewann endlich 1987 bei der Weltmeisterschaft in Crans Montana Bronze in der Abfahrt und konnte sich damit in dieser Disziplin gut für Olympia 1988 in Calgary qualifizieren. Sie zählte daher auch zu den heißen Favoritinnen und Anwärterinnen auf eine olympische Medaille. Doch offenbar wollte der Deutsche Skiverband nicht allein darauf vertrauen. Zumal die internationalen Deutschen Meisterschaften gezeigt hatten, dass die deutsche Mannschaft trotz der Qualifikation von Regine Mösenlechner in einer tiefen Krise steckte.

Wieder trifft der DSV also eine Entscheidung hinter verschlossenen Türen. Oft ist es im Leben so, dass sich Dinge wiederholen, manchmal unter gleichen Vorzeichen, mit gleichen Personen – manchmal mit gleichen Personen unter geänderten Vorzeichen. Das Sprichwort meiner Mutter »Man trifft sich im Leben immer zweimal« hatte wieder seine Richtigkeit. Dieses Mal hat der DSV entschieden, den Trainer Klaus Mayr vom Herren- wieder zum Damenteam zurückzuholen. »Klaus Mayr bereitet die deutschen Mädels auf die Olympischen Spiele 1988 in Calgary vor. Neue Hoffnung für das deutsche Damenteam!« Diese Nachricht erreicht mich, als ich gerade mitten in meinem Training stecke. Als ich 1981 erfuhr, dass Klaus Mayr unsere Mannschaft verlassen sollte, war ich völlig am Boden zerstört. Als ich aber jetzt erfahre, dass Klaus Mayr wieder zur Damenmannschaft zurückkehrt, bricht keine Welt für mich zusammen, sondern aus dieser Nachricht wird ein Impuls, der meine Fantasie anregt und mich zum Träumen verführt. Plötzlich baut sich in mir ein Gedanke auf, der mir bis dahin völlig fremd und abwegig erschienen ist. Wenn Klaus Mayr zur deutschen Damenmannschaft zurückkehrt, wie wäre es dann, wenn auch ich … Nein, dieser Gedanke ist einfach unmöglich, ich kann doch nicht zu dem Verband zurückkehren, der mir all dies angetan hat, was mich in meinem Leben, in meiner Karriere so weit zurückgeworfen hat. Wie sollte das überhaupt gehen? Die Türen, die der Verband mir vor der Nase zugeknallt hat, sind nicht nur ins Schloss gefallen und versperrt, nein sie sind regelrecht zugemauert. Und das lässt sich nicht mehr ändern. Wer könnte mir auch dabei helfen? Außerdem fühle ich mich im niederländischen Team sehr wohl. Und ich will dieses Team nicht verlassen, ich würde so viele enttäuschen. Nein, ich kann es nicht und will es nicht und werde es auch sicher nicht tun.

Zwei Nächte habe ich über diese Nachricht geschlafen. Denn Schlaf ist ein gutes Mittel, um die Tatsachen manchmal ganz neu zu sehen. Auch wenn man denkt, dass man im Schlaf die Realität verlässt und in eine andere Welt eintaucht, arbeitet der Geist in Wirklichkeit doch weiter. Im Schlaf werden so unmerklich Probleme verarbeitet, und manches Mal sieht man die Dinge nach dem Aufstehen aus einer anderen Perspektive. Mir geht es in diesem Fall genauso. Natürlich hat mich der DSV mit dem Rauswurf gedemütigt, es war eine furchtbare und für mich folgenschwere Entscheidung. Aber sollte ich nicht doch all das vergessen können? Sollte ich nicht verzeihen oder ganz einfach verdrängen? Vielleicht sollte ich das Ganze auch aus einer anderen Warte betrachten. Schließlich habe ich damals meinen Arbeitgeber, den DSV, öffentlich kritisiert, ihn mit meinen Aussagen herausgefordert und bloßgestellt. Natürlich habe ich eigentlich nur … Schluss! Es ist mir doch gerade in der letzten Zeit so gut gelungen, diese Erinnerung vollständig aus meinem Leben zu verdrängen und mich auf meine neue Karriere zu konzentrieren. Und meine Erfolge geben mir recht, ich habe das Ganze weggeschoben, denke nicht mehr daran und habe mich längst damit abgefunden. Warum sollte ich also nicht die Rückkehr von Klaus Mayr mit der Möglichkeit verbinden, auch selbst zurückzukehren?

Ich versuche, die Situation ganz nüchtern zu betrachten. Wenn ich in der niederländischen Mannschaft bleibe, kann ich weiter große Ziele erreichen, ich kann den Weltcup gewinnen, kann ihn in verschiedenen Disziplinen gewinnen – im Slalom, im Riesenslalom. Aber eines kann ich nicht – ich kann auf keinen Fall im kommenden Jahr 1988 bei den Olympischen Spielen in Calgary für die Niederlande starten. Denn zum einen müsste ich hierfür die niederländische Staatsbürgerschaft annehmen, was ich aber unmöglich bis zu den Olympischen Spielen schaffen kann. Zum anderen würde mir auch dies nichts nützen, da ich schon einmal für Deutschland bei Olympia gestartet bin und daher laut Reglement bei den Spielen nicht mehr für ein anderes Land an den Start gehen darf. Aber Olympia ist der Höhepunkt jeder Sportlerkarriere. Das ist schon seit 776 vor Christus so, also seit mehr als 2000 Jahren, und wird sich sicherlich auch nicht so schnell ändern. Eine olympische Medaille ist in der Karriere eines Sportlers mit nichts zu vergleichen. Auch wenn meine zweite Karriere also noch so erfolgreich verläuft und ich jede Menge Weltcuprennen gewinne, so kann ich doch niemals den Höhepunkt erreichen, den ich schon einmal erreicht habe. Die Olympischen Spiele werden für mich tabu bleiben. Will ich das wirklich? Ich will doch dorthin, wo ich schon einmal war, nein, im Grunde will ich sogar mehr erreichen. Ich will mir und der Welt beweisen, dass ich von ganz unten wieder nach ganz oben kommen kann. Aber all das habe ich doch eigentlich von Anfang an gewusst, als ich in die niederländische Mannschaft gekommen bin. Natürlich habe ich es gewusst, aber irgendwie habe ich mir nicht wirklich Gedanken darüber gemacht. Vielleicht war auch einfach der Wechsel von Klaus Mayr zurück zur Damenmannschaft der notwendige Auslöser, um mir die Augen zu öffnen. Vielleicht habe ich die Wahrheit der Möglichkeiten meiner zweiten Karriere einfach verdrängt, ohne es zu merken. Oder ich habe mir darüber nie wirklich Gedanken gemacht, weil ich das Problem im Unterbewusstsein bereits erkannt hatte, es aber nicht wahrhaben wollte. Aber jetzt spüre ich ganz deutlich, dass der Wechsel von Klaus Mayr auch meine große Chance ist, wieder in die deutsche Mannschaft zurückzukehren. Klaus Mayr ist in meinen Augen der beste Trainer aller Zeiten. Mit ihm kann ich es schaffen. Also habe ich ein neues Ziel. Ich muss, wenn es auch schwerfällt, das niederländische Team verlassen und dahin zurückkehren, von wo man mich vor Jahren verstoßen hat.

Jetzt heißt es langsam und vorsichtig agieren. Ich darf auf keinen Fall einen taktischen Fehler machen. Zunächst muss ich herausfinden, wer auf meiner Seite steht. Was ist, wenn Klaus Mayr überhaupt nicht daran interessiert ist, dass ich in die Mannschaft zurückkehre? Vielleicht hat er mich längst vergessen, vielleicht hat er mich auch abgeschrieben. Am besten rufe ich ihn persönlich an und frage vorsichtig nach. Gesagt, getan. Schon die ersten Worte am Telefon und der Klang seiner Stimme verraten mir alles: Klaus hat mich weder vergessen noch abgeschrieben. Noch etwas zurückhaltend, erzähle ich ihm, dass ich in den letzten Jahren viel dazugelernt habe und, wie man an meinen Leistungen sieht, in einer guten Verfassung bin. Ich spüre sofort, dass er Verständnis für meine Situation und vor allem großes Interesse hat. Das gibt mir Mut, nicht länger um den heißen Brei herumzureden. Daher offenbare ich ihm, dass ich ernsthaft mit dem Gedanken spiele, in die Mannschaft zurückzukehren. Dass ich gerne wieder für meinen Heimatverband fahren möchte. Klaus Mayr ist von meinem Vorhaben begeistert: »Christa, ich wäre froh, wenn du wieder zum DSV zurückkehrst. Ich würde dich sehr gerne in der Mannschaft haben und dich trainieren. Ich weiß, dass du in einer guten Verfassung bist und dich hervorragend weiterentwickelt hast. Ich werde alles tun, was in meiner Macht steht, um deine Rückkehr zum DSV zu ermöglichen«, ermutigt er mich. Ich freue mich unbeschreiblich über seine Reaktion und bitte ihn, mich über den weiteren Verlauf der Dinge zu informieren. Aber wird er es wirklich schaffen, die Funktionäre des Verbandes zu überzeugen? Vielleicht wäre es hilfreich, wenn er noch einen Mitstreiter hätte, der sich für meine Belange einsetzt. Peter Hinterseer, Sportwart des Deutschen Skiverbandes, fällt mir ein. Peter hat auch immer zu mir gestanden. Ich kann mir durchaus vorstellen, dass wir ihn ins Boot holen können. Also rufe ich ihn an und erzähle ihm von meinem Vorhaben. Auch er ist sofort begeistert: »Christa, ich verspreche dir, dass ich dich unterstütze und alles tun werde, um dir den Weg zurück zu ermöglichen. Du hast so viel durchgemacht und hinnehmen müssen. Jetzt besteht die Chance, dass sich doch noch alles zum Guten wendet. Ich kann mir auch vorstellen, dass wir Kuno Meßmann auf unsere Seite ziehen könnten. Er hält sehr viel von dir und gehört nicht zu denen, die deinen Rauswurf damals befürwortet haben. Dann wären wir schon zu dritt.«

Das Pikante an der Person Kuno Meßmann ist allerdings, dass er als damaliger Sportwart diesen unglaublichen Rauswurf-Rundbrief des DSV unterzeichnen musste. Hat er damals aus Überzeugung gehandelt oder nur als Sportwart? Ich werde es sehen. Wenige Tage später bekomme ich die erfreuliche Nachricht von Klaus Mayr: »Kuno unterstützt uns ebenfalls. Der Verband hat für heute eine Sitzung einberufen, in der über deine mögliche Rückkehr entschieden werden soll. Wir drei werden alles für dich tun, was in unserer Macht steht. Ich werde dich so schnell wie möglich anrufen, wenn eine Entscheidung gefallen ist.« Nachdem ich den Hörer aufgelegt habe, schießen mir Tausende von Gedanken durch den Kopf. Es ist völlig verrückt, wieder stehe ich plötzlich vor einer Entscheidung, die mein Leben komplett verändern könnte. Und diese Entscheidung liegt nicht in meinen, sondern in den Händen anderer. Es ist wieder diese Macht, die über mein Schicksal entscheidet, wie sie es schon einmal getan hat. Was ist aber, wenn sich die Macht gegen mich wendet? Wirft mich das dann mental wieder so weit zurück, dass alles zusammenbricht, was ich mir jetzt so schwer und mühevoll erarbeitet habe? Oder kann ich diese Entscheidung verkraften und ohne Weiteres wegstecken, ohne dass sie meine Leistungen beeinträchtigt? Habe ich vielleicht schon wieder einen Fehler gemacht, überhaupt daran zu denken, in das deutsche Team zurückzukehren? Habe ich mir wieder selbst etwas in den Weg gelegt, was ich bald teuer bezahlen muss? Oder kommt alles doch ganz anders? Vielleicht entscheiden sie sich für mich, sind sie bereit, diese Mauer einzureißen, die zwischen uns aufgebaut wurde. Jede Mauer kann man einreißen, sei sie auch noch so hoch und noch so dick. Auch wenn diese Mauer schon sehr massiv ist, die zwischenmenschlichen Beziehungen sind oftmals sogar härter als jeder Stein. Wenn sie sich aber wirklich für mich entscheiden sollten, dann wäre das einerseits das größte Glück für mich, und gleichzeitig würde sich ein neues Problem auftun. Was sage ich dann dem niederländischen Team? Wie werden die Leute dort auf mein Vorhaben reagieren? All diese Gedanken zerfressen meinen Kopf. Ich versuche, mich zu beruhigen, und weiß, dass ich momentan nur abwarten kann, was passiert.

Wie gerne wäre ich jetzt ein unsichtbarer Geist, der durch das Schlüsselloch der verschlossenen Türen des DSV schlüpft und dabei ist, wenn über meine Zukunft beraten wird. Selbstverständlich habe ich vollstes

Vertrauen zu Klaus, Peter und Kuno. Plötzlich kommt mir der lustige Gedanke, dass sie die drei Musketiere sind, die jetzt für mich kämpfen.

Hinter verschlossenen Türen laufen die Verhandlungen derweil auf Hochtouren. Klaus hat meinen Wunsch zurückzukehren dargelegt und zeigt den Funktionären auf, welche Vorteile mein Comeback für das deutsche Team hätte. »Christa hat in der letzten Rennsaison mehr als deutlich gezeigt, dass sie in Topform ist. Ihr Sieg bei der internationalen Deutschen Meisterschaft war phänomenal. Sie hat unsere Mädchen um Längen geschlagen. Sie hat ein optimales Leistungsniveau und ist für mich eine der heißesten Anwärterinnen auf eine Medaille bei den Olympischen Spielen in Calgary«, versucht er die Herren Funktionäre zu überzeugen. »Durch ihre Leistungen werden auch die anderen Läuferinnen motiviert. Die positive Aura, die Christa ausstrahlt, überträgt sich sicher auf das ganze Team und wird uns allen helfen, das Tief der deutschen alpinen Skimädchen zu überwinden. Ich kenne Christa nur zu gut und bin mir sicher, dass sie mit ihrem Teamgeist eine Bereicherung, ja vielleicht sogar die Rettung unserer Mannschaft sein wird. Ich habe auch keinerlei Bedenken, dass die anderen Läuferinnen Probleme mit Christas Rückkehr haben könnten. Sie werden sicher in ihr keine negative Konkurrentin sehen, sondern sie als Mannschaftskameradin aufnehmen und integrieren. Und Christa ist flexibel, sie hat in den letzten Jahren nur zu oft lernen müssen, mit neuen Situationen fertig zu werden. Und ihr wird auch die Wiedereingliederung gut gelingen, da sie ja in die Heimat zurückkehrt und ihr alles vertraut ist.«

Peter Hinterseer und Kuno Meßmann untermauern vor dem Gremium die Ansicht von Klaus Mayr und bestätigen, dass auch sie die Rückkehr von Christa Kinshofer sehr begrüßen würden. Doch alle drei beißen bei den Funktionären zunächst auf Granit. »Wir können Christa Kinshofer nicht erst 1981 aus unserer Mannschaft werfen und sie dann sechs Jahre später wieder aufnehmen. Diese Blöße dürfen wir uns nicht geben«, meinen die Herren. »Was wird die Öffentlichkeit von uns halten? Wie sieht es dann mit unserer Glaubwürdigkeit aus? Wie werden die Medien darauf reagieren? Sie werden uns ins Kreuzverhör nehmen und Erklärungen für eine derartige Entscheidung erwarten.«

Peter, Kuno und allen voran Klaus entwickeln einen unheimlichen Kampfgeist, und zu meinem großen Glück ist besonders Klaus ein

Mensch mit einem starken Willen und enormen Durchsetzungsvermögen. Er bleibt hart gegenüber dem Gremium, lässt sich von seinem Vorhaben nicht so schnell abbringen und erklärt schließlich klipp und klar: »Ich will die Kinsi in meinem Team!«

Die Argumente, die Beharrlichkeit, der Druck und auch die Zeit wirken allmählich. Um fünf Uhr morgens sind dann schließlich die Verhandlungen beendet. Klaus Mayr hat die Funktionäre umgestimmt, und der Weg zurück in die deutsche Nationalmannschaft steht mir offen.

All das erzählt mir Klaus bei unserem Telefonat nur wenige Stunden später. Im ersten Moment weiß ich gar nicht, was ich sagen soll. Ich bin vor Freude sprachlos und hätte am liebsten ihn und die ganze Welt umarmt. Das ist eine Nachricht, die mein Leben erneut entscheidend verändern wird. Aber Vorsicht – ich muss aufpassen. Noch darf niemand etwas von meiner Rückkehr in die deutsche Mannschaft erfahren. Und sehr schnell holt mich nach der großen Freude die Ernüchterung ein, denn mir steht noch ein sehr schwerer Gang bevor, vielleicht einer der schwersten bisher. Ich muss mit dem niederländischen Verband sprechen. Und die Angst darüber, wie das Team und mein Trainer diese Nachricht wohl aufnehmen werden, legt sich wie eine dunkle Gewitterwolke über meine Euphorie. Aber es nützt nichts, ich muss auch dieses schwierige Thema angehen und mit meinem Team sprechen. Plötzlich durchzuckt mich ein furchtbarer Gedanke: Mein damaliger Wechsel vom Deutschen zum Niederländischen Skiverband war ja der Anlass für alle namhaften FIS-Nationen, eine neue Regelung zu verabschieden, die »Lex Kinshofer« wurde beschlossen: »Ab sofort verliert jeder Athlet, der den Verband wechselt, seine FIS-Punkte. Das Konto wird auf null gesetzt.« Und die Folgen dieser neuen Regelung habe ich ja am eigenen Leib verspürt. Die Jagd nach den FIS-Punkten war grausam. Aber wenn ich jetzt wieder den Verband wechsle, bleibt der Tatbestand doch, selbst wenn es eine Rückkehr ist, der gleiche. Dann greift doch wieder diese neue Vorschrift, und ich verliere erneut alle meine FIS-Punkte. Aber ich fange nicht noch einmal von vorne an, das schaffe ich beim besten Willen nicht mehr. Dieser Rückschlag wäre einfach zu groß.

Aufgeregt rufe ich Klaus Mayr an und erläutere ihm meine Überlegungen. Klaus aber beruhigt mich sofort. Die Funktionäre haben diese Regelung bereits diskutiert, und da das Ganze zwar ein Wechsel, aber vor allem eine Rückkehr ist, kann ich meine FIS-Punkte behalten. Die »Lex Kinshofer« ist in diesem Fall – und jetzt wird seine Stimme etwas dünn – nicht anwendbar. So ist es von den Herren Funktionären beschlossen worden. Erleichterung, Freude, aber auch Verwunderung darüber machen sich in mir breit. Es ist doch erstaunlich, was eine Macht alles bewirken kann.

Kurz darauf setze ich mich ins Flugzeug und fliege nach Amsterdam.

# 15. Mein schwerer Gang zu denen, die mich aufgefangen haben

»Dear passengers, please fasten your seatbelts. We are landing in Amsterdam in about 15 minutes. We wish you a nice stay in Amsterdam ... Meine sehr verehrten Damen und Herren, liebe Passagiere, bitte schnallen Sie sich jetzt an, wir werden in 15 Minuten in Amsterdam landen. Wir wünschen Ihnen einen schönen Aufenthalt.«

Trotz der guten Wünsche des Flugkapitäns werde ich sicherlich in Amsterdam keinen schönen Aufenthalt haben. Ich habe ein sehr schlechtes Gefühl, einen flauen Magen, und mir ist überhaupt nicht wohl in meiner Haut. Das liegt aber nicht an dem Flug, den ich hinter mir habe, sondern an dem schweren Gang, der jetzt vor mir liegt. Wie soll ich es nur meinem Trainer, der gesamten Mannschaft und den niederländischen Funktionären erklären? Sie haben mich damals, als ich ganz unten war, unterstützt, aufgefangen und mir wieder eine Perspektive gegeben. Wie werden sie meine Entscheidung, wieder zurück zum Deutschen Skiverband zu gehen, aufnehmen? Wie soll ich das Ganze am sinnvollsten angehen? Wahrscheinlich ist es das Beste, einfach die Wahrheit zu sagen. Aber was ist die Wahrheit? Tatsache ist, dass mich das niederländische Team zu einem Zeitpunkt aufgenommen hat, als mich der DSV fallen gelassen und aus der Mannschaft geworfen hat. Das Team der Niederlande, der Trainer und der gesamte Skiverband haben auf mich gebaut, haben Zeit und Geld in mich investiert, und jetzt muss ich ihnen sagen, dass ich wieder gehe.

Werden sie meine Entscheidung verstehen können? Sicher nicht. Sie werden hochgradig enttäuscht sein. Oder vielleicht doch nicht? Die Wahrheit ist, dass ich für das Team der Niederlande niemals an Olympischen Spielen teilnehmen könnte, mein Ziel aber ist, wieder an die absolute Weltspitze zu gelangen. Und die Weltspitze ist nun einmal Olympia. Vielleicht habe ich ja eine kleine Chance, dass sie das verstehen und meine Rückkehr zum DSV aus diesem Grund wenigstens nachvollziehen können.

Das Flugzeug ist jetzt gelandet, ich bin wohlbehalten in Amsterdam angekommen. Als Treffpunkt habe ich mit Ernst Zwinger die Flughafenlounge verabredet. Wenn eine Flughafenlounge auch sehr unpersönlich und nüchtern scheinen mag, so war mir dieser Treffpunkt doch ganz recht, da ich die Angelegenheit so schnell wie möglich hinter mich bringen will. Als ich die Lounge betrete, wartet Ernst Zwinger bereits mit einer Protokollführerin des Verbandes auf mich. Ich hatte ihn schon im Vorfeld über meine Gedanken an eine Rückkehr zum DSV informiert, sodass er nicht ganz unvorbereitet ist. Ich spüre, dass er eine gewisse Vorahnung über den möglichen Verlauf des Gesprächs hat, denn er begrüßt mich nicht mehr so, wie ich es gewohnt bin. Es herrscht eine gewisse Distanz, ja beinahe Kälte zwischen uns. Ich merke, wie ich unbewusst vermeide, ihm direkt in die Augen zu sehen. Das Ganze ist mir sehr unangenehm, und ich finde nur schwer in ein Gespräch. Doch irgendwann kann ich die üblichen Begrüßungssätze –»Wie war der Flug? Wie ist das Wetter in Deutschland?«, »Oh hier in den Niederlanden ist besseres Wetter« und so weiter – nicht länger fortsetzen. Also komme ich zur Sache, denn umso schneller habe ich es hinter mir. Ich rede nicht lange um den heißen Brei herum, sondern gebe meine Entscheidung bekannt. Sofort schlägt mir eine Welle der Enttäuschung entgegen, offenbar hat Ernst Zwinger insgeheim doch noch gehofft, dass ich bei ihm und dem niederländischen Verband bleiben würde. Er reagiert zunächst mit einer Mischung aus Verärgerung und maßloser Enttäuschung und scheint meine Entscheidung überhaupt nicht nachvollziehen zu können. Doch als ich ihm alles genauer erkläre, auch dass ich für die Niederlande niemals bei Olympia teilnehmen könnte, fängt er an, etwas Verständnis zu zeigen. Allerdings stellt er auch umgehend klar, dass der Niederländische Skiverband nicht nur sehr viel Zeit, sondern auch sehr viel Geld in mich investiert hat und daher einem Wechsel ohne eine Ablösesumme nicht zustimmen wird. Anscheinend hat er bereits im Vorfeld mit dem Verband über die Sache gesprochen. Für den Fall eines Wechsels besteht der Verband auf einer Ablösesumme in Höhe von 50.000 DM, heute rund 25.000 Euro. Darunter ist nichts zu machen. Natürlich habe ich damit gerechnet, dass es Probleme geben könnte, aber dieser Betrag ist dann doch ein ziemlicher Schock für mich. Denn der Deutsche Skiverband wird sicher nichts dafür bezahlen, dass ich wieder in die deutsche Mannschaft zurückkehre. Ich bitte Ernst Zwinger daher, diesen Betrag noch einmal zu überdenken, da es zwar stimmt, dass der Niederländische Skiverband sehr viel Zeit in mich investiert hat, ich den Verband aber finanziell nicht allzu sehr belastet habe. Denn soweit es ging, habe ich die Kosten, wie zum Beispiel die Reisekosten, selbst übernommen: Die Zimmer bei den einzelnen Rennen wurden vom Veranstalter bezahlt, und auch meine Ausrüstung habe ich selbst organisiert. Ernst macht mir jedoch klar, dass nicht er diese Summe festgelegt hat, sondern der Skiverband und er daher wenig Verhandlungsspielraum hat und mir nur schwer entgegenkommen kann. Letztendlich kann ich ihn dann doch dazu bewegen, die Ablösesumme auf 30.000 DM, heute rund 15.000 Euro, herabzusetzen. Ein Teil dieses Betrages kann mit den Rennprämien der Firma Völkl verrechnet werden, den anderen Teil werde ich aus eigener Tasche bezahlen müssen. Ein Rennläufer erhält für jeden Start von seiner Skifirma eine leistungsbezogene Prämie. Je besser die Platzierung, desto höher ist der ausbezahlte Betrag, der jeweils zur Hälfte an den Athleten und an den jeweiligen Skiverband geht.

Geschäftlich haben wir uns also geeinigt, aber ich sehe die große Enttäuschung, die Ernst Zwinger ins Gesicht geschrieben steht. Je länger ich mich jedoch mit ihm unterhalte, umso gelöster wird die Atmosphäre bei diesem Gespräch. Die Kälte, die negativen Emotionen, die Spannungen und die unangenehme Verhandlungsatmosphäre verschwinden allmählich. Stattdessen ist eine Mischung aus Verständnis und Mitgefühl spürbar. Irgendwann merke ich dann, dass nun nicht mehr der Verbandsvertreter Ernst Zwinger vor mir sitzt, sondern der Trainer und Sportler. Da Ernst Zwinger selbst ein erfolgreicher Skirennläufer war, kann er sich offenbar durchaus in meine Lage versetzen. »Sportlich gesehen, kann ich dich gut verstehen. Für die Niederlande könntest du niemals bei Olympia teilnehmen. Glaube mir, Christa, in deiner Situation hätte ich als Sportler wahrscheinlich genauso gehandelt. Aber es ist hart für den Niederländischen Skiverband, dass du jetzt wieder gehst, da du so großen Erfolg hast. Und menschlich bin ich sehr, sehr traurig. Das Team und ich werden dich vermissen.« Seine Stimme ist ruhig und warm, und ich beginne zu weinen. Plötzlich merke ich, wie schwer mir dieser Abschied fällt. Gleichzeitig weiß ich aber, dass ich Abschied nehmen muss, um den Weg bis zu meinem Ziel weiter gehen zu können. Ernst Zwinger nimmt mich in den Arm und wünscht mir für die Zukunft alles Gute: »Du wirst deinen Weg gehen, und es ist letztendlich für dich die einzige Möglichkeit, dein Ziel zu erreichen.« Ich weiß, dass seine Glückwünsche von Herzen kommen. Dann verabschieden wir uns in dieser Flughafenlounge, die ich mit einem so schlechten Gefühl betreten habe. Und ich verlasse den Flughafen Amsterdam erleichtert und »traurig-glücklich«.

Auf dem Rückflug nach München kommen mir immer wieder die Tränen, und die Stewardess fragt mich, ob sie etwas für mich tun könne. Ich antworte nur: »Nein danke!« Sie kann ja nicht wissen, dass ich gerade einen der schwersten Gänge meines Lebens hinter mir habe. Den Gang zu denen, die mich aufgefangen haben und die ich jetzt enttäuschen musste.

# 16. Bahn frei für das Comeback

»Die notorisch allerliebste Skiprinzessin ist heimgekehrt«, so kommentiert die *Bild am Sonntag* meine Rückkehr. Einst als »Glamourgirl« oder »Diva« abqualifiziert und gefeuert, kehre ich nun in die deutsche Damenmannschaft zurück. Mein niederländisches Exil liegt hinter mir. Es ist schon erstaunlich, wie viele Gedanken und Gefühle man in einem Moment in sich vereinen kann: die Trauer über den Abschied von dem niederländischen Team, die Freude über die Heimkehr in die deutsche Mannschaft, schöne Erinnerungen an harte Zeiten, die Angst vor einem Neuanfang ... Natürlich auch die Erleichterung darüber, dass eine schwere Zeit nun vorbei ist, und gleichzeitig Freude über den Neuanfang. Ich bin hin- und hergerissen, aber im Grunde macht es keinen Sinn, darüber nachzudenken, was hinter mir liegt. Ich stehe wieder einmal an einem Wendepunkt in meinem Leben und muss nach vorne schauen, nur das ist jetzt wichtig.

Glücklicherweise habe ich nicht lange Zeit dazu, mir Gedanken zu machen, was die Zukunft wohl bringen wird, denn die Vorbereitungen für die neue Saison beginnen, und ich bekomme die ersten Anrufe von Klaus Mayr und Kuno Meßmann. Klaus erklärt mir den Ablauf des diesjährigen Sommertrainings. Die Trainingspläne werden mir per Post zugesandt. Klaus möchte auf Nummer sicher gehen und ordnet für mich einen zusätzlichen Kraft- und Konditionstest an. Dieser soll in der Zentralen Hochschulsportanlage (ZHS) in München stattfinden. Dort ist die Klinik für Sportmedizin der Technischen Universität München unter der Leitung von Professor Bernett beheimatet. Die ZHS wurde 1972 zunächst für die

Olympischen Spiele errichtet und genutzt. Die angeschlossene Klinik ist dem Münchner Klinikum Rechts der Isar und der Münchner TU zugeordnet. Im medizinischen Bereich hat sich die ZHS vor allem auf die Betreuung von Leistungssportlern spezialisiert. Dort, an diesem olympischen Ort, soll nun also über meine olympische Zukunft entschieden werden. Es stellt sich heraus, dass ich körperlich absolut fit bin. Es gibt also keinerlei Konditionsprobleme oder einen Rückstand zur restlichen Damenmannschaft.

Wie üblich beginnt das Sommertraining im niederbayerischen Bad Griesbach. Die gesamte Mannschaft trifft sich dort erstmals zum Saisonauftakt. Auf der Fahrt dorthin sitze ich wieder allein im Auto und denke, wie so oft in derartigen Situationen, darüber nach, was mir jetzt wohl bevorsteht. Regine Mösenlechner, Marina Kiehl, Michaela Gerg, Christina Meier, Angelika Hurler, Anette Gersch, Katrin Stotz, Miriam Vogt, Traudl Hächer und Karin Dedler sind die anderen Damen im alpinen Skiteam des DSV. Sie alle werde ich bald im »Hotel König Ludwig« in Bad Griesbach treffen. Wie werden sie mich aufnehmen? Sind sie die Mannschaft, und eine Christa Kinshofer kommt nur dazu? In meinem »Exil« habe ich gelernt, was es heißt, auf sich allein gestellt zu sein. Ich war ein Eine-Frau-Team, ich war mein eigener Mannschaftsführer, Chauffeur und Organisator. Sicherlich wird sich so etwas in der deutschen Nationalmannschaft nicht wiederholen, die Organisation und das ganze Drumherum werden mir hier wieder abgenommen werden, aber bleibe ich trotzdem allein? Bleibe ich die Außenseiterin, oder wird mich die Mannschaft als verlorene Tochter mit offenen Armen empfangen? Vielleicht entsteht bei meinen Mannschaftskameradinnen auch ein negatives Konkurrenzgefühl? Natürlich gehört Konkurrenz zum Sport, aber die sportliche Konkurrenz sollte zwischen den verschiedenen Mannschaften bestehen und bei den Rennen auftreten. Hoffentlich mache ich mir nur wieder zu viele Sorgen und Gedanken, vielleicht ist meine Rückkehr für die Mädchen ja überhaupt kein Problem. Ich weiß es nicht. Auch in diesem Punkt ist es sinnlos, weiter darüber nachzudenken, ich muss einfach abwarten, was kommt. Letztendlich kann ich ohnehin nichts ändern, sondern muss mit der Situation fertig werden, die ich vorfinde.

Das »Hotel König Ludwig« ist ein wunderschönes Haus mit einem einmaligen Ambiente und Flair. Als ich dort ankomme, sind die Mädchen der Mannschaft fast vollzählig versammelt, und ich spüre sofort, dass sie mich mit einer gewissen Spannung erwartet haben. Sie begrüßen mich mit Respekt und Fairness ... ja, ich spüre bei den meisten auch die alte Freundschaft wieder, die uns in vergangenen Tagen einmal verbunden hat. Ich bin unheimlich erleichtert. Die Mädchen sind offenbar von Klaus Mayr auf unser Wiedersehen vorbereitet worden. Auch hier zeigen sich wieder die Klugheit und hervorragende Führungsqualität von Klaus. Ich bin ihm sehr dankbar dafür. Jetzt bin ich wieder in der deutschen Nationalmannschaft angekommen, ich bin wieder zu Hause. Bei unserem gemeinsamen Abendessen haben wir viel Spaß, schwelgen in alten Erinnerungen und freuen uns gemeinsam auf die Rennsaison, die nun vor uns liegt. Hoch motiviert, besprechen wir die bevorstehende Woche des Sommertrainings.

Die Zeit vergeht wie im Flug. Gleich nach dem Sommertraining folgen die Monate auf den Gletschern in Hintertux, Sölden, Pitztal, Kaunertal ... von Montag bis Freitag Training. Dazwischen Ski- und Materialtests, Gesundheitschecks, Belastungs-EKGs, Trainingsläufe, Zeitläufe im Slalom, Riesenslalom, Super-G. All das prägt die Monate August, September und Oktober 1987. In diesen Monaten des Trainings steigert sich auch unser Teamgeist. Wir sind alle enorm glücklich, unseren Klaus Mayr wiederzuhaben. Es ist deutlich zu spüren, dass die Mannschaft in den letzten Jahren eine frustrierende Zeit der Misserfolge erlebt hat. Die Mädels wissen aber, dass auch ich in den letzten Jahren nicht gerade auf rosa Watte gebettet war, und dennoch habe ich das erreicht, was ich wollte. Ich merke, dass sie mir gegenüber daher großen sportlichen Respekt haben, sie scheinen richtig froh zu sein über meine Rückkehr in die Mannschaft. Sie spüren meine kämpferische Aura und positive Einstellung zum Skisport und übernehmen das sehr gerne. Es ist ja nicht so, dass die Mädchen schlechter in Form wären als ich, aber sie konnten sich einfach unter ihrem alten Trainer in den letzten Jahren nicht richtig entfalten. Und dieser Druck, der sich in ihnen aufgebaut hat, lässt sich nur langsam abbauen. Doch es gelingt uns immer besser, uns von der Vergangenheit frei zu machen und auf das vorzubereiten, was vor uns liegt.

In mir baut sich allerdings allmählich ein ganz besonderer Druck auf, denn die ersten Olympia-Qualifikationsrennen in Sestriere rücken immer näher. Selten hat ein im Grunde nicht allzu bedeutendes Rennen so großes Medieninteresse bei Journalisten und Fernsehanstalten ausgelöst. Alle wollen dabei sein bei meinem Triumph oder meinem Fall, je nachdem. Es ist Dienstag, der 24. November 1987. Die deutsche Damenmannschaft kommt im italienischen Sestriere in der Region Piemont an. In dem nahe der französischen Grenze liegenden Skiort sind schon häufig Weltcuprennen ausgetragen worden. Der Ort ist eingerahmt von Bergen, die niedrig wirken, obwohl sie bis zu 3200 Meter hoch sind. Der Grund dafür ist, dass der Ort Sestriere selbst bereits auf über 2000 Metern liegt.

In den zwei Tagen bis zum Rennen am Donnerstag können wir uns gut akklimatisieren und noch einige Trainingsläufe absolvieren. Dann endlich ist es so weit, der Renntag mit dem anstehenden Slalom ist gekommen – ein sonniger, kalter, schöner Tag, Pulverschnee und eine Schar von Journalisten, die sich alle die gleiche Frage stellen: »Wird es Christa Kinshofer gelingen, in ihrem ersten Rennen für Deutschland erfolgreich zu sein? Kann sie an ihre ehemaligen großen Erfolge anknüpfen? Wird sie sich vielleicht schon im ersten Rennen für die Olympischen Spiele in Calgary qualifizieren, oder wird ihr erstes Rennen ein großer Flop?«

Ein unheimlicher Druck lastet auf mir, und Klaus Mayr spürt natürlich, wie ich dadurch unter Anspannung stehe. Doch wieder einmal findet er sofort das perfekte Rezept dafür. Er hält die gesamte Presse in den letzten Stunden vor dem Start von mir fern. Freundlich, aber bestimmt bittet er um Verständnis dafür, dass ich mich auf mein Rennen konzentrieren muss und nun wirklich keine Zeit und auch keinen Sinn dafür habe, Fragen zum möglichen Rennausgang zu beantworten. Er ist einfach ein Genie darin, in schwierigen Situationen genau das Richtige zu tun. Ich bin ihm wahnsinnig dankbar dafür und konzentriere mich allein und in absoluter Ruhe auf dieses Rennen, in dem ich mit Startnummer 28 an den Start gehe. Ich bin ganz ruhig, Start, die ersten Tore – es läuft optimal. Ich zwinge meinen Ski keinen Deut mehr auf die Kante, als es sein muss. Die Übergänge von einem Schwung zum anderen sind weich. Ich fahre wie in alten Zeiten. Konzentration von Tor zu Tor, jede Aufgabe ist neu, nur noch wenige Tore … Ziel. Erster Durchgang: Platz 3 – eine Sensation bahnt sich an. Die Zeit bis zum zweiten Durchgang erscheint mir wie eine Ewigkeit. Das Wichtigste ist jetzt, die Konzentration nicht zu verlieren und die Nerven zu behalten. Zweiter Durchgang. Wieder läuft alles bestens: explosiver Start, Ziel, vierter Platz hinter der Spanierin Blanca

Fernández Ochoa, der Jugoslawin Mateja Svet und der Schweizer Skikönigin Vreni Schneider. Als Vierte bin ich beste und einzige Deutsche unter den Top 15. Riesenjubel im deutschen Team. Klaus Mayr stürmt auf mich zu, nimmt mich in den Arm, drückt mich und flüstert mir ins Ohr: »Die erste Prüfung hast du bestanden. Du bist die beste Deutsche und jetzt schon für den Start im Slalom bei der Olympiade in Calgary qualifiziert.«

Mir fällt nicht nur ein Stein, sondern die gesamten bayerischen Alpen vom Herzen. Ich merke, wie glücklich auch Klaus Mayr ist. Seine Entscheidung hat sich damit als richtig erwiesen. Vor Monaten hat er sich für mich eingesetzt, hat gekämpft für meine Rückkehr in sein Team, und schon beim ersten Rennen zeigt sich, dass es die richtige Entscheidung war und er nicht umsonst gekämpft hat. Ich bin stolz, dass ich auf der Rennstrecke das umsetzen konnte, was er sich von mir erwartet hat. Das ganze Team jubelt und freut sich mit mir – es ist eine ehrlich gemeinte Freude unter Mannschaftskolleginnen. Allzu gerne würde ich mein Glück noch mit anderen Rennläuferinnen aus unserem Team teilen, aber ich bin leider die Einzige aus unserer Truppe unter den ersten 15. Natürlich ist es schade, dass keine meiner Mannschaftskameradinnen in die vorderen Ränge gefahren ist, andererseits bin ich aber auch froh, dass ich niemanden gleich in meinem ersten Rennen von einer guten Platzierung verdrängt habe. Für die Medien ist mein Erfolg eine wahre Sensation. Denn damit hat im Grunde niemand wirklich gerechnet. Insgeheim hat mir niemand vor dem Rennen auch nur die geringste Chance auf eine gute Platzierung gegeben. Aber heute hat sich gezeigt, dass im Leben doch manchmal Märchen wahr werden, und so wird aus der hämischen »Märchenstunde der Christa Kinshofer« aus dem *Münchner Merkur* die Sensationsschlagzeile »Christa Kinshofer qualifiziert sich beim ersten internationalen Rennen für Calgary!«. Mit diesem Rennen habe ich mir das Ansehen und den Respekt sowohl bei den Medien als auch in der gesamten Sportwelt zurückerobert. Doch auch wenn der vierte Platz eine Sensation ist, ist er noch lange kein Sieg. Es besteht also kein Grund, ausgiebig zu feiern oder sich auf irgendetwas auszuruhen.

Zwei Tage später, der 28. November 1987 – der Super-G steht auf dem Programm. Kann ich mich auch für diese Disziplin bereits im ersten Rennen qualifizieren? Start – Ziel – achter Platz. Zweitbeste im Team hinter Michaela Gerg, die Vierte wurde. Neunte ist Traudl Hächer, Zwölfte Regine Mösenlechner, und Marina Kiehl als Dreizehnte rundet das gute Ergebnis unserer Mannschaft ab. Fünf deutsche Damen unter den ersten 15. »Die Mayr-Puppen haben wieder zugeschlagen!«

Hoch motiviert und überglücklich kommen wir aus Sestriere zurück. Durch meinen achten Platz bin ich auch für den Super-G bereits ein Stück weit nach Olympia unterwegs. Klaus Mayr hat mir allerdings gesagt, dass ich meinen achten Platz in den nächsten Rennen noch bestätigen muss, da die Leistungsdichte in dieser Disziplin im Moment bei den Damen sehr hoch ist und nur die besten vier an den Start gehen können. Er hat zur Vorbereitung auf das nächste Rennen am 12. Dezember in Leukerbad/ Schweiz ein hartes Trainingsprogramm zusammengestellt. Es ist wieder ein Super-G-Rennen, und vielleicht kann ich mit einer weiteren Platzierung unter den ersten 15 meine Qualifikation für Olympia auch in dieser Disziplin sichern.

Und tatsächlich gelingt mir in Leukerbad ein 15. Platz. Klaus Mayr kommt zu mir und sagt:»Christa, jetzt bist du auch für das Super-G-Rennen in Calgary qualifiziert.« Nach der Olympianorm des deutschen Nationalen Olympischen Komitees (NOK) muss man in einer Disziplin entweder einmal unter den ersten acht oder zweimal unter den ersten 15 platziert sein, um sich für diese Disziplin bei den Olympischen Spielen zu qualifizieren. Qualifizieren sich jedoch mehr als vier Läuferinnen, kann es durchaus passieren, dass man zwar die Vorgaben erfüllt hat, aber dennoch nicht mitfahren darf, weil es nur maximal vier Startplätze je Nation gibt und eben nur die Besten mitfahren dürfen.

Auf das nächste Rennen freue ich mich ganz besonders. Es ist der Weltcupslalom in Piancavallo/Friaul am 19. Dezember 1987. Ich kenne diesen Skiort sehr gut und habe nur die allerbesten Erinnerungen daran. Piancavallo ist ein typisch italienischer Ort mit einigen Hotels und schönen Pisten, dessen angenehmes Ambiente mich immer unheimlich zufrieden und glücklich macht. Der Duft nach warmem Espresso, frischem Käse und einheimischen Wurstspezialitäten lässt ein herrliches Dolce-Vita-Gefühl entstehen. Aber mit diesem Ort verbinde ich noch eine weitere wunderschöne Erinnerung. Meine Europacup-Zeit führte mich bereits 1977 nach Piancavallo. Damals wurde als spezielles Abendprogramm am Rande der Skirennen eine Misswahl veranstaltet. Ich war gerade 16 Jahre alt und habe wirklich mit allem gerechnet, nur nicht damit, Miss Piancavallo zu werden. Doch es ist tatsächlich passiert. Überglücklich und stolz schlüpfte ich damals in die bei solchen Misswahlen übliche Schärpe. Doch das war noch nicht der einzige Höhepunkt an diesem Abend. Als frischgebackene Miss Piancavallo hatte ich einen meiner ersten Flirts mit einem italienischen Rennläufer. Roberto gab mir im strömenden Regen vor dem Hotel, hinter unserem Mannschaftsbus, meinen ersten Kuss. Es war wirklich ein unheimlich aufregender Abend. Und diesem Flirt folgte eine lange Brieffreundschaft, und es blieb eine wunderschöne Erinnerung an Piancavallo.

Jetzt bin ich allerdings nicht hier, um zu flirten, sondern mein Ziel ist es, beim Slalom eine gute Platzierung zu erreichen. Vielleicht gelingt es mir auf diese Weise, wieder eine Art »Miss Piancavallo« zu werden. Irgendwie habe ich das Gefühl, dass mir die vielen guten Erinnerungen an diesen Ort dabei helfen werden. Ich telefoniere noch am Vorabend des Rennens mit meinem Vater. Er hat heute in seinem Betrieb Weihnachtsfeier und wünscht mir für das Rennen viel Glück. Ich merke an seiner Stimme, dass es ihm unheimlich leidtut, nicht dabei sein zu können. Am Abend sitzt die ganze Mannschaft noch beisammen, und es herrscht eine unheimlich gute Stimmung. Wir alle sind sehr motiviert und voller Zuversicht für den nächsten Tag. Natürlich habe ich in der Runde die Geschichte von meinem ersten Flirt mit Roberto erzählt, was alle sehr amüsiert hat. Einige haben sogar scherzhaft gemeint, dass bei so einer Art von Doping beim Rennen ja eigentlich nichts schiefgehen könne. Nun ja, so ganz unrecht haben die Mädchen nicht. Denn schöne Erinnerungen können einen durchaus beflügeln, aber Doping ist das noch lange nicht, zumindest steht es nicht auf der Liste!

Ich habe gut geschlafen, Piancavallo begrüßt uns alle mit einem Wettertanz aus Nebel und Sonne. Nach dem Frühstück und der Teambesprechung gehe ich noch vor das Hotel, um für einige Momente allein zu sein und mich zu konzentrieren. Als ich zum Hotelparkplatz komme, traue ich meinen Augen nicht. Das Auto dort kenne ich doch, und die beiden Herren im Auto sind mir ebenfalls bestens bekannt. Das gibt es doch gar nicht. Mein Vater und sein Freund Willy Hofäcker haben sich nach der Weihnachtsfeier noch in ihr Auto gesetzt und sind die Nacht über durchgefahren. Natürlich haben sie kein Zimmer mehr bekommen und den Rest der Nacht daher im Auto verbracht. So etwas ist typisch für meinen Vater, er ist einfach einmalig. Überglücklich begrüße ich die beiden

und frage meinen Vater: »Was hast du denn da für einen neuen Hut auf?«
»Das ist mein neuer Siegerhut«, meint er, »den habe ich jetzt immer auf,
bis die Olympischen Spiele vorbei sind.« Auch das ist typisch für meinen
Vater. Er hat immer eine positive, motivierende und tolle Ausstrahlung,
die mir in meinem Leben schon so oft geholfen hat. Seine Augen glänzen
und machen mich zu einem der glücklichsten Menschen an diesem Tag.

Bei der Besichtigung erweist sich der Hang als perfekter Slalomhang.
Steil, gut präpariert – perfekte Pistenverhältnisse. Allerdings gibt es einige schwierige Übergänge zwischen Flach- und Steilpassagen. Klaus Mayr
warnt mich, dass ich hier vorsichtig sein muss. »Du musst sehr dosiert in
diese Übergänge hineinfahren, damit du ja nicht zu weit hinten auf den
Skiern sitzt. Denk immer an deine Rücklage, das ist bei diesem Hang sehr
gefährlich.« Ich nehme mir diesen Ratschlag zu Herzen und fahre den
ersten Durchgang aggressiv, angriffslustig, aber noch mit einer gewissen
Vorsicht. Im Ziel angekommen, stehe ich auf Platz 6 – eine gute Ausgangsposition. In Gedanken fahre ich den ersten Durchgang noch einmal
durch. Mit den Übergängen komme ich gut zurecht, der Wechsel zwischen
flachen und steilen Passagen liegt mir. Der Lauf war eigentlich fehlerfrei,
also gibt es keinen Grund zur besonderen Vorsicht. Daher heißt es volles
Risiko und Angriff im zweiten Durchgang. Start – Ziel – überragende Bestzeit. Die anderen Läuferinnen sind um Längen geschlagen. Das bedeutet
Sieg in Piancavallo vor der Französin Patricia Chauvet und der Jugoslawin
Veronika Sarec. Es ist unvorstellbar. Nach sechs Jahren habe ich wieder
ein Weltcuprennen gewonnen. Und ich bin die Einzige aus unserem Team
unter den ersten 15.

Überglücklich nimmt mich mein Vater in die Arme. Seine Augen funkeln in der Wintersonne von Piancavallo. Dann gibt es ein Riesenfest, die
Italiener verstehen es einfach zu feiern. Ich wusste gar nicht, dass ich so
viele Fans in Italien habe. Ich bin für sie die *Signora Kinsi*, die *bella bionda*
mit den langen Beinen. Da auch keine Italienerin unter die ersten 15 gefahren ist, machen mich die italienischen Fernsehsender zum Superstar
des Tages. Es ist mir also tatsächlich noch einmal gelungen, ich bin wieder die »Miss Piancavallo«, allerdings dieses Mal nicht mit einer Schärpe
um den Körper, sondern mit einem großen Pokal in den Händen.

Als ich endlich Zeit finde für ein Telefonat mit meiner Schwester Bärbel, um ihr von diesem Erfolg zu berichten, empfängt sie mich mit den

Worten: »Also doch! Ich habe es ja gewusst. Heute früh bin ich mit Mama beim Einkaufen gewesen, und im Auto lief das Lied von den Bee Gees *You Win Again*. Da habe ich zu Mama gesagt: ›Du wirst sehen, heute gewinnt sie wieder.‹ Ich freu mich so für dich, endlich bist du wieder da, wo du hingehörst – ganz oben.« Es ist einfach großartig, eine solche Familie im Rücken zu haben!

Trotz Sieg und Sensation bleibt mir aber wieder kaum Zeit, um ausgiebig zu feiern, doch das macht mir nichts aus. Schließlich bin ich nicht hier, um zu feiern, sondern um Rennen zu fahren. Und für den nächsten Tag steht der Riesenslalom auf dem Programm. Auch hier habe ich Glück und erreiche den 15. Platz. Anschließend kehre ich zufrieden und glücklich nach Hause zurück, um im Kreise meiner Familie Weihnachten zu feiern.

Der Zufall will es so, dass das nächste Rennen in Bad Gastein am 24. Januar 1988 stattfindet – an meinem Geburtstag. Wird mir das Glück bringen? Kann ich mir selbst ein Geburtstagsgeschenk mit einer guten Platzierung machen? Wir werden sehen. Ich freue mich sehr auf dieses Rennen in Bad Gastein, denn hier fanden auch die allerersten Rennen meiner Karriere statt. Ich kann mich noch sehr gut daran erinnern, wie stolz wir Läuferinnen waren, als uns im »Hotel Kaiserin Elisabeth« zum ersten Mal ganz vornehm das Frühstück serviert wurde. Jetzt sind wir wieder in diesem Hotel untergebracht, und bei uns allen machen sich die guten Erinnerungen positiv bemerkbar. Ich finde es auch schön, endlich wieder in meinen geliebten Bergen als DSV-Läuferin starten zu können. Leider gratuliert mir die Sonne nicht zu meinem Ehrentag, und so geht es bei starkem Schneefall und Bewölkung an den Start. Doch das bringt mich nicht weiter aus der Konzentration, ich weiß, dass das heute mein Geburtstagsrennen werden kann. Und das wird es dann auch, denn hinter Vreni Schneider und vor Corinne Schmidhauser strahle ich zwischen den beiden Schweizerinnen als Zweitplatzierte auf dem Siegerpodest. Einen schöneren Geburtstag kann ich mir gar nicht vorstellen. Bereits im Zielraum ist mein Bruder Klaus mit einer Geburtstagstorte in der Hand über die Barriere gesprungen und hat mir gratuliert. Nicht einmal die Sicherheitsleute haben ihn von dieser Glückwunschaktion abgehalten. Schließlich feiern alle das überglückliche Geburtstagskind Christa Kinshofer.

Nach einem neunten Platz beim Riesenslalom am 30. Januar 1988 und einem sechsten Platz am 31. Januar 1988 im Slalom in Kranjska Gora gehen die Vorbereitungsrennen für die Olympiade in Calgary zu Ende. Wenn ich auf die vergangenen zwei Monate zurückblicke, erschrecke ich beinahe vor mir selbst. Es ist mir doch tatsächlich gelungen, mich in fünf Disziplinen für die Olympischen Spiele in Calgary zu qualifizieren: für die Kombinationsabfahrt, den Kombinationsslalom, den Super-G, den Riesenslalom und den Spezialslalom. Jetzt ist die Bahn frei für mein wirklich großes Comeback.

# 17. Olympia 1988 – zwei Medaillen, drei Siege

Zu den Geheimrezepten unseres Trainers Klaus Mayr gehört, dass er sein Team in den letzten Tagen vor sportlichen Großereignissen wie den Olympischen Spielen quasi »aus dem Verkehr zieht«. Zu diesem Zweck quartiert Klaus unsere gesamte Mannschaft noch für eine Woche im »Hilton-Hotel« am Tucherpark in München ein. Wir sind in den letzten Wochen und Monaten genug Ski gefahren, daher stehen jetzt Konditionstraining, Kraft-Ausdauer-Training und ein spezielles Schnell-Kraft-Training auf dem Programm. Da Klaus gute Verbindungen zum Fußballverein FC Bayern hat, dürfen wir in den Sporthallen des Rekordmeisters an der Säbener Straße trainieren. Es ist ein hartes Training, aber das macht uns nichts aus, denn wir wissen ja, wofür wir es absolvieren. Wir trainieren für Olympia!

Unser intensives Training bleibt auch dem Hausmeister des Geländes, der uns täglich aufsperrt, nicht verborgen. Mit heimlicher Bewunderung kommentiert er: »Wenn das unsere Fußballer machen müssten, würde keiner mehr Fußball spielen.« Damit hat er charmant ausgedrückt, dass nicht nur Männer hart trainieren können, wenn sie ein Ziel vor Augen haben.

Nach dieser Woche heißt es dann für uns Koffer packen, Abschied nehmen von der Familie und Freunden und dann eine Woche vor Beginn auf nach Calgary zu meinen zweiten Olympischen Spielen. Mein Vater will unbedingt auch dabei sein, was mich unheimlich freut. Er wird eine Woche nach uns losfliegen. Das Team kommt am 8. Februar gut in Calgary an, und wir freuen uns auf die nun bevorstehende Eröffnungsfeier. Calgary hatte sich schon zweimal vergeblich um die Olympischen Winterspiele beworben. Angeblich kam der Zuschlag vom IOC, dem International Olympic Committee, erst, nachdem jeder der damals 800.000 Einwohner fünf Dollar an das kanadische NOC, das National Olympic Committee, gespendet hatte. Bei der Entscheidung setzte sich Calgary gegen Cortina d'Ampezzo (Italien) und Falun (Schweden) durch. Zum ersten Mal dauern die Winterspiele 16 statt bisher zwölf Tage. Sie stehen unter dem Motto »Come together in Calgary«, und es werden 1,3 Millionen Besucher kommen, so viele wie noch nie bei einer Winterolympiade. Auch waren noch nie so viele Sportler am Start. Und eine von den 1423 teilnehmenden Sportlerinnen und Sportlern bin ich.

Ich bin unheimlich stolz und freue mich auf die Eröffnungsfeier der 15. Olympischen Winterspiele, die am Samstag, den 13. Februar 1988, im McMahon-Stadion stattfindet. Eine unvergleichlich tolle und beeindruckende Eröffnungsfeier erwartet uns. Ein zu den Olympischen Ringen formierter Chor eröffnet die Feierlichkeit um 13 Uhr Ortszeit (deutsche Zeit: 20 Uhr) mit dem zum Motto passenden Lied *Come together*. Zu Beginn marschieren die verschiedenen Volksstämme des Multinationalitätenlandes Kanada in bunten Kostümen ein. Das mit zehn Millionen Quadratkilometern Fläche nach Russland zweitgrößte Land auf diesem Erdball zeigt damit in beeindruckender Weise das große Spektrum seiner verschiedenen Bevölkerungsgruppen. Es folgt der lange Einmarsch der 57 teilnehmenden Nationen, acht Mannschaften mehr als bei den letzten Winterspielen 1984 in Sarajevo. Noch nie waren die Spiele so international. Nach dem strengen olympischen Protokoll folgen nun die Reden von Frank King, Juan Antonio Samaranch und der Gouverneurin Jane Sauve. 1000 Tauben steigen in den weiß-blauen Himmel über dem Stadion, Fahnen werden gehisst, und die olympische Hymne erklingt. Dann kommt es endlich, Millionen von Zuschauern auf der ganzen Welt haben es erwartet: das olympische Feuer, das mehr als 18.000 Kilometer über kanadischen Boden getragen wurde. Die kanadische Eisschnellläuferin Cathy Priestner, die 1976 Silber gewonnen hat, und der Skirennläufer Ken Read, fünfmaliger Weltcupsieger in den 70er- und Anfang der 80er-Jahre, laufen mit der olympischen Fackel in das Stadion ein. Sie übergeben das Feuer an den Rollstuhlfahrer Rick Hansen, der seit seinem 15. Lebensjahr nach einem Unfall hüftabwärts gelähmt ist. Rick ist kanadischer Rollstuhl-Volleyball- und Rollstuhl-Basketballmeister. Bei den Olympischen Sommerspielen

1980 und 1984 hat er insgesamt drei Gold-, zwei Silber- und eine Bronzemedaille über 800 und 1500 Meter sowie im Marathon und in der Staffel gewonnen. Hansen repräsentiert die Athleten mit Behinderung, die Paralympioniken, die bei diesen Olympischen Winterspielen jeweils einen Langlauf- und einen Riesenslalomwettbewerb für Damen und Herren als Vorführwettkämpfe austragen werden. Vorführsportarten sind die Disziplinen, die bei den nächsten Olympischen Spielen ins reguläre Programm aufgenommen werden sollen. Ab 1992 im französischen Albertville werden dann die Paralympics zusammen mit den Olympischen Spielen erstmals am selben Ort stattfinden. Bisher wurden diese immer abgesondert an einem anderen Ort ausgetragen. So fanden 1988 die Olympischen Winterspiele in Calgary statt und die Paralympics in Innsbruck. Hansen reicht das Feuer an die erst zwölfjährige Eiskunstläuferin Robin Perry weiter. Das Mädchen läuft die Stufen hinauf und damit dem wohl größten Augenblick seines Lebens entgegen. Die Flamme der 15. Olympischen Winterspiele in Calgary ist entzündet.

Tief bewegt stehe ich inmitten meiner Mannschaft und überlege, was diese Spiele wohl für mich bringen werden. Wird es mir gelingen, hier mein Comeback zu feiern? Werden diese Spiele der Lohn sein für die 1000 Tage harter Arbeit, die hinter mir liegen? Ich weiß es nicht. Eigentlich möchte ich mir auch in diesem Moment gar keine Gedanken darüber machen, denn die Eröffnungsfeier ist so überwältigend, dass ich mich lieber auf das konzentriere, was um mich herum geschieht. Der kanadische Weltcupsieger im Langlauf Pierre Harvey spricht nun den olympischen Eid. Die Atmosphäre ist unheimlich feierlich, es wirkt, als würde sich keiner der Zuschauer im Stadion zu atmen trauen. Ein wahrlich beeindruckender und wunderschöner Moment. Dann stürmen an die tausend Tänzerinnen und Tänzer aller Altersgruppen in das Stadion und formieren sich zu einem farbenprächtigen Squaredance – ein buntes und lustiges Spektakel. Zum krönenden Abschluss stimmt der Chor noch einmal ein Lied an, Showstars strömen tanzend und singend in das Stadion, wieder fliegen Tauben über die Köpfe der Zuschauer und Athleten hinweg. Begeistert applaudiert das Publikum und bejubelt dieses fantastische Finale. Beim Ausmarsch aus dem McMahon-Stadion werden wir Athleten aller Nationen von den rund 40.000 Zuschauern mit einem herzlichen Applaus verabschiedet – die Winterspiele in Calgary sind somit offiziell eröffnet.

Für mich steht als erster Punkt die Kombinationsabfahrt am 20. Februar 1988 auf dem Programm. Bis dahin nutzen wir die Zeit, um vor Ort zu trainieren. Zum ersten Mal finden bei Olympia fünf alpine Wettbewerbe statt. Neben den klassischen Disziplinen Slalom, Riesenslalom und Abfahrt werden noch der Super-G und die Kombination ausgetragen.

Am 19. Februar 1988, einen Tag vor meinem ersten Start bei diesen 15. Olympischen Spielen, sind unsere Trainer und die Verantwortlichen frühmorgens schon auf dem Weg zur Spezialabfahrt der Damen, die heute stattfinden wird. Einige meiner Mannschaftskameradinnen und ich wollen diesen Tag allerdings für das Slalomtraining nutzen und gehen wie üblich in Richtung Skicontainer, um dort unsere Skier abzuholen. Plötzlich kommt mir eine offizielle Olympiahostess entgegen und ruft: »Are you Miss Kinshofer? I have a message for you.« Als ich bejahe, hält sie mir einen Briefumschlag hin und erklärt, dass sich darin eine Notiz über einen Telefonanruf befindet, den sie erhalten hat. Eine männliche Stimme habe eine Nachricht für mich hinterlassen, die lautet: »Deadly accident in your family.« Ein tödlicher Unfall in meiner Familie? Ich bin wie gelähmt. Was ist passiert? Wer hat da angerufen? Die Hostess kann mir weder den Namen des Anrufers noch irgendwelche anderen Informationen geben. Ich bin völlig verzweifelt, einem Nervenzusammenbruch nahe. Ist meiner Mutter, meinen Geschwistern etwas passiert? Wo ist mein Vater? Normalerweise kommt er immer gegen neun Uhr zur Pressestelle. Wie in Trance laufe ich Richtung Pressezentrum. Auf dem Weg dorthin begegnet mir unser Mannschaftsarzt Dr. Walter Mang. Nachdem ich ihn schnell darüber informiert habe, was vorgefallen ist, will er mir helfen und mich begleiten. Als wir das Pressezentrum erreichen, ist mein Vater nicht da. Vielleicht ist ihm ja etwas passiert. Möglicherweise hatte er auf dem Weg hierher einen schweren Verkehrsunfall. Durch meinen Kopf schwirren schreckliche Bilder. Endlich finde ich im Pressezentrum ein Telefon, von dem aus ich nach Deutschland telefonieren kann. Aber halt, da ist ja die Zeitverschiebung, vielleicht erreiche ich gar niemanden zu Hause, doch ich muss es versuchen. In Miesbach geht niemand ans Telefon, also rufe ich in Rosenheim bei meinem Mann an. Zum Glück ist er da. Als ich ihm aufgeregt berichte, was passiert ist, beruhigt mich Reinhard sofort: »Deine Mutter steht neben mir, sie ist gerade zufällig bei mir in Rosenheim. Mit ihr ist alles in Ordnung.« Zum Glück – meiner Mutter ist nichts passiert. Doch was ist mit meinen Geschwistern? Wo sind sie? Reinhard kann mir das zwar im ersten Moment auch nicht beantworten, aber natürlich hat er recht, als er sagt, dass meine Mutter es sicher als Erste erfahren hätte, wenn etwas passiert wäre. Das beruhigt mich ein bisschen. Ich beende das Gespräch, denn jetzt denke ich nur noch an meinen Vater. Er ist doch eigentlich immer pünktlich, wo bleibt er nur? Auf ihn kann ich mich doch sonst stets verlassen. Er hat mir immer beim Training zugesehen, war immer da. Wo ist er heute? Es hat keinen Sinn, weiter am Telefon zu warten, wo und wie sollte ich ihn per Telefon erreichen? Dr. Mang versucht mich weiter zu beruhigen, was ihm allerdings nur sehr schwer gelingt.

Endlich sehe ich einen Mann, der zu Fuß Richtung Pressezentrum unterwegs ist. Ist das mein Vater? Ja, ich erkenne ihn sofort an seinem Siegerhut, den er seit Piancavallo fast nur zum Schlafen absetzt. Gott sei Dank, ich bin unbeschreiblich erleichtert und glücklich, dass offenbar keinem aus meiner Familie etwas zugestoßen ist. Mein Vater, der von alledem natürlich nichts mitbekommen hat, wundert sich sehr, als ich ihm weinend um den Hals falle. Nur ganz langsam kann ich mich beruhigen und ihm die ganze Geschichte erzählen. »Ist doch gut, Christa, es ist ja nichts passiert. Das war sicher alles nur ein Irrtum«, tröstet mich mein Vater. Ja, zum Glück ist nichts passiert, aber schon kommen andere schreckliche Gedanken in mir auf. Wer macht so etwas? Wer will mir hier im olympischen Dorf, bei diesen Olympischen Spielen etwas Böses? Da will jemand doch ganz bewusst mit so einer Aktion meine Konzentration und Vorbereitung auf die Rennen durcheinanderbringen. Anscheinend will mich jemand verunsichern. Aber nur ein Insider weiß, wie groß die psychische Belastung eines Sportlers bei solchen Großereignissen ist. Wie wichtig es ist, dass man sich mental frei macht und ausschließlich auf den Wettkampf konzentriert. Wer kann es also sein?

Endlich kommt unser Trainer Klaus Mayr, er strahlt vor Freude, denn Marina Kiehl hat die Spezialabfahrt der Damen gewonnen. Es ist die erste Goldmedaille für unser Team. Diese freudige Nachricht ist ein guter Ausgleich für den Schock, der immer noch tief in mir sitzt. Klaus ist selbstverständlich ebenfalls bestürzt, als er erfährt, was geschehen ist. Aber die Freude über die Goldmedaille überstrahlt dieses bösartige Ereignis. Mein Vater geht nun mit mir in ein Lokal und versucht, mich zu trösten. Er redet beruhigend auf mich ein, versichert mir, dass alles nur ein dummer Scherz war. Doch wenn ich in seine Augen blicke, dann sehe ich darin eher Sorge und auch Angst. Irgendwann bin ich äußerlich wieder gefasst, aber innerlich bin ich noch völlig verstört. Ich stehe vor einem Rätsel. Wird das Rätsel dieser eigenartigen Todesnachricht jemals aufgeklärt werden?

Das ganze Team hat sich natürlich sehr über die Goldmedaille von Marina Kiehl gefreut. Am Abend sitzen wir beim Essen zusammen und feiern ein wenig. Ich versuche, mich abzulenken und nicht mehr an diesen schrecklichen Vorfall zu denken. Morgen ist die Kombinationsabfahrt, mein erster Start bei diesen Olympischen Spielen. Ich muss mich auf dieses Rennen konzentrieren, und ich werde mich nicht aus dem Konzept bringen lassen. »Nein, du Unbekannter. Du wirst nicht den Erfolg haben, den du dir von deiner Nachricht erwartet hast!«, ermutige ich mich selbst. »Du wirst dein Ziel nicht erreichen, ich habe zu lange und zu hart auf diesen Moment hingearbeitet. Ich habe mich zu sehr auf diese Olympiade gefreut. Ich lasse mich nicht von meinem Weg abbringen.«

Doch die Versuche, mich selbst zu motivieren, sind nicht wirklich erfolgreich. Ich bin nicht stark genug. Schließlich schlafe ich in der Nacht schlecht und stehe mit einem unguten Gefühl auf. Die Kombinationsabfahrt ist auch nicht gerade meine Spezialdisziplin, schon beim Start merke ich, dass heute etwas mit mir nicht stimmt. Ich kann mich nicht konzentrieren, habe weiche Knie. Es fühlt sich an, als würde nicht ich dieses Rennen fahren. Das ist nicht die Christa Kinshofer, die nach Calgary gekommen ist, um hier ein Comeback zu feiern. Was ist nur mit mir los? Ich will nur noch ins Ziel kommen – 21. Platz. Auch wenn die Kombinationsabfahrt nicht meine Stärke ist, ist der 21. Platz dennoch mehr als enttäuschend. Das ist doch kein guter Auftakt für die Olympischen Spiele. Und morgen ist der Kombinationsslalom, es muss mir einfach gelingen, das Ganze zu vergessen und mich nur auf dieses Rennen zu konzentrieren. Noch ist nicht alles verloren. »Denke positiv, schau nach vorne«, versuche ich mich erneut zu motivieren.

Doch die Nacht zwischen den Rennen ist auch nicht viel besser als die letzte. Dann stehe ich wieder am Start. Es ist meine zweite Chance. Und Slalom ist meine Disziplin. Ich muss mich konzentrieren! Erstes Tor, zweites Tor – ich finde einfach nicht den richtigen Rhythmus, den ich für diesen Slalom brauche. Drittes Tor – ich stehe nicht richtig auf dem Außenski, setze die Kanten zu spät ein und … ausgeschieden. Ich habe zum zweiten Mal versagt. Werden diese Spiele zu einer Katastrophe für mich?

Natürlich versuche ich, meine schlechten Leistungen zu erklären, aber ich muss aufhören, diese bösartige Nachricht als alleinigen Grund dafür anzusehen. Am 22. Februar 1988 findet zum ersten Mal ein Super-G-Rennen bei den Olympischen Winterspielen statt. Das ist eigentlich eine Disziplin, die ich gut beherrsche. Vielleicht wird bei diesem Rennen wieder alles anders, vielleicht kann ich da zu meiner alten Form zurückfinden. Auch dieses Mal ist es Klaus Mayr, der mir in einer schwierigen Situation unheimlich hilft und mich mental aufbaut. Und mein Vater ist bei mir, seine positive Ausstrahlung tut mir so gut. Mein Vater hat niemals in seinem Leben aufgegeben, er hat es immer wieder geschafft, nach vorne zu schauen. Und das muss ich jetzt auch schaffen. Eine besondere Motivation gibt mir die Fernsehzusammenfassung der Behinderten-Vorführwettbewerbe im Riesenslalom für beinamputierte Frauen und Männer. Bei den Damen siegen drei US-Amerikanerinnen, und bei den Herren steht der Deutsche Alexander Spitz ganz oben. Ich bin fasziniert, was diese Sportler trotz ihrer Behinderung leisten. Spätestens jetzt relativieren sich meine Sorgen und Ängste. Ich habe diese Sportler schon immer bewundert, aber jetzt motivieren mich deren Kampfgeist und Siegeswillen dermaßen, dass ich am liebsten sofort starten würde. Nachts sehe ich im Traum immer wieder diese Athleten vor mir, sie sind für mich die wahren Helden bei Olympia.

Am nächsten Tag wache ich mit einem guten Gefühl auf und bin sehr motiviert. Heute habe ich zum dritten Mal die Chance, meinem Ziel näher zu kommen. Dabei denke ich gar nicht an eine Medaille, eine gute Platzierung bei diesem Super-G-Rennen würde schon reichen, um mein Selbstvertrauen, meine Motivation und meinen Mut wieder zurückzugewinnen.

Das Rennen verläuft gut. Im Ziel belege ich zusammen mit Michaela Gerg zeitgleich den zehnten Platz. Endlich ein Lichtblick und eine kleine Hoffnung. Kann ich vielleicht doch noch meine Arme nach einer Medaille ausstrecken? Nach dem Rennen habe ich zwei Tage Zeit, bis dann am 24. Februar der Riesenslalom auf dem Programm steht. Ich fühle, dass dieses Rennen entscheidend sein wird. Endlich spüre ich wieder diesen Kampfgeist in mir, diesen Hunger nach Sieg. Noch 48 Stunden, und Klaus Mayr macht wieder das einzig Richtige. Er beruhigt mich, hält alles von mir fern, was meine Konzentration stören könnte. Er gibt mir das Gefühl, als gäbe es kein Gestern, sondern nur ein Morgen. All das, was geschehen ist, existiert plötzlich nicht mehr für mich. Ich bin bei dieser Olympiade noch nicht wirklich gestartet, ich bin mein Rennen noch nicht gefahren. Aber ich werde es fahren!

Der 24. Februar 1988 ist vielleicht einer der wichtigsten Tage in meinem Leben. Die Sonne scheint herrlich, und der stahlblaue kanadische Himmel zeigt sich von seiner schönsten Seite. Die letzten 48 Stunden sind zwar wie im Flug vergangen, waren aber dennoch lang genug, um mich alles vergessen zu lassen. Ich bin wie ausgewechselt, habe ein absolut gutes Gefühl und denke nur noch an eines – an dieses Rennen.

Es ist ein sehr steiler und eisiger Hang, der Riesenslalom ist schwer gesteckt. Wird der Mount Allan zu meinem Schicksalsberg? Werde ich es schaffen und endlich den so ersehnten Lohn für die Arbeit der letzten 1000 Tage erhalten?

Dann ist es 10.30 Uhr, der erste Durchgang ist gestartet. Ich fahre ein optimales Rennen und stehe im Ziel auf dem zweiten Platz. Vor mir liegt nur die Spanierin Blanca Fernández Ochoa. Ich kann es kaum fassen, der erste Lauf ist mir wirklich perfekt gelungen. Ich habe sogar die haushohe Favoritin Vreni Schneider hinter mir gelassen. Sie ist nach dem ersten Durchgang nur Fünfte. Ein unbeschreibliches Glücksgefühl kommt in mir hoch, doch ich muss versuchen, meine Gefühle zu zügeln. Jetzt nur nicht die Nerven verlieren, ruhig bleiben und die Konzentration halten. Es herrscht eine wahnsinnige Anspannung im gesamten Zielraum. Ich sehe, wie der IOC-Präsident Juan Antonio Samaranch seiner Landsmännin gratuliert und sie für den zweiten Durchgang anfeuert. Ich kann förmlich spüren, dass er sie in Gedanken bereits auf dem Siegerpodest ganz oben sieht. In diesem Moment kommt Kuno Meßmann. Vielleicht hat er gemerkt, dass auch mir ein paar Worte des Lobes guttun würden. Aber er spricht nicht mit mir, sondern geht an mir vorbei direkt zu Antonio Samaranch, und ich höre, wie er dem IOC-Präsidenten ein wenig den Wind aus den Segeln nimmt. »Erstens war das nur der erste Lauf, zweitens war das Rennen von Christa gigantisch«, meint er. Ich bin wahnsinnig stolz, und seine Worte sind Balsam für meine Seele.

Jetzt müssen wir knapp zwei Stunden auf den Start des zweiten Durchgangs warten. Die Rennstrecke wird komplett neu gesteckt. Diese beiden

Stunden erscheinen mir wie eine Ewigkeit, doch glücklicherweise kann ich meine Konzentration gut halten. Endlich ist es dann 13.30 Uhr. Der zweite Durchgang wird gestartet, ich befinde mich im Startbereich hinter dem Starthäuschen und konzentriere mich. Nur noch wenige Minuten, und dann fahre ich in höchster Anspannung in das Starthaus. Es sind noch Sekunden bis zum Start. Ich habe den gesamten Riesenslalomhang vor mir, spüre die Zeitschranke über meinen Skischuhen, strecke meine Hände nach vorne – nur noch wenige Sekunden, die der Starter jetzt herunterzählen wird. Plötzlich fällt vom Dach des Starthauses ein Stück Holz auf meine Skier. In diesem Moment kommt es mir vor, als wäre ein Film plötzlich gerissen, als hätte man vor mir eine riesengroße schwarze Klappe zugeschlagen. Doch noch ehe ich mir irgendwelche Gedanken über dieses Holzstück machen kann, stößt meine Betreuerin Traudl Münch, die neben mir steht, blitzschnell das Holzstück mit ihrem Fuß weg. Dann habe ich keine Zeit mehr, weiter darüber nachzudenken. Denn der Starter zählt die Sekunden: five – four – three – two – one – go … Raus aus dem Starthaus. Jetzt denke ich nur mehr an das, was ich in den letzten Jahren gelernt habe: von Tor zu Tor, von Schwung zu Schwung. Ich stehe sicher auf dem Ski, fahre sauber, mache keine Fehler – und bin im Ziel. Auf der Stadiontafel leuchtet Platz 2 auf. Platz 2 für Christa Kinshofer, hinter Vreni Schneider, die die bisherige Laufbestzeit gefahren ist. Die Bronzemedaille ist mir jetzt schon sicher. Es ist unmöglich, meine Gefühle in diesen Sekunden zu beschreiben. Ich weiß, dass nur noch Blanca Fernández Ochoa oben am Start steht. Eigentlich ist es mir egal, ob ich Bronze oder Silber gewinne, denn mein Ziel – eine olympische Medaille – habe ich so oder so schon erreicht.

Blanca startet, doch sie kommt nicht ins Ziel und scheidet aus. Neben mir ein lauter Schrei, es ist Maria Walliser, die durch das Ausscheiden von Blanca die Bronzemedaille gewonnen hat. Erst jetzt realisiere ich das Unfassbare, ich habe die olympische Silbermedaille im Riesenslalom gewonnen. Am liebsten würde ich die ganze Welt umarmen vor Freude und vor allem meinen Vater, der außerhalb des Zielraums steht. Doch das geht leider nicht, die Sicherheitskräfte halten mich zurück. Sie haben es nicht leicht mit mir, denn ich habe meinen Körper nicht mehr wirklich unter Kontrolle. Dann folgt die sogenannte *Flower ceremony,* bei der den drei Medaillengewinnerinnen Blumensträuße überreicht werden. Mir scheint, als würde ich mit 1000 Rosen überschüttet werden, so sehr freue ich mich über diese Blumen. Es sind die Blumen meines Sieges, die Blumen meines Comebacks. Noch nie zuvor war ich so glücklich über einen Blumenstrauß. Nun werden die ersten Fotos gemacht, die um die Welt gehen werden. Glück und Freude sind so kurze Worte, aber in diesem Moment habe ich das Gefühl, dass ich ganze Bücher bräuchte, um beschreiben zu können, was diese Worte wirklich bedeuten. Ich muss meine Freude für einige Momente unterdrücken, als wir dem Reglement entsprechend zur Dopingprobe gebracht werden. Die Zeit drängt, die *Flower ceremony* und die Dopingproben haben etwas länger gedauert, und so werden wir nicht wie sonst üblich mit einer Limousine die 80 Kilometer von Nakiska nach Calgary gebracht, sondern mit dem Helikopter geflogen. Das ist jetzt noch die Krönung: mit dem unbeschreiblichen Silbermedaillen-Glücksgefühl im Bauch in einem Hubschrauber über die Rocky Mountains zu fliegen.

In Calgary angekommen, muss ich schnell für das erste Interview ins deutsche Fernsehstudio. Denn in Deutschland ist es ja schon gleich Mitternacht, und es sitzen bestimmt noch viele vor dem Fernseher und warten auf mich. Nach dem Interview geht es dann ins olympische Dorf. Als ich in meinem Zimmer angekommen bin, spüre ich, dass ich noch gar nicht wirklich begriffen habe, was in der letzten Stunde passiert ist. Aber eines weiß ich: Ich möchte mich jetzt nur freuen, ohne Einschränkung einfach nur freuen. Obwohl ich meinen Rennanzug am liebsten gar nicht mehr ausziehen würde, muss ich mich natürlich für die Siegerehrung umziehen. Mit einem *Medal-Car*, das auf einer eigens dafür vorgesehenen Spur auf dem Highway schneller als alle anderen Fahrzeuge fahren darf und überall Zugang hat, werden Vreni, Maria und ich zum Olympic Plaza zur Siegerehrung gefahren. Der Olympic Plaza ist ein Platz mitten in Calgary, um den herum Tribünen aufgebaut sind. Das Ganze wirkt wie ein Stadion unter freiem Himmel, vor der Skyline von Calgary, gigantisch, großartig, wahnsinnig ... Die Siegerehrung vor etwa 20.000 Zuschauern ist unheimlich bewegend. Alle Medaillengewinner der Wettbewerbe dieses Tages kommen hier zusammen. Die Stimmung ist sehr feierlich und ergreifend, sodass viele Tränen der Freude geweint werden, und das ist wunderschön.

Da niemand wirklich geglaubt hat, dass mir ein so gigantisches Comeback gelingen wird, ist die Reaktion der Medien natürlich entsprechend.

Jubelschlagzeilen und euphorische Medienberichte füllen die Zeitungen nicht nur in Deutschland:»So ein Sonntag, an dem alles gelingt und wirklich alles glückt.«»Für die Träumerin aus Miesbach erfüllt sich wieder ein großer Traum!«»Silber – Christa Kinshofer nur von Schneider besiegt.« »Rosenheimerin überrascht im Riesenslalom.«»Charmant bist du nur, wenn du siegst.«»Der Glanz der Medaille lässt Christa Kinshofer auch die Verbannung ins niederländische Exil vergessen!«»Dieses Silber ist Gold wert.«»Einmalige Kinsi!«

So oder so ähnlich berichtet die Presse in Deutschland. Die *Süddeutsche Zeitung* beschreibt in ihrer Ausgabe vom 26. Februar 1988 meinen Sieg wie folgt:»Gekreischt, gehopst, gequietscht. Den Ehemann gehalst, nur mit Mühe daran zu hindern, Barrieren zu durchbrechen, weil der Papa draußen stand, und den Reportern Handküsse zugeworfen. Christa Kinshofer außer sich nach dem Gewinn der Silbermedaille im olympischen Riesenslalom. Dabei ist ihr der Vorgang an sich vertraut, Silber hat sie auch schon 1980 in Lake Placid gewonnen, im Slalom damals, als sie noch als Spezialistin für den Riesentorlauf galt. Jetzt umgekehrt, genauso ungewöhnlich: Im Spezialslalom war sie in den vergangenen Monaten Weltspitze, im langen Torlauf sprang gerade mal ein neunter Platz in Kranjska Gora raus. Zweite war sie schon nach dem ersten Durchgang hinter der Spanierin Blanca Fernández Ochoa gewesen (deren Favoritenstellung hat IOC-Präsident Samaranch dazu verleitet, höchstpersönlich vorbeizuschauen) ... Kämpfen hat sie im Exil gelernt, das kam ihr jetzt zugute. ›Dieses Comeback ist Christas eigener Verdienst‹, sagt Meßmann. ›Wahrscheinlich hat schon in erster Linie mein Wille das alles möglich gemacht‹, meint sie ... ›Charmant bist du nur, wenn du siegst‹ – stimmt ja gar nicht. Am Mittwoch war sie der Schweizerin Schneider unterlegen, aber so was von charmant.«

Die *tz* berichtet in ihrer Ausgabe vom gleichen Tag:»Dieses Silber ist Gold wert: Oben im Zielraum, da war die Welt noch völlig in Ordnung. Da rief eine vor Glück völlig ausgeflippte ›Kinsi‹ nur noch ›Papa, Papa‹, doch zwei orangefarbene Plastikzäune verhinderten das bayerische Familienglück. Wenige Stunden nach ihrer sensationellen Silbermedaille im Riesenslalom freilich, da ist die Schlacht um ›Kinsi-Superstar‹ erst so richtig entbrannt. Deutschlands Illustrierte kämpften verbissen um die exklusiven Rechte an Christa Kinshofer...« Auch die restlichen Medien waren voll von ›Kinsi‹-Meldungen: »Aggressiv, elegant, schnell: So kennt man die Kinsi in diesem Winter auf den Pisten.« »Kusshand für ihre vielen Fans: Die Kinsi zeigte sich nach ihrem großen Triumph am Mount Allan überaus spendabel.« »Sie holte zwar nur Silber, aber Christa Kinshofers zweite Olympiamedaille nach acht Jahren Pause dürfte ihr mehr Popularität einbringen als manch anderen ihre goldene.« »Unmittelbar nach dem Riesenslalom begann die große Show um die fesche Miesbacherin, die immer schon Liebling der Fotografen war. Nicht auszudenken, was passiert, wenn die 27-Jährige am Freitagabend im Slalom, ihrer eigentlichen Paradedisziplin, noch mal ganz vorne ist!«

Es folgen unzählige Interviews, in denen ich immer wieder gefragt werde, ob ich denn nicht enttäuscht war, dass ich nach dem Ausfall von Blanca Fernández Ochoa nicht den obersten Platz auf dem Siegerpodest einnehmen konnte, sondern ihn für Vreni Schneider räumen musste. Nein, bestimmt nicht, als ich ins Ziel gekommen war, war ich ja schon überglücklich, die Bronzemedaille sicher zu haben. An Gold habe ich in diesem Moment keinen Gedanken verschwendet. Außerdem ist es keine Schande, von der derzeit besten Rennläuferin geschlagen zu werden. Und Vreni Schneider ist momentan unschlagbar. Ich bin einfach unheimlich glücklich über meine Silbermedaille. Am Abend sitze ich noch einige Stunden mit der Mannschaft zusammen, die Stimmung ist toll. Auch Klaus Mayr und Kuno Meßmann sind von den Geschehnissen des Tages völlig überwältigt. Mit Platz Nummer 5 hat Chrissi Meier aus Rottach-Egern die hervorragende Bilanz unserer Mannschaft noch komplettiert. Ein enorm erfolgreicher Olympiatag also für unser Team.

Doch die Olympischen Spiele sind noch nicht vorbei für mich. Denn als letztes Rennen steht in zwei Tagen, am 26. Februar 1988, der Spezialslalom auf dem Programm. Wenn ich an das Rennen denke, spüre ich, dass sich etwas in mir gewandelt hat. Einerseits ist durch meinen Silbererfolg ein unheimlicher Druck von mir abgefallen. Ich habe ja bereits das erreicht, womit niemand gerechnet hat. Die Sensation ist mir gelungen, ich bin auf der Erfolgsstufe angelangt, auf der ich schon einmal gestanden habe, bin also mit meiner Vergangenheit auf Gleichstand. Selbstverständlich bin ich über diesen Erfolg sehr glücklich, aber mein Ziel ist es eigentlich nicht, einen Gleichstand zu erreichen, sondern eine Steigerung.

Das hat nichts mit Erfolgssucht zu tun, ich brauche diese Steigerung einfach, um für mich, ganz für mich allein, einen inneren Frieden zu finden. Schließlich wollte ich allen, aber vor allem mir selbst beweisen, dass man von ganz unten nach ganz oben kommen kann. Und bisher bin ich zwar von ganz unten nach oben gekommen, aber noch nicht nach ganz oben. Ich brenne daher darauf, diesen olympischen Slalom zu fahren, das olympische Feuer hat mich mit voller Macht ergriffen.

Den 25. Februar nutze ich dazu, mich auf mein letztes Rennen vorzubereiten. Schon bei den ersten Trainingsläufen spüre ich, dass ich von einer großen Erleichterung und Euphorie einerseits und einem starken Siegeswillen andererseits getragen werde. Am Vormittag absolviere ich gute Trainingsläufe, fahre unbeschwert und locker, und auch den Nachmittag möchte ich zum Training nutzen. Doch dann passiert es. Der Hang ist nicht allzu steil. Als ich mich gerade an einer flachen Stelle befinde, bin ich für den Bruchteil einer Sekunde etwas unkonzentriert, fädle an einer Torstange ein, werde nach oben katapultiert und sehe, wie meine Skispitzen in den Himmel schießen. Mit voller Wucht schlage ich mit dem Rücken auf der harten Piste auf. Im steilen Gelände ist ein derartiger Sturz bei Weitem nicht so schlimm, aber hier im Flachen ist er fatal. Ein Rückenprotektor hätte sicher das Schlimmste verhindert, aber den gibt es 1988 im Skisport noch nicht. Ich liege am Boden und kann mich nicht mehr aufrichten. Klaus Mayr und unser Mannschaftsarzt eilen sofort herbei und helfen mir. Ganz langsam und nur unter starken Schmerzen kann ich mich allmählich wieder auf die Beine stellen. Ich werde von beiden Männern gestützt, kann mich aber nur sehr langsam bewegen. In diesen Sekunden schießen mir furchtbare Gedanken durch den Kopf: »Jetzt ist wieder alles aus. Das darf doch nicht wahr sein, dass ich schon wieder vom Verletzungspech verfolgt bin. Morgen ist der Tag, das Rennen, mit dem ich mein großes Ziel erreichen kann. Und jetzt passiert mir dieser Sturz!« Ich bin völlig verzweifelt und würde am liebsten nur noch weinen. Wieder ist es Klaus Mayr, dem es gelingt, mich einigermaßen zu beruhigen. »Wir müssen sofort ins olympische Dorf zurückfahren und dich in aller Ruhe untersuchen«, drängt er. Auf der Rückfahrt ahne ich schon, dass hier mehr passiert sein muss als eine vorübergehende Prellung. Denn mein Rücken schmerzt so, dass ich mich kaum aufrecht halten kann. Unsere Teamärzte Dr. Hubert Hörterer und Dr. »Burschi« Münch untersuchen mich im olympischen Dorf gründlich. Erste Diagnose: schwerer Hexenschuss. Aber was ist zu tun? Was kann gegen die enormen Schmerzen unternommen werden? Wie kann ich mich jetzt in dieser Situation auf das morgige Rennen einstellen? Kann ich überhaupt starten? Die Ärzte haben natürlich erhebliche Zweifel daran. Selbstverständlich wären die Schmerzen durch eine entsprechende Spritze zu mildern, aber ich möchte kein Schmerzmittel, da ich fürchte, dann wegen Dopings disqualifiziert zu werden. Unsere Physiotherapeutin Traudl Münch bietet mir an, mich zu massieren, und hofft, dadurch die Schmerzen etwas verteilen und abschwächen zu können. Auch wenn diese Massagen zur Qual für mich werden, merke ich doch, dass sie helfen. Anschließend beraten Trainer, Ärzte und ich über meinen morgigen Start. »Ich will unbedingt diesen Slalom fahren. Es kann für mich das wichtigste Rennen meiner sportlichen Karriere, ja meines Lebens werden. Bitte habt Verständnis! Wenn es aus medizinischer Sicht auch nur irgendwie vertretbar ist, dann lasst mich starten«, flehe ich meine Betreuer an. Unter erheblichen Vorbehalten geben unsere Ärzte und Klaus Mayr schließlich grünes Licht für den morgigen Slalom. Aber eine letztendliche Entscheidung kann erst unmittelbar vor dem Start getroffen werden.

Ich verdränge zunächst den Gedanken, vielleicht nicht starten zu können, und bereite mich daher auf dieses Rennen vor, wie ich es schon unzählige Male getan habe. Mein Ritual vor einem Rennen ist immer gleich, und ich möchte auch an diesem Abend die üblichen Vorbereitungen treffen. Diese Rituale sind für mich immer sehr wichtig gewesen, und ich bin nie davon abgewichen, also werde ich es erst recht nicht heute tun. Und ich werde morgen starten! Als Erstes suche ich etwas Ruhe, daher gehe ich, so weit es mein Rücken zulässt, allein einige Schritte durch das olympische Dorf. Ich bin oft am Abend vor Rennen allein spazieren gegangen und habe Ruhe gesucht, die ich häufig in einem Gebet gefunden habe. Heute ist es vielleicht wichtiger denn je, dass ich alle, wirklich alle Kräfte mobilisiere. Ich gehe früh zum Abendessen: Kohlenhydrate, Pasta mit Tomatensoße, dazu Apfelsaft und viel Wasser. Dann noch einige Früchte. Eigentlich habe ich keinen großen Appetit, aber ich weiß, dass ich etwas essen muss, um genug Kraft zu haben. Danach gehe ich in den Mannschaftsraum, um wie immer den morgigen Tag mit Klaus Mayr zu besprechen. Ich spüre, dass alle meine Mannschaftskolleginnen mit mir fühlen, und freue mich darüber, dass sie mir ihre Hilfe anbieten. Um kurz nach 21 Uhr mache ich mich fertig zum Schlafengehen. In meinem Zimmer habe ich mir meine Kleidung bereits zurechtgelegt, sodass ich morgen früh die Sachen von oben nach unten der Reihe nach anziehen kann. Meine Skier lege ich unter das Bett, das hat mir immer Glück gebracht, und ich hoffe, dass es auch dieses Mal so sein wird. Meine Startnummer liegt ebenfalls bereit. Meiner Meinung nach hat Erfolg zu haben auch etwas mit einer gewissen Ordnung im Leben zu tun. Ich möchte mich morgen auf keinen Fall mit irgendwelchen Sorgen über banale Dinge belasten. Da ich alles vorbereitet habe, kann ich mich eigentlich beruhigt schlafen legen, aber halt – eines darf ich nicht vergessen. Auch das gehört zu den Ritualen vor einem Rennen. Ich hole mir aus meiner Sporttasche eine Dose Bier, trinke drei Schluck – der Rest landet im Waschbecken. Diese Schlafhilfe brauche ich einfach und heute vielleicht ganz besonders. Drei bis vier Schluck haben mich vor einem Rennen immer beruhigt und mich gut schlafen lassen. Und das Bier hat den Vorteil, dass es nicht auf der Dopingliste steht, also muss ich mir darüber keine Sorgen machen. Erstaunlicherweise kann ich ziemlich schnell einschlafen, aber schon bald kehren die Schmerzen in meinem Rücken zurück. Die Massagen haben nur vorübergehend geholfen, und so liege ich immer wieder längere Zeit wach.

So gegen sechs Uhr morgens ist die Nacht dann vorbei. Ich stehe auf, ziehe mich an und gehe für 20 Minuten an die frische Luft. Ich habe immer noch ziemlich starke Schmerzen. Danach Frühstück: Müsli, Früchte und Tee. Und natürlich mein Geheimrezept: der berühmte Dinkelzwieback von unserem Bäcker aus Miesbach. Meine Mutter hat mir auch für die Olympischen Spiele reichlich davon eingepackt.

»Wie war die Nacht?«, fragt mich Klaus Mayr besorgt. »Glaubst du, dass du es schaffen kannst?« Nicht ganz wahrheitsgetreu berichte ich von einer guten Nacht und versichere ihm, dass alles in Ordnung ist und ich das Rennen fahren kann. Leider bin ich keine besonders gute Schauspielerin, daher erkennt Klaus sofort, dass ich ihm nicht ganz die Wahrheit gesagt habe, aber ich spüre sein Verständnis für meine Situation. Er weiß, was dieser Tag und dieses Rennen für mich bedeuten. »Na gut, dann mach dich fertig. Du fährst das Rennen, alles wie abgesprochen.«

Nach vorne gebeugt und völlig verkrampft sitze ich in unserem Mannschaftsbus und hoffe nur, dass diese Fahrt möglichst schnell zu Ende geht. Die Schmerzen hören einfach nicht auf. Als wir am Slalomhang ankommen, ist es mir einfach unmöglich, am Einfahrtraining teilzunehmen. Dann muss es eben auch ohne Einfahren gehen. Ich muss mich voll und ganz auf das Rennen konzentrieren. Worauf ich allerdings nicht verzichten kann, ist die Besichtigung des Slalomhanges, da ich sonst nicht die geringste Chance habe. Normalerweise wird ein Slalomhang von unten nach oben begangen. Doch ich kann in meinem Zustand unmöglich mit den angeschnallten Skiern den ganzen Hang hinaufstapfen, um mir diesen Tor für Tor einzuprägen. Allein der Gedanke treibt mich schon zur Verzweiflung. Auch Klaus Mayr hat dieses Problem erkannt und ist auf einmal verschwunden. Im Grunde genommen bleiben mir nur zwei Möglichkeiten: Entweder besichtige ich den Slalom von unten nach oben und bin dann höchstwahrscheinlich körperlich nicht mehr in der Lage, das Rennen zu fahren, oder ich verzichte auf die Besichtigung und bin dann mental nicht in der Lage, das Rennen zu fahren, weil ich den Parcours überhaupt nicht kenne. Ich bin völlig ratlos und enorm angespannt. Plötzlich kommt Klaus Mayr wie ein rettender Engel mit der erlösenden Nachricht auf mich zu: »Ich habe beim Olympischen Komitee um eine Ausnahmegenehmigung gebeten. Du darfst den Slalom von oben nach unten besichtigen.« »Das ist genial«, rufe ich erstaunt und erleichtert, »wie hast du das nur geschafft?« Wenn ich den Hang von oben nach unten abfahre, wird das meinen Rücken weit weniger belasten. Meines Wissens ist es das erste Mal in der Geschichte der Olympischen Spiele, dass eine derartige Ausnahme gemacht worden ist. Heute werden die Hänge nur noch von oben nach unten besichtigt. Wieder einmal zeigt sich, dass Klaus Mayr einfach ein unbeschreiblich guter Trainer ist.

Nachdem ich schließlich die Besichtigung gut hinter mich gebracht habe, bin ich auf dem Weg zum Start. Meine Skier wurden bereits hinaufgebracht und liegen dort, perfekt vorbereitet von den Serviceleuten der deutschen Mannschaft, bereit. Auch bei ihnen spüre ich eine enorme Anspannung, da jeder von ihnen weiß, unter welchen Umständen ich an diesem Wettkampf teilnehme. Vor dem Start befinden sich die Läuferinnen hinter dem Starthaus, wo jedem Team ein eigener Bereich zugewiesen ist. Ich möchte jetzt allein sein und tauche gedanklich in die Welt der etwa 60 Tore des vor mir liegenden Slaloms ein. Normalerweise wärmt man in diesem Moment die Muskeln durch ein wenig Stretching, Sprünge und andere Bewegungen auf, und die Gelenke werden »angedehnt«. Eigentlich bin ich ziemlich gelenkig und kann meinen Körper sehr gut auf die Rennen vorbereiten. Aber heute fühle ich mich einfach nur schlecht. Der ganze Körper ist verkrampft von diesen unsäglichen Rückenschmerzen. Plötzlich herrscht absolute Stille, es knistert im Startgelände. Die Luft ist voller Energie. Ich höre nur das Klicken der Schnallen und Bindungen. Das Rennen beginnt. Ich habe Startnummer 2. Sonst sind mir zwar höhere Startnummern lieber, aber heute bin ich richtig froh, dass ich schon sehr bald starten kann. Kreidebleich gehe ich in das Starthaus, mir ist schlecht. Ich kann meinen Körper gar nicht vollständig aufrichten, so stark sind die Schmerzen. Ich versuche mir einzureden, dass das beim Slalom auch von Vorteil sein kann, denn wenigstens muss ich mir so keine Sorgen machen, in Rücklage zu geraten. Das Anzählen der letzten Sekunden nehme ich gar nicht richtig wahr. Als ich den Piepton höre, katapultiere ich meinen Körper aus dem Starthaus. Erst scheint mir, als würde ich völlig verkrampft auf dem Ski stehen. Aber nein, wider Erwarten fahre ich gut, und es gelingt mir, mich wirklich nur auf die Tore zu konzentrieren. Dann bin ich endlich im Ziel und lande letztendlich auf dem fünften Platz. Den ersten Durchgang habe ich also hinter mir. Der fünfte Platz ist zwar nicht besonders gut, aber noch ist auch nicht alles verloren. Wenn nur diese verdammten Schmerzen aufhören würden. Was soll ich bloß tun? Wie soll ich den zweiten Durchgang überstehen? Jeder im Team spürt, dass es mir nicht gut geht, und alle sind besorgt und versuchen mir zu helfen. Irgendwann wird mir das fast zu viel, und es tut mir zwar leid, aber ich muss einige darum bitten, mich einfach nur in Ruhe zu lassen. Die Einzige, die mir jetzt wirklich helfen kann, ist unsere Physiotherapeutin Traudl. Sie versucht, mit Akupressur die Schmerzen zu lindern, und tatsächlich hat die Behandlung Erfolg. Es geht mir etwas besser, und so nutzen wir die Zeit zwischen den beiden Durchgängen dafür.

Zweiter Lauf. Ich stehe wieder im Starthaus. Irgendwie gelingt es mir plötzlich, alles zu vergessen und auszublenden, fast, als hätten mich die Schmerzen in eine Art Trance versetzt. Als ich den Hang hinunterfahre, spüre ich den Schmerz auf eine ganz andere Art, er macht mir nichts mehr aus, er wird zum Teil, dieses Rennens. Plötzlich höre ich einen Riesenjubel. Ich bin im Ziel, und hinter meinem Namen leuchtet die Eins auf der Tafel auf. Eine Welle des Jubels schwappt mir entgegen: »Christa, Christa!« Ich kann nicht fassen, was geschehen ist. Offenbar habe ich einen fantastischen zweiten Durchgang hingelegt. Doch es kommen ja noch vier Läuferinnen, aber Platz fünf habe ich auf jeden Fall schon erreicht. Unter diesen Umständen ein kleines Wunder! Dann geschieht wieder etwas Unglaubliches: Die Österreicherin Roswitha Steiner bleibt hinter mir zurück, und eine Läuferin scheidet aus. In der Gesamtwertung bedeutet das den dritten Platz, die Bronzemedaille hinter der unschlagbaren Vreni Schneider und der dreifachen WM-Medaillengewinnerin von 1987, Mateja Svet aus Jugoslawien. Ich habe also eine zweite olympische Medaille erreicht – unfassbar. Ich stehe im Zielraum auf meine Skistöcke gestützt und gehe langsam auf die Knie. Glück, Dankbarkeit, Freude, Euphorie und Schmerzen zwingen mich auf den Boden und lassen die Tränen über mein Gesicht laufen. Ich kann in diesem Moment selbst nicht beurteilen, ob es Freudentränen sind oder ob ich vor Schmerzen weine. Die Helfer im Zielraum stützen mich und richten meinen Körper auf. Klaus Mayr nimmt mich in den Arm und flüstert mir ins Ohr: »Jetzt hast du es geschafft, du bist ganz oben!« Ja, es ist mir gelungen. Ich habe mit diesem Rennen Olympiageschichte geschrieben. Doch all das kann ich in diesem Moment nicht wirklich begreifen. Unsere Teamärzte holen mich von der Dopingkontrolle ab und geben mir dann endlich die erlösende Spritze gegen meine Rückenschmerzen. Völlig erschöpft, aber überglücklich kehre ich dann ins olympische Dorf zurück und ziehe mich für die Siegerehrung um. Ich habe das Gefühl, dass dies meine ganz persönliche Siegerehrung ist. Zum Glück hat die Spritze gewirkt, und ich kann mich nun nahezu schmerzfrei auf das bevorstehende Ereignis auf der Olympic Plaza freuen. Als ich noch vor zwei Tagen dort die Silbermedaille um den Hals gehängt bekommen habe, habe ich, ehrlich gesagt, nicht gewagt, daran zu denken, noch einmal hierher zurückzukehren. Doch jetzt ist es so weit. Ich werde abgeholt und bin auf dem Weg zur schönsten und wichtigsten Siegerehrung in meinem bisherigen Leben.

Der Beifall und Jubel der Zuschauer ist immens. Mir scheint, als würden sie nur mir allein zujubeln – was natürlich nicht stimmt. Aber ich bilde es mir einfach ein, so glücklich bin ich in diesem Moment. Als wir zu dritt auf dem Siegerpodest stehen, funkeln uns Tausende von Blitzlichtern entgegen. Prinz Albert von Monaco schreitet feierlich auf uns zu, er wird die Übergabe der Medaillen durchführen, die noch fein säuberlich auf dem Samtkissen liegen. Gold für Vreni Schneider, Silber für Mateja Svet und die Bronzemedaille für mich! Ich verneige mich vor Prinz Albert und warte darauf, dass er mir die Medaille umhängt. Und irgendwie habe ich dabei das Gefühl, als würde ich mich auch ein bisschen vor mir selbst verneigen: »Christa, du hast dein Ziel erreicht. Das, was du die letzten 1000 Tage angestrebt hast, ist in Erfüllung gegangen. Durch deinen Mut, deine Kraft, deinen Willen, deinen Ehrgeiz und deine Disziplin hast du es geschafft, von ganz unten wieder nach ganz oben zu kommen. Du hast es der gesamten Sportwelt, allen Kritikern, deinen Freunden und Feinden, deiner Familie und vor allen Dingen dir selbst bewiesen, dass kein Tal, kein Abgrund und kein schwarzes Loch so tief sein kann, dass man es nicht überwinden und daraus wiederauferstehen könnte. Du kannst zu Recht stolz auf dich sein, du hast alles erreicht, was du wolltest. Genieße jetzt deinen wunderbaren Erfolg, deinen Triumph und vor allem die innere Ruhe und Zufriedenheit. Die kannst du jetzt zulassen und sich in dir ausbreiten lassen.« Und diese innere Ruhe und Zufriedenheit sind mir wichtiger als alles andere.

Ich koste diese fantastische Siegerehrung voll aus und lasse mich von allen bejubeln und beglückwünschen. Nicht nur ich, sondern die ganze Mannschaft befindet sich in einem Freudentaumel. Mein überglücklicher und stolzer Vater lädt uns am Abend zum Essen ein, und ich genieße diesen Abend nach meinem wichtigen Rennen in vollen Zügen. Leider lassen irgendwann nicht nur meine Kräfte, sondern auch die Wirkung der Medikamente nach, und der Schmerz kehrt mit voller Gewalt zurück. Ich kann nicht mehr aufstehen und muss von meinem Vater und Klaus Mayr gestützt zum Auto gebracht werden. Aber selbst das macht mir in diesem Moment nichts aus. Eine überglückliche Christa Kinshofer, die die ganze Welt umarmen könnte, kehrt nach dem schönsten Tag ihres Lebens in ihr Zimmer im olympischen Dorf zurück.

Nachdem ich gut geschlafen habe, meldet sich die Verletzung im Rücken in der Früh vehement zurück. Da ich Klarheit über meinen gesundheitlichen Zustand bekommen möchte, gehe ich ins medizinische Zentrum und lasse dort eine Kernspintomografie durchführen. Das Ergebnis ist niederschmetternd. Nur sehr zögerlich verkündet mir Dr. Münch die Diagnose: »Du hast dir bei deinem Sturz keinen Hexenschuss, sondern eine zweifache Bandscheibenvorwölbung, eine Art Bandscheibenvorfall, zugezogen. Mit einer derartigen Verletzung hättest du das Rennen eigentlich nicht fahren dürfen. Ich mag gar nicht daran denken, was alles hätte passieren können!« Zunächst bin ich vor allem froh, dass ich diese Nachricht erst heute bekommen habe, denn sonst wäre ich das gestrige Rennen nicht gefahren und dann ... nein, daran möchte ich gar nicht denken. Die Konsequenz aus dieser Diagnose ist dann, dass ich vorzeitig von den Olympischen Spielen zurückreisen muss, eine Fahrt, die ich allerdings nur mithilfe von starken Schmerzmitteln durchstehen kann. Wie gerne hätte ich an der Schlussfeier dieser Olympiade und an den anschließenden Weltcuprennen in Aspen teilgenommen, stattdessen befinde ich mich in einer Lufthansa-Maschine, die mich zwar First Class, aber liegend nach Hause bringt. Rund zwölf Stunden Flug hätte ich sitzend niemals durchgestanden, und so durfte ich in der ersten Klasse fliegen, in der man den Sitz immer wieder zur Liegefläche umklappen konnte. Natürlich überschattet meine Verletzung meinen großen Erfolg und die Freude, doch ich versuche, momentan die Sorgen um meine Gesundheit zu verdrängen, und freue mich einfach nur unbeschreiblich auf zu Hause. In unserem letzten Telefonat hat mir meine Schwester Bärbel bereits berichtet, dass ganz Miesbach nach meinen zwei Medaillenerfolgen kopfgestanden hat. Auch zu Hause war der Teufel los. Und nun erwartet Miesbach voller Freude meine Rückkehr. Bärbel hat mich gefragt, mit welcher Musik ich am Flughafen empfangen werden möchte. Ich habe mir eine Westernmusik gewünscht, da ich finde, dass das am besten zu Calgary passt. Ich bin schon gespannt, was mich alles erwartet. Die Stunden bis zur Landung nutze ich, um mich ein wenig auszuruhen. Ich schaue durch das Flugzeugfenster in den stahlblauen Himmel über den Wolken. Gedankenverloren fasse ich an mein rechtes Ohrläppchen und spüre meine Perlenohrringe. Sie sind meine Glücksbringer. Es sind sogenannte Mikimoto-Perlen – weltberühmt. Herr Kokichi Mikimoto hat anlässlich des Weltcupfinales in Furano/Japan 1979/80 die Sieger des Weltcups zu sich nach Tokio eingeladen. Ich werde nie vergessen, wie ich zusammen mit Ingemar Stenmark, Peter Lüscher und Pirmin Zurbriggen das Juweliergeschäft von Herrn Mikimoto besucht habe und er mir diese Ohrringe geschenkt hat. Seitdem habe ich sie fast immer getragen, denn sie sind zu meinen Glücksbringern geworden. Da man während eines Wettkampfs keinen Schmuck tragen sollte, habe ich die

Perlen immer in einem kleinen Täschchen im Rennanzug bei mir gehabt. Ja, diese Mikimoto-Perlen sind wirkliche Glücksbringer, auch wenn meine Karriere, auf die ich nun stolz zurückblicken kann, nicht nur gute Momente hatte.

Endlich landen wir in München-Riem, dem alten Münchner Flughafen. Ich kann es kaum noch erwarten, meine Familie und meine Freunde in die Arme zu nehmen und mich mit ihnen über meinen Sieg zu freuen. Ich bin gespannt, ob mir Bärbel meinen Wunsch erfüllt und für den Flughafen eine Countryband organisiert hat. Zum Glück haben mir unsere Teamärzte noch einige Schmerzmittel mit auf den Rückflug gegeben, sonst könnte ich kaum aufstehen und auch den Empfang wohl nicht durchstehen. Als das Flugzeug seine endgültige Standposition erreicht hat und sich die Türen öffnen, höre ich tatsächlich aus der Ferne die Musik. Auf meine liebe Schwester Bärbel ist eben Verlass. Mein Bruder ist mit seiner Country-und-Western-Band, den Barn Mountain Rangers, am Flughafen und empfängt mich mit fetzigen Westernklängen. Vor der Abreise aus Calgary habe ich mir extra noch einen echten Cowboyhut gekauft, den ich jetzt beim Verlassen des Flugzeuges aufsetze. Viele Freunde und Fans sind am Flughafen und empfangen mich mit einem herzlichen Jubel und Applaus. Einige von ihnen winken mir mit Zeitungen zu, auf denen die Schlagzeile »Die Doppel-Olympiasiegerin ist zurück!« zu lesen ist. Glückwünsche über Glückwünsche werden mir entgegengebracht, und ich spüre, wie sehr sich die Leute wirklich von Herzen über meine Erfolge freuen. Ein Blitzlichtgewitter wie in alten Zeiten! Vom Flughafen fahren wir direkt nach Miesbach, wo mir ein fantastischer Empfang bereitet wird. Ganz Miesbach ist auf den Beinen und jubelt mir zu. Am großen Marktplatz begrüßen mich unser Bürgermeister Schubeck und Landrat Norbert Kerkel. Nach einer wirklich herzlich-emotionalen Rede verkündet der Bürgermeister, dass sich der Gemeinderat dazu entschlossen hat, mich zur Ehrenbürgerin zu ernennen. Bis zu diesem Tag hat es 18 Ehrenbürger gegeben, und heute, am 3. März 1988, werde ich als erste Frau in der Stadtgeschichte zur 19. Ehrenbürgerin ernannt. Ich bin wirklich gerührt über diese Ehrung. Reporter stellen mir Fragen, machen unzählige Fotos, und Hunderte von Fans wünschen sich ein Autogramm von mir. Selbstverständlich erfülle ich all diese Wünsche und genieße den Rummel. Nur für einen ganz kurzen Moment flammt in mir die Erinnerung daran auf, als ich genau über diesen Marktplatz ging und keiner mehr etwas von mir wissen wollte. Viele haben mich damals kopfschüttelnd angeschaut und so getan, als würden sie mich nicht kennen. Ja, die Zeiten können sich schnell ändern und mit ihnen auch die Meinung der Leute. Doch heute ist einfach nicht der Tag dafür, mich an diese schweren Zeiten zu erinnern, deshalb verdränge ich schnell jeden schlechten Gedanken.

Schließlich komme ich nach all dem Jubel und den Glückwünschen der vielen Fans endlich dort an, wo es in den besten Stunden des Lebens auch am schönsten ist – zu Hause. Meine Eltern haben alles unglaublich liebevoll vorbereitet. Überall stehen Blumen, und Briefe, Karten und Glückwunschtelegramme liegen im Wohnzimmer auf dem Tisch. Meine Mutter hat alles wie immer perfekt geordnet und sortiert. An diesem Abend feiern wir bis spät in die Nacht, und die glücklichen und stolzen Augen meines Vaters scheinen nicht müde zu werden.

Das Medieninteresse an meiner Person ist enorm, es folgen Interviews, Fernsehauftritte – *Das aktuelle Sportstudio, Blickpunkt Sport*, wieder Skisportlerin des Jahres und so weiter. Thomas Gottschalk hatte ich bei der Gala zur Skisportlerin des Jahres im Jahr 1980 schon kennengelernt. Wir hatten uns damals sehr gut verstanden und waren uns wirklich sympathisch. Jetzt, acht Jahre später, lädt er mich zu seiner Sendung *Wetten, dass ...?* ein. Ich sitze also auf diesem berühmten Sofa neben Thomas Gottschalk, der noch weitere Olympiamedaillengewinner eingeladen hat: den österreichischen Rodler Markus Prock, der zweimal Silber und einmal Bronze bei Olympia geholt hat, Rosi Mittermaier, die zweimal Olympia-Gold für Deutschland gewonnen hat, und auch den dreifachen italienischen Gold- und zweimaligen Silbermedaillengewinner Alberto Tomba. In der Sendung müssen aber nicht nur die Wettkandidaten Aufgaben erfüllen, sondern auch wir. Eine sportliche Aufgabe wäre für uns alle sicher kein Problem gewesen, aber Thomas hat sich etwas ganz Besonderes ausgedacht – wir sollen singen. Das ist für uns alle zwar eher ungewöhnlich, aber es macht unheimlichen Spaß, ein Lied vorzutragen, das dann für einen wohltätigen Zweck aufgenommen wird.

Nach einigen Wochen erst beginne ich allmählich wirklich zu realisieren, was passiert ist. Auf den ersten Blick ist es ganz klar – ich habe zwei olympische Medaillen gewonnen. Eine Medaille bei Olympischen

Spielen zu erreichen ist der Traum eines jeden Sportlers, der Höhepunkt einer jeden Sportlerkarriere. Das sind diese beiden Medaillen selbstverständlich auch für mich. Auch ich habe damit den Höhepunkt meiner sportlichen Laufbahn erreicht. Aber diese Medaillen bedeuten für mich darüber hinaus noch viel mehr. Ich habe mir damals, als ich ganz unten war, geschworen, in 1000 Tagen ein Ziel zu erreichen – eine Aufgabe, die ich mir selbst gesetzt habe und die ich unbedingt erfüllen wollte. Wenn ich heute darüber nachdenke, dann finde ich mein Vorhaben von damals auch ziemlich riskant. Denn was wäre geschehen, wenn ich es nicht geschafft hätte? Vielleicht wäre ich dann so deprimiert gewesen, dass mir für lange Zeit die Lebensfreude verloren gegangen wäre. Wahrscheinlich hätte ich mir auch Vorwürfe gemacht, dass ich entweder meine Ziele zu hoch gesteckt oder einfach versagt habe, dass ich das nicht erreicht habe, was ich mir selbst zugetraut habe. Mein ganzes Leben lang hätte ich wohl nie mehr die innere Ruhe gefunden, die das Leben eines zufriedenen Menschen prägt. Aber darüber möchte ich gar nicht nachdenken, denn schließlich habe ich das erreicht, was ich unbedingt wollte, was ich mir so sehr gewünscht und vorgenommen habe. Ich habe mir und allen anderen bewiesen, dass man wirklich von ganz unten wieder nach ganz oben kommen kann, wenn man nur den entsprechenden Willen, die Kraft und auch das notwendige Quäntchen Glück hat. Eine Kraft, die man aus sich selbst schöpfen muss, eine Kraft, die aus dem Selbstvertrauen, dem Mut, der Konzentration und der Disziplin entsteht. Es war also auch ein Sieg über mich selbst. Ich habe somit bei den Olympischen Winterspielen in Calgary 1988 zwei Medaillen gewonnen – und drei Siege erreicht.

# 18. Das Wichtigste im Leben

Die Olympischen Spiele liegen nun schon einige Wochen hinter mir. Diese Wochen waren geprägt von vielen gesellschaftlichen Verpflichtungen, Ehrungen und Empfängen. Ich habe diese Zeit natürlich sehr genossen – wer würde das nicht. Aber momentan bin ich sehr froh, dass der Rummel um meine Person sich etwas gelegt hat. Endlich finde ich auch die Zeit, die Fanpost zu bearbeiten und mich für die vielen Glückwünsche zu bedanken. Allerdings habe ich die letzten Tage und Wochen nur mithilfe von Schmerzmitteln durchstehen können, was mir große Sorge bereitet. Meine Rückenprobleme sind bisher nicht wirklich erfolgreich behandelt worden. Ich muss mich jetzt unbedingt darum kümmern. Doch auch weitere Untersuchungen und ambulante Behandlungen versprechen im Prinzip keine Besserung. Auf Anraten der Ärzte begebe ich mich daher zunächst in eine Rehaklinik, um mich dort von den Strapazen zu erholen und meine Rückenprobleme behandeln zu lassen. Ich weiß, dass ich meinem Körper in den letzten Jahren sehr viel zugemutet habe, und diese harten Jahre sind nicht spurlos an ihm vorübergegangen. Ich bin erschöpft, meine Energien sind verbraucht. Erst ganz allmählich spüre ich, dass mir der Rehaaufenthalt sehr guttut und ich langsam wieder auf die Beine komme. Jetzt ist für mich die Zeit gekommen, um über die Zukunft nachzudenken. Dabei merke ich, dass sich in mir etwas verändert hat. Selbstverständlich denke ich an die bevorstehende alpine Skiweltmeisterschaft und könnte mir gut vorstellen, daran teilzunehmen. Schließlich habe ich in den letzten Jahren viele Erfahrungen gesammelt, so großen Kampfgeist entwickelt und auch von den schweren Zeiten in meiner bisherigen Karriere viel profitiert. Ich bin wieder im Deutschen Skiverband, kann mit meinem Lieblingstrainer

Klaus Mayr trainieren, und die Material- und Sponsorenverträge, die ich abgeschlossen habe, sind nach meinen olympischen Erfolgen selbstverständlich mehr als gut. Es wären also optimale Voraussetzungen, um meine sportliche Karriere fortzusetzen und an der nächsten WM teilzunehmen. Aber irgendwie hat sich meine Einstellung geändert, ich will nicht sagen, dass ich den Kampfgeist, den Mut und die Freude am Skisport verloren habe, aber da ist etwas, das ich bisher noch nie gespürt habe. Ich denke viel darüber nach und versuche meine Gefühle zu analysieren. Nein, ich bin nicht plötzlich demotiviert oder habe keinen Ansporn mehr. Es ist etwas anderes. All die letzten Jahre habe ich ein Ziel verfolgt, ein Ziel, das ich mir selbst gesetzt und für das ich alles getan habe, um es auch zu erreichen. Und jetzt habe ich es erreicht – habe es in vollem Umfang erreicht. Ich habe meinen Lohn für die Mühen erhalten und meine innere Ruhe gefunden. Genau das spüre ich in mir. Ich mache mir plötzlich keine Gedanken darüber, wie meine sportliche Karriere weitergehen könnte, sondern fange an, über Alternativen nachzudenken und meine derzeitige Lebenssituation ganz nüchtern zu betrachten. Wenn ich ehrlich zu mir selbst bin, dann muss ich davon ausgehen, dass meine Rückenprobleme noch lange nicht überstanden sind. In der Rehaklinik habe ich mich zwar gut erholt, aber ich merke dennoch, dass die letzten Jahre meinem Körper wirklich sehr zugesetzt haben. Wenn ich meine sportliche Karriere fortsetzen würde, dann wäre das wahrscheinlich nur bei ständiger Behandlung und mithilfe von Spritzen und Schmerzmitteln möglich. Ist es das wirklich wert? Soll ich es wirklich riskieren, meine Gesundheit für immer zu ruinieren, nur um noch ein oder zwei Jahre am aktiven Skisport teilnehmen zu können? Oder sollte ich lieber darüber nachdenken, ob es nicht andere Dinge gibt, die mich nach meinen großen Erfolgen glücklich machen können? Ist es nicht vielleicht an der Zeit, eine Familie zu gründen und mir meinen langjährigen Kinderwunsch zu erfüllen? Je mehr ich darüber nachdenke, umso sympathischer wird mir dieser Gedanke. Wahrscheinlich ist es am besten, dem alten Sprichwort gemäß auf dem Höhepunkt meiner Karriere, also dann, wenn es am schönsten ist, aufzuhören. Bisher war der Skisport immer der Mittelpunkt, das Wichtigste in meinem Leben. Aber nachdem ich alles erreicht habe, was ich mir gewünscht und zum Ziel gesetzt habe, erkenne ich plötzlich, dass es noch wichtigere Dinge gibt – und für mich sind das zweifellos die Gesundheit und Kinder.

Für mich ist jetzt die Zeit gekommen, eine Entscheidung zu treffen. Nicht lange, und ich entschließe mich dazu, meinen Rücktritt zu erklären. Damit beende ich meine Karriere als aktive Sportlerin. Selbstverständlich sind in erster Linie meine Trainer über diese Entscheidung traurig, doch sie zeigen auch Verständnis, da sie wissen, was ich meinem Körper in den letzten Jahren abverlangt habe. Niemand kann und wird erwarten, dass ich meine Gesundheit aufs Spiel setze. Kuno Meßmann erklärt der Presse daher: »Wir sind traurig, aber wir müssen diese Entscheidung eines Sportlers akzeptieren. Für die WM in Vail fällt die Trumpfkarte Kinshofer aus.« Und ein Sportjournalist schreibt: »Der Rücktritt setzt neue Dimensionen, doch die Erinnerung an die Kinsi wird so schnell nicht verblassen. Dafür war sie zu sehr das Glamour-Girl im Skizirkus, die Hollywood-Christa eben. Extravagant und extrovertiert, umschwärmt, gefeiert, absoluter Mittelpunkt, wann und wo immer sie auftauchte.«

Bei meiner Abschiedsfeier mit Freunden, Trainern und Kolleginnen beim Weltcup in Mellau im Bregenzer Wald bekomme ich die Auszeichnung der besten Punktesammlerin des deutschen Teams und werde als Beste der Weltcup-Einzelwertung geehrt. Natürlich fällt mir gerade der Abschied von meinen Mannschaftskolleginnen am schwersten. Wir haben so lange miteinander gekämpft und so viel erlebt. Chrissi Meier-Höck, die inzwischen auch geheiratet hat und in Miesbach lebt, sagt später einmal zu mir: »Es war mit dir eine so lustige Zeit, du hast immer so viel Spaß in die Mannschaft gebracht. Schade, dass wir nur ein Jahr miteinander trainieren und fahren durften.« Aber auch außerhalb unseres Teams ist das Bedauern über meinen Rücktritt groß. Die Schweizerin Maria Waliser hält eine Rede und verabschiedet mich mit den Worten: »Leider müssen wir mit Christa eine sehr gute Läuferin weggeben. Kinsi hat allen gezeigt, wie viel Freude man beim Skirennsport entwickeln kann. Sie hat einen ganz großen Applaus verdient.« Es ist wohl nicht verwunderlich, dass mich diese Worte zu Tränen rühren. Und ich schäme mich auch nicht, sie zu zeigen. So ein Abschied fällt wirklich verdammt schwer. Der Gedanke, alles komplett hinter mir zu lassen, macht mich sehr unglücklich, daher überlege ich schon an diesem Abschiedsabend, ob es nicht eine Art Übergangslösung für mich geben könnte, um nicht von heute auf morgen aus dem Skizirkus verschwinden zu müssen. Natürlich will ich keine Rennen mehr fahren, aber vielleicht gibt es ja andere Aufgaben für mich, damit ich mich nicht ganz aus dieser so geliebten und vertrauten Sportwelt verabschieden muss. Als ich mich mit einigen Medienvertretern in Verbindung setze, wird eine ideale Lösung gefunden. Ich nehme bei der WM in Vail zwar nicht als aktive Sportlerin teil, sondern als Sportreporterin, Beobachterin und Ratgeberin. Ich schreibe Kommentare für Zeitungen und berichte von den Skirennen. Es macht mir auch Spaß, junge Sportler beim Training zu beobachten und sie bei Rennen zu begleiten. Ich merke, dass ich ein Vorbild für die jungen Athleten und Skifahrer geworden bin und sie sich gerne von mir beraten lassen. Es tut mir gut, so den Übergang in eine Zeit nach der aktiven Skilaufbahn zu erleichtern. Allmählich fällt mir das Loslassen leichter, und ich spüre, dass ich die richtige Entscheidung getroffen habe. Jetzt will ich mich ganz auf das konzentrieren, was ich mir schon lange gewünscht habe und was meiner Meinung nach der natürlichste und sehnlichste Wunsch vieler Menschen ist: Ich möchte Kinder und eine glückliche Familie.

Doch es dauert noch einige Jahre, bis dieser Wunsch in Erfüllung geht. Am 17. März 1992 werde ich Mutter von gesunden Zwillingen: Stephanie (19.06 Uhr) und Alexandra (19.10 Uhr) haben das Licht der Welt erblickt. Mit meinen Kindern hat der Begriff Liebe für mich eine neue Dimension erreicht. Sie sind nun das Wichtigste in meinem Leben.

# 19. Und was macht Christa Kinshofer heute?

Ja, was mache ich heute? Diese Frage wird mir natürlich oft gestellt. Und ich beantworte sie immer ganz lapidar: auf jeden Fall nicht die Hände in den Schoß legen und meine Karriere oder Erfolge als Sportlerin als warmes Bettchen benutzen. Im Grunde genommen bin ich genauso aktiv wie früher, nur hat sich das Betätigungsfeld verändert. Ich war und bin immer ein aktiver Mensch gewesen, daher arbeite ich sehr gerne und viel. Nach meinem Rückzug aus dem aktiven Skisport habe ich mich bemüht, weiterhin meine Verbindungen zum Sport, zu Freunden, Bekannten und zu interessanten Personen in meinem bisherigen Leben aufrechtzuerhalten oder neu zu knüpfen. Ich habe sehr schnell festgestellt, dass jeder Spitzensportler, egal, aus welcher Sportart, etwas Ähnliches in sich trägt – eine Mischung aus Selbstdisziplin, Energie, Mut, Kraft, Intelligenz, Konzentration, Charme und in den meisten Fällen Fairness und Offenheit. Daher war es für mich meist nicht schwer, wenn ich neue Leute kennengelernt habe, sofort eine gewisse Brücke aufzubauen, auf der wir uns dann begegnen konnten. Mir war gleich nach Beendigung meiner aktiven Laufbahn klar, dass ich dem Sport mein Leben lang treu und verbunden sein werde. Da ich nicht unbedingt nur im Bereich des Skisports tätig sein wollte, habe ich mein Augenmerk auch auf den Golfsport gerichtet. Golf ist eine wunderbare Sportart und bei Weitem nicht das, was sich viele Leute darunter vorstellen. Golf ist weder ein Rentnersport noch ein Ersatz für zwischenmenschliche Beziehungen im Alter. Schnell habe ich auch erkannt, dass es mir gelingen kann, mithilfe des Golfsports auch Gutes zu tun. Ich habe in meinem Leben sicher einige Schicksalsschläge hinnehmen müssen, aber ich war mir auch immer im Klaren darüber, dass es Menschen gibt, die noch ganz andere Schwierigkeiten meistern müssen. Daher habe ich es mir unter anderem zum Ziel gemacht, Menschen zu helfen, die sich selbst nicht helfen können, die eine Unterstützung dringend benötigen. Golfspielen macht Spaß, und wenn man diesen Spaß mit etwas Nützlichem verbinden kann, so ist das eine wunderbare Sache. Damit war für mich auch eine neue Herausforderung geboren: Ich wollte durch Golfturniere hilfsbedürftige Menschen unterstützen. Mit dieser Idee im Kopf habe ich 1990 den ersten »Kinsi Cup« veranstaltet, ein Charity-Golfturnier für karitative Zwecke. Bestätigt durch den großen Zuspruch und Erfolg, veranstalte ich seitdem jedes Jahr den »Kinsi Cup« in Deutschland und eine Charity-Golfwoche in Portugal oder Spanien. Aber ich war mit meiner Idee auch nicht allein. Auch der ehemalige Fußballmanager Frank Fleschenberg wollte den Golfsport mit karitativem Engagement verbinden. Da auch er viele Menschen für seine Idee begeistern konnte, wurde am 4. Oktober 1993 der Eagles Charity Golf Club e.V. gegründet. Ich bin noch heute froh, dass ich zu den Gründungsmitgliedern des Eagles Charity Golf Club gehöre, und engagiere mich mit Begeisterung für das Charity-Golfen. Mit unseren Turnieren konnten wir bisher über zehn Millionen Euro einspielen. Ich finde es großartig zu wissen, dass durch den Sport hilfsbedürftige Menschen unterstützt werden können. Aber nicht nur mit meiner neuen Sportart, dem Golfen, kann man Menschen unterstützen, sondern auch mit meiner alten Sportart, dem Skifahren. 1989/90 lernte ich bei meiner Teilnahme als Rennfahrerin an einem Alfa-164-Autorennen – unmittelbar vor dem großen Preis von Deutschland in Hockenheim – einige berühmte Persönlichkeiten kennen: Iris Berben, Dr. Florian Langenscheidt, Arthur Brauss, Claus Theo Gärtner (Matula), Bernhard Gstrein, Rolf Sachs, Frank Wörndl und Bernie Ecclestone. Seitdem treffen wir uns jedes Jahr beim Hahnenkammrennen in Kitzbühel wieder. Wir sind dort jedoch nicht nur Zuschauer, sondern nehmen aktiv am Kitz Charity Race teil, das immer am Zielhang ausgetragen wird. Zusammen mit dem Audi-Vorstand Peter Schwarzenbauer bilde ich dabei ein Team. Insbesondere Bernie Ecclestone unterstützt dieses Skirennen auch sehr. Der Erlös daraus kommt den Bergbauern in Tirol zugute. Im Jahr 2010 konnten wir 150.000 Euro für die Bergbauern einfahren. Man kann also auch mit Skifahren Gutes tun.

Neben meinen sportlichen Aktivitäten bin ich heute weltweit erfolgreich im Sportmarketing und Consulting für namhafte internationale Konzerne tätig. Ich gebe gerne meine Erfahrungen aus meiner sportlichen Laufbahn an Firmenmanager weiter. Da ich als Sportlerin alle Höhen und Tiefen erlebt habe, wurden meine Referate von der *Welt am Sonntag* einmal wie folgt kommentiert: »Lernen vom Stehaufmädchen, Manager hören gebannt zu, wenn Christa vom Erfolg spricht.« Im Laufe der Jahre habe ich gelernt, dass Referate nicht immer trocken und langweilig sein müssen. Man kann durchaus mit einem gewissen Charme und authentischer Bodenständigkeit Zuhörer dazu motivieren, ihren eigenen Weg zu gehen und wieder an sich selbst zu glauben, wenn sie sich einmal auf einer Talfahrt befinden. Eigentlich macht es keinen Unterschied, ob man im Sport oder im Berufsleben Rück- und Tiefschläge hinnehmen muss. Ich kann meinen Zuhörern sehr gut vermitteln, dass mit Disziplin und Konsequenz und einer hundertprozentigen Leidenschaft auch Niederlagen letztlich zum Gewinn werden können. Der Anfang jedes Erfolgs sind die Vision und das Ziel. Und man kann jedes Ziel erreichen, wenn man es nur will. Die insgesamt überaus positiven Reaktionen auf meine Vorträge geben mir recht. Ich werde sehr gerne und auch sehr oft als Referentin angefragt, und ich merke, dass das Interesse an meinen Vorträgen stetig zunimmt. Das liegt sicherlich nicht zuletzt auch daran, dass es meinen Zuhörern wunderbar gelingt, ihre Probleme in meine Skiwelt zu transferieren, ihre beruflichen Talfahrten oder Probleme mit meinen Rückschlägen gleichzusetzen und in Anlehnung an meine sportlichen Lösungsvorschläge wieder berufliche Perspektiven zu entwickeln. Meine Bekanntschaft zu wichtigen Wirtschaftspersönlichkeiten trägt zu meinem Erfolg sicherlich nicht unwesentlich bei. Zusammen mit Dr. Martin Winterkorn, Vorstandsvorsitzender des VW-Konzerns, Ruppert Stadler, Vorstandsvorsitzender von Audi, Dr. Piech und Franz Beckenbauer konnte ich am Ehrentisch bei der Audi Night in Kitzbühel in den letzten Jahren so manch interessantes Gespräch führen. Auch mit Michael Hilti, der bis 2007 an der Spitze der Hilti AG stand, verbindet mich eine sehr schöne Bekanntschaft. Über meine lieben Freunde Lis und Gerhard Walch, die auch meine Hochzeit in Marbella großartig organisierten, lernte ich Caroline und Michael Hilti kennen. Seitdem fahren wir gerne alle zusammen Ski, spielen Golf und unterhalten uns dabei über dies und das ...

Als drittes großes Betätigungsfeld bin ich Testimonial bei verschiedenen internationalen Unternehmen:

McDonald's USA – hier berate ich zusammen mit anderen Olympiamedaillengewinnern im internationalen Global Marketing –, Willy Bogner, Völkl Ski, Dubai Ski Club – Eröffnung der größten und schönsten Skihalle der Welt am 30. November 2005 – sowie Bizz'up GmbH Rosenheim. Zudem bin ich als Expertin und Berichterstatterin für die *Bild*-Zeitung in der Sparte Ski alpin tätig und arbeite mit den Agenturen für prominente Gastredner »5-Sterne-Redner« und »Speakers excellence« eng zusammen. Viel Spaß macht es mir auch, als internationale Repräsentantin im Skiweltcup für die Firma Audi unterwegs zu sein.

Ja, das sind im Wesentlichen meine beruflichen Aktivitäten. Aber auch privat hat sich mein Leben verändert und wunderbar entwickelt. Ich bin sehr glücklich in meiner neuen Beziehung mit Dr. Erich Rembeck, Sportorthopäde, Betreuer des deutschen Daviscup-Teams und vieler Spitzensportler. Insbesondere Boris Becker gehört zu den Sportlern, die Erich schon seit Beginn ihrer Karriere betreut hat. In all den Jahren ist eine sehr schöne Freundschaft mit Boris Becker entstanden. Erich und ich haben am 19. Juli 2009 geheiratet. Gemeinsam haben wir nun fünf Kinder, vier Mädchen und einen Jungen, in unserer Patchworkfamilie und versuchen die vielen Aufgaben und »Alltagsproblemchen« gemeinsam zu meistern. Die Geborgenheit, Zuneigung und Wärme in der jetzt großen Familie geben mir viel Kraft und Energie. Erich ist sehr verständnisvoll und unterstützt mich als selbstständige Unternehmerin und Mutter trotz seiner sehr zeitintensiven Arbeit, wo es nur geht. Dadurch, dass wir beide im Sportbereich tätig sind beziehungsweise waren, hat sich im Lauf der Zeit ein blindes Verständnis zwischen uns entwickelt. Jeder respektiert das Tätigkeitsfeld des anderen. Ob Erich früher mit seinen Fußballern jedes Wochenende unterwegs war (20 Jahre Mannschaftsarzt beim TSV 1860) oder mit dem Daviscup-Team immer wochenweise weg ist oder sich als Arzt und Operateur bis spät in die Nacht in der Praxis oder im Krankenhaus bei seinen Patienten aufhält oder ob ich bei verschiedenen Sport-, Wohltätigkeits- oder anderen Veranstaltungen unterwegs bin – immer wieder schaffen wir es, unsere Verpflichtungen und Aufgaben miteinander zu verbinden oder aufeinander abzustimmen.

Aus dieser familiären Harmonie entstand im Dezember 2012 unser erstes gemeinsames berufliches Projekt:

»Die Christa Kinshofer Skiklinik – zwei Spezialisten eine Idee«

Die CK-Skiklinik ist eine Abteilung der ATOS-Klinik München und der ATOS-Klinik Heidelberg. Sie versteht sich als ein ganzheitliches Gesundheits-Konzept für Jedermann und bietet medizinische Versorgung wie im Profisport:

· Erreichbarkeit an sieben Tagen die Woche über die Hotline +49 176 2000 2000
· Diagnostik inklusive Kernspin auch am Wochenende
· Für jedes Gelenk einen Spezialisten
· Integrierte Reha für Nachbehandlung und Prävention mit einem eigenen Fitnessprogramm.

Die CK-Skiklinik ist Kooperationspartner des DSV und anderer Partner. Nähere Informationen auf der Webseite von Skiklinik.com.

Mein Leben ist also sehr harmonisch und läuft wunderbar. Von meinen Eltern habe ich mein ganzes Leben lang »Wurzeln und Flügel« erhalten und immer ein fürsorgliches, warmes und bodenständiges Zuhause. Das möchte ich jetzt auch an meine eigene Familie weitergeben. Ich danke meinen Eltern und Geschwistern von ganzem Herzen, dass sie ein Leben lang zu mir gestanden haben und immer für mich da sind.

Maximilian Kieffer, Mitglied der Golf-Nationalmannschaft DGV, 2009 Ranglistenerster in Europa mit Handicap +4,4, antwortete kürzlich in einem Interview auf die Frage, woher er denn seine Siegermentalität habe: »Von meiner Patentante Christa Kinshofer!« Ich bin für einen jungen, 19-jährigen Spitzensportler, der zu meiner aktiven Zeit noch gar nicht auf der Welt war, ein Vorbild ... das macht mich stolz, das macht mich sogar unheimlich stolz.

# EPILOG

Wenn ich heute auf mein bisheriges Leben zurückschaue, muss ich feststellen, dass ich alles erreicht habe, was ich mir zum Ziel gesetzt habe. Und darum kann ich sagen, dass ich auf ein glückliches Leben blicke. Ich liebe meine Kinder, meinen Mann und mein Leben. Ich bin auch stolz darauf, etwas für den Sport, für die Menschen und die Gesellschaft getan zu haben, indem ich vielen Menschen Freude gemacht habe mit meinen Leistungen, mit meinem Engagement und mit meinem Einsatz für den Skisport und vielem mehr. Viele vor mir haben dies getan, und viele nach mir werden es auch tun. Viele großartige Staatsmänner, Schauspieler, Musiker, Wissenschaftler, Forscher, Ingenieure, Menschen in sozialen Berufen und andere mutige Persönlichkeiten setzen sich immer wieder für die Menschheit, insbesondere für hilfsbedürftige Gruppen, ein. In meinen Augen sind das Helden. Sie haben jedoch alle eines gemeinsam. Jeder, der wirklich in seinem Leben etwas erreicht hat, musste sich dies erkämpfen. Jeder auf seine Weise, jeder mit seiner eigenen Lebensgeschichte. Wenn man etwas erreichen will, ja wenn man zum »Helden« werden will, dann muss man hart dafür arbeiten und an sich selbst glauben. Helden werden eben nicht gewürfelt.

# LEBENSLAUF
# CHRISTA KINSHOFER

| | |
|---|---|
| 1961 | geboren in München, Klinik Dritter Orden in Nymphenburg |
| 1974 | Aufnahme in die deutsche Skinationalmannschaft |
| 1975 | erstes Weltcuprennen in Bad Gastein, Skigymnasium Christophorus, Berchtesgaden |
| 1978 | erster Weltcupsieg |
| 1979 | Sportlerin des Jahres und Skisportlerin des Jahres |
| 1980 | Olympische Winterspiele Lake Placid, USA, Skisportlerin des Jahres |
| 1981 | Trümmerbruch im rechten Sprunggelenk |
| 1982 | Comeback bei WM in Schladming |
| 1983 | Rauswurf aus dem DSV-Team |
| 1984/85 | Start für die Niederlande, Aberkennung aller FIS-Punkte |
| 1985 | Hochzeit mit Reinhard |
| 1986/1987 | Internationale Deutsche Meisterin im Rahmen des niederländischen Teams, Europacup-Gesamtsiegerin für die Niederlande |
| 1987 | Rückkehr in die deutsche Skinationalmannschaft |
| 1988 | Olympische Winterspiele Calgary, Kanada, Ehrenbürgerin der Stadt Miesbach, Skisportlerin des Jahres, Beendigung der aktiven Skikarriere |
| 1989-1992 | Expertin für Ski alpin beim Deutschen Fernsehen |
| seit 1989 | Expertin für Ski alpin bei der *Bild-Zeitung* |
| seit 1990 | Kinsi Golf Cup Deutschland |
| 1992 | Geburt der Zwillingsmädchen Alexandra und Stephanie |
| 1999-2011 | Aldiana Kinsi Golf Trophy international |
| 2005-2008 | Präsidentin Dubai Ski Club |
| 2009 | Hochzeit mit Dr. Erich Rembeck |

# CHRISTAS SKISPORTLICHE ERFOLGE

## Drei olympische Medaillen:

1980 Olympische Spiele in Lake Placid, USA: Silber im Slalom
1988 Olympische Spiele in Calgary, Kanada: Silber im Riesenslalom und
Bronze im Slalom

## Sieben Weltcupsiege:

| Datum | Ort | Land | Disziplin |
| --- | --- | --- | --- |
| 18. Dezember 1978 | Val-d'Isère | Frankreich | Riesenslalom |
| 7. Januar 1979 | Les Gets | Frankreich | Riesenslalom |
| 6. Februar 1979 | Berchtesgaden | Deutschland | Riesenslalom |
| 8. März 1979 | Aspen | USA | Riesenslalom |
| 11. März 1979 | Heavenly Valley | USA | Riesenslalom |
| 21. Januar 1981 | Crans Montana | Schweiz | Kombination |
| 19. Dezember 1987 | Piancavallo | Italien | Slalom |

Gesamtweltcup im Riesenslalom: 1. Platz
Gesamtweltcup im Slalom: 2. Platz
Gesamtweltcup: 3. Platz
Europacup-Gesamtsieg im Riesenslalom und Super-G für die Niederlande
20 Podiumsplätze im Skiweltcup
42 Top-Ten-Plätze im Skiweltcup
8-fache Deutsche Meisterin im Riesenslalom, Slalom und Super-G
Sportlerin des Jahres 1979
Skisportlerin des Jahres 1979/80, 1980/81 und 1988/89

# DANKSAGUNG AN PERSONEN, DIE MICH BEI DIESEM BUCH UNTERSTÜTZT HABEN

Zuallererst möchte ich meinem Koautor Peter Landstorfer danken, der mit seinen Partnern Alexandra Inquart und Ludwig Schaffernicht hervorragende Arbeit bei der Realisierung dieses Buches geleistet hat. Besonders danke ich euch für den sensiblen und vertrauensvollen Umgang mit meinem innersten »Ich«, für die unterhaltsamen Geschichten und die tolle Dramaturgie. Wir hatten zwar viel Arbeit und manchmal auch ganz schönen Stress, aber es hat mir immer enormen Spaß gemacht, mit euch zu arbeiten.

Besonderen Dank schulde ich meiner Lektorin Anne Wiedemeyer, der Redakteurin Caroline Kazianka und der Grafikerin Melanie Madeddu, die alle so geduldig mit mir waren und mir vertrauten, obwohl wir terminlich sehr unter Druck standen. Sowie natürlich dem Geschäftsführer des Verlages, Herrn Oliver Kuhn, der immer ein offenes Ohr für mich hatte.

Ich danke meinen Eltern und meinen Geschwistern. Sie haben mir viele Fakten, Geschichten und auch Anekdoten wieder ins Gedächtnis gerufen. Besonders danke ich meiner lieben Mutter, die unermüdlich in ihren Kisten und Kartons im fein säuberlich Archivierten gestöbert und mir das Wichtigste herausgesucht hat.

Auch der Familie Knoll, Marion und ihrer Mutter, die seit Beginn meiner Karriere sämtliche Berichte und Artikel, die in den Printmedien erschienen sind, gesammelt und archiviert haben, danke ich von ganzem Herzen. Sie haben mir das Material zur Verfügung gestellt und viel Zeit und Mühe für mich aufgewendet. Vielen Dank!

Besonderen Dank auch an Sônia und Willy Bogner, die mir ihr wunderschönes Bogner Haus in München für die Präsentation meines Buches zur Verfügung gestellt haben. (Bogner Haus München, Residenzplatz 14-15, 80333 München)

Franz Beckenbauer danke ich ganz besonders. Er hat mir das überaus charmante Vorwort geschrieben und hat mir auch in den schweren Zeiten immer beigestanden. Vielen Dank, lieber Freund, lieber Franz, von der blonden »Gazelle«.

Ich danke der *Bild-Zeitung*, die mein Buch in der Erscheinungswoche vorgestellt hat.

Vielen Dank an Andreas Nawrocki, der mir als einer der führenden Marketingexperten den Titel für das Buch geschenkt hat.

Dem Skirennfahrer Kilian Albrecht, der mir als guter Freund so manch wertvollen Tipp gegeben hat, danke ich herzlich.

Nicht zuletzt meinem Mann Erich möchte ich ganz, ganz besonders danken. Er ist mir immer mit Rat und Tat zur Seite gestanden, hat mich beraten und hatte mit all unseren Kindern viel, viel Geduld mit mir.

**Der Entschuldigungsbrief eines Funktionärs der FIS, eingetroffen am 24.01.2012: mein Geburtstag, nachfolgend wortgetreu wiedergegeben:**

LANG, LANG FÄLLIGE ENTSCHULDIGUNG

Liebe Kinsi,

alles Liebe zu Deinem Geburtstag! Ich weiß, dass Du sehr erfolgreich bist, und ich freu mich narrisch darüber. Und in Zeiten, wo man Dich schon als Weltklasseläuferin abgeschrieben hat, warst Du in meinen Augen genauso erfolgreich. Schließlich war es Dein eiserner Wille, der Dich – zusammen mit vielen anderen Deiner Vorzüge – dort hingebracht hat, wo Du verdientermaßen jetzt bist. Meine ehrlichen Glückwünsche.

Am meisten aber freue ich mich darüber, dass Du in Deinem Privatleben ebenso erfolgreich bist und Dein Glück in einem lieben Mann gefunden hast.

Ich musste mich vor Kurzem einer Darmkrebsoperation unterziehen, in deren Folge ich zweimal vom Schauferl gehüpft bin. Solche Umstände lassen einen naturgemäß über Dinge, die man so in den Jahren er- und gelebt hat, a bisserl nachdenken. Da gibt's an ganzen Haufen Sachen, die ich im Nachhinein hätte anders machen sollen. Eins davon war der Morgen in Italien, als mich ein deutscher Funktionär schlussendlich soweit gebracht hat, das Schrecklichste, was man einer Athletin antun kann, Dich mit dieser idiotischen Weltcup-Sperre zutiefst zu enttäuschen und Dich fast (Gott sei Dank nur fast) am Boden zu zerstören. Es gibt keine Entschuldigung für mein damaliges schreckliches Verhalten, aber ich glaub, es ist Zeit, dass ich Dir einmal sag, wie leid es mir tut und wie tief ich das alles bereue.

… Ich war in Calgary im Zielraum, als Du Deine Silbermedaillen erkämpft hast, und meine Gefühle und Tränen der Freude waren genauso ekstatisch wie vor 28 Jahren, als Du bei den Frühjahrs-FIS-Rennen unter die ersten Zehn gekommen bist. Du bist mit vollem Recht eine Berühmtheit in Europa; aber bitte nimm trotzdem die bescheidenen Glückwünsche von Deinem ehemaligen Funktionär entgegen. Ich hab damals und all die Zeit danach NIE an Deinem Erfolg gezweifelt. Deine Karriere als Motivationstrainerin ist nur die logische Folge Deiner Talente und Deiner harten Arbeit an Dir selbst.

Ich bin dankbar, dass es Dich, liebe Christa, gibt. Alles Liebe …

# BILDNACHWEIS